ERSTE AUFLAGE: 2014

GESTALTUNG UND SATZ: PÄTZOLD/MARTINI, BERLIN & TG

KORREKTORAT: KATHARINA GEBS, MAREIKE KIRNICH, SIMON REISER, INES NICKENIG

DRUCK UND BINDUNG: FREIBURGER GRAPHISCHE BETRIEBE, FREIBURG

COVER: GMUND, ACT GREEN COTTON

BUCHBLOCK: GEESE, ALSTER WERKDRUCK

ISBN: 978-3-945431-04-7

WWW.KLADDEBUCHVERLAG.DE

Gefällt mir

ZWIRBLER, DER 1. FACEBOOK-ROMAN

kladde
zwirbler

TG

ZWIRBLER,

DER 1. FACEBOOK-ROMAN

facebook.com/zwirbler.roman

kladde|buchverlag

Für meine Töchter, für jeden einzelnen Fan von Zwirbler
und für alle, die Neues wagen.

INHALT

Eine Autofahrt über eine Landstraße. Sanfte Hügel ziehen am Fenster vorbei, im Radio singt Van Morrison Hymnen auf die Stille, hinten sitzt meine Tochter, blickt in den Sonnenuntergang und fragt: „Papa, sag' mal: Dieses Facebook ... da gibt es viele Fotos, Links, Videos ... aber gibt es eigentlich auch Geschichten auf Facebook?"

Das war der Weckruf meiner Neugier. Verträgt Facebook mehr als Katzenbilder? Etwas anderes als Essensfotos und Selfies? Ist Tiefe in diesem oft banalen Medium möglich? Kann man gar das soziale Netzwerk für Literatur verwenden?

Sogleich hatte ich einen Namen im Kopf: Zwirbler.
Ein Mensch, der mit Gedanken und Worten zwirbelt, wie andere mit ihrem Bart.

Noch am selben Abend überkam mich 1 Minute Mut (vielleicht hat auch das Glas Whisky ein wenig geholfen). Ich habe eine Facebook-Seite aufgesetzt und angekündigt: In einem Monat, am 1. Juli 2010, startet Zwirbler – der 1. Facebook-Roman der Welt.

Ab da gab es kein Zurück. Sich selbst vor vollendete Tatsachen zu stellen ist ein guter Trick, um unsere erlernte Furcht vor dem Neuen zu besiegen. Es zwingt einen, über seine Grenzen zu gehen, seinen Horizont zu erweitern.

Von Anfang an war klar: Ich will die Interaktion, ich will das Gemeinsame, das Erschaffen mit der Crowd. Die Leser sollen mit ihren Kommentaren zu den Statusmeldungen die Gedanken des Protagonisten, seine Handlungen und die Geschichte beeinflussen können.

Da ich nicht wusste, wie sich die Geschichte entwickeln würde, stellte ich die Facebookseite facebook.com/zwirbler.roman bewusst so ein, dass sie erst ab 17 Jahren zu sehen ist.

Und: Das Schreiben des Romans sollte in real-time erfolgen, direkt in und auf Facebook. Ohne Umwege, ohne Korrektur, ohne Lektorat. Was liegt, das pickt.

Was mich damit erwartete, war das Glück des Ungewissen. Ich hatte nie eine Ahnung, wie es weitergeht. Ich war gezwungen, mich jedes Mal neu zu orientieren. Und aus meiner Komfortzone herauszutreten: Denn ich musste die Charaktere loslassen.

Das ist wohl der größte Unterschied zum klassischen Schreibprozess, bei dem die Figuren ausschließlich von mir geformt werden und mir „gehören". Bei Zwirbler wurden sie durchgehend von den Fans gestaltet und entwickelten sich ständig in eine gänzlich unerwartete Richtung. Sehr bald stellte ich fest: Eine Erzählung unbeeinflusst von den UserInnen (und ohne die Limitierung auf eine Zeichenanzahl; ohne die Vorgabe, dass jede Statusmeldung mit „Zwirbler" beginnt) zu schreiben, ist wesentlich leichter. Aber lange nicht so spannend. Denn wir wachsen an Herausforderungen.

So schrieb ich – angetrieben durch die unzähligen kreativen Kommentare – sehr dichte Statusmeldungen zu maximal 420 Zeichen. Achtete darauf, dass der Handlungsstrang nachvollziehbar war und kämpfte in der Stille der Nacht mit einzelnen Satzzeichen.

Zigmal musste ich eine Meldung umschreiben, sogar ganz verwerfen und neu schreiben, nur weil sie 421 Zeichen hatte. Doch ich hatte mich selbst zur Konsequenz verpflichtet. Kein Mensch würde die Zeichen zählen. Aber ich tat es.

Dazu hatte ich mir eine weitere Herausforderung auferlegt: Jede Statusmeldung sollte auch einzeln für sich lesbar sein. Bei Facebook weiß man nie, wie vielen und welchen Fans die Meldung angezeigt wird. So bemühte ich mich jedes Mal, dass – selbst wenn nicht alle Zusammenhänge oder Details sofort klar waren – die einzelnen Meldungen dennoch ohne die vorherigen verständlich waren. Dass jeder Textteil für sich alleine stehen konnte – auch wenn man den Roman nur stückchenweise las.

Was danach folgte; damit konnte ich nie rechnen (und hätte es auch nie gewagt):

Zwirbler wurde innerhalb kurzer Zeit von der verrückten Idee eines Einzelnen zu einem Phänomen. Und das weit über Facebook hinaus.

Unter zwirbler.com gab es eine Website mit Informationen zum Projekt, Axel Grunt sprach alle 14 Tage den Podcast für zig Kanäle, eine eigene Facebook-Seite hatte die besten Zitate und über 3.000 Follower folgten Zwirbler auf Twitter. Es gab eine Zwirbler-App für das Smartphone, einen Trailer, mehrere Events von Lesungen bis zu Vorträgen, der Roman wurde auf Uniscreens übertragen (und war damit der 1. Roman, der bei seiner Entstehung live auf öffentlichen Screens zu sehen war), es gab sogar Zwirbler Lesezeichen und Postkarten.

Zwirbler ist nicht nur Thema zahlreicher wissenschaftlicher Arbeiten (von Literaturwissenschaft bis Germanistik, von Wien bis USA), sondern auch von über 400 Medienberichten (von ARD bis ZDF; von Salzburger Nachrichten bis Wiener Zeitung; von Russisch bis Japanisch).

Selbst für das Finale haben wir uns etwas Ungewöhnliches einfallen lassen: Das Ende des Romans gibt es nicht auf Facebook. Wir haben eine Crowdfunding-Kampagne gestartet und die Fans haben Zwirbler erfolgreich aus Facebook herausgeholt. So gibt es das Ende nur im Buch, im eBook, im Hörbuch und … auf WC-Papier.

Mit Zwirbler haben wir nicht nur außergewöhnliche Literaturgeschichte geschrieben. Sondern viel mehr.

Zwirbler ist zu einer Spielwiese der Kreativität geworden, zu einem Lichtblick im Meer des Banalen, zu einer Inspiration für viele. Denn Zwirbler zeigt, dass Facebook Tiefe verträgt. Und sogar: einen Roman.

Ich spiele dabei eine äußerst geringe Rolle. Ich habe den Stein nur ins Rollen gebracht, doch Zwirbler wäre nie zustande gekommen ohne all die fantastischen Menschen, die es möglich gemacht haben.

Der Dank gebührt jedem Einzelnen der 16.534 Fans. Diesen ganz besonderen Menschen, die Zwirbler mit einem Klick auf „Gefällt mir" vorangetrieben und die mit ihren Kommentaren die Geschichte inspiriert haben.

Jenen, die dieses wahrlich einzigartige Projekt durch Ideen, Worte und durch Taten unterstützt haben.

So steckt in jedem von uns ein wenig Zwirbler.

TG

FACEBOOK.
COM/ZWIRB
LER.ROMAN

Vorgaben:

· Jede Statusmeldung beginnt mit „Zwirbler".
· Jede Statusmeldung hat maximal 420 Zeichen.
· Die Kommentare der Leser zur letzten Statusmeldung fließen in die nächste Statusmeldung ein, sie beeinflussen die Geschichte und die Gedanken von Zwirbler.

1 I 1. Juli 18.00 Uhr

Der 1. Facebook-Roman

----

62 Personen gefällt das · 19 Kommentare · 12mal geteilt

2 I 1. Juli 18.02 Uhr

Zwirbler ist überzeugt, dass man aus seinen Misserfolgen wesentlich mehr lernt, als aus Erfolgen. Schmerz. Ein brennender Schmerz weckt ihn. Das Bettlaken ist blutgetränkt. Frisch. Menstruationsrot. Das Piercing war demnach keine gute Idee gewesen. Er steht auf, geht in die Küche. Sucht, findet und steckt das Essstäbchen in die Wunde. Ein koreanisches. Es blutet weiter. Sollte er zum Arzt?

47 Personen gefällt das · 12 Kommentare · 3mal geteilt

3 I 1. Juli 21.18 Uhr

Zwirbler findet triftige Gründe für einen Arztbesuch. Besuch. Wieso eigentlich Besuch? Zahlreiche dagegen. Das Blut dafür. Der Sonnenuntergang, das Warten und die Peinlichkeit dagegen. Piercing. In dem Alter? Mit dieser Haut? Dort? Sie haben das selbst gemacht? Womit denn? Mit einer glühenden Grillzange? Nicht ihr ernst. Nüchtern? Was hat sie dazu gesagt?

36 Personen gefällt das · 9 Kommentare · 1mal geteilt

4 I 1. Juli 22.35 Uhr

Zwirbler hat den Geruch von Weihnachten in der Nase. Nur für kurze Zeit. In einer Julinacht. Aber eindeutig. Er saugt tief in die Nasenhöhlen ein. Der Geruch ist weg. An seinem Geburtstag. Eine der vielen Täuschungen des Alltags. Er unterliegt ihnen jedes Mal. Da ist aber noch etwas anderes. Whisky.
Er muss schlafen.

41 Personen gefällt das · 14 Kommentare · 5mal geteilt

5 | 2. Juli 8.56 Uhr

Zwirbler öffnet das Fenster. Morgendliche Frischluft. Von wegen. Irgendwo in der hinteren Ecke des Zimmers scheint eine Frau zu liegen.
„Kalt.“, sagt die Frau auf seinem Bett leise.
War sie das Geschenk?
„Das ist kalt.“

43 Personen gefällt das · 13 Kommentare · 4mal geteilt

6 | 2. Juli 17.00 Uhr

Zwirbler ist sich nicht ganz sicher, was sie damit meint. Wie er sich in letzter Zeit oft nicht sicher ist.
Ein Essstäbchen ragt aus ihrem Schoß. Der Schmerz war anscheinend nicht seiner gewesen. Das Whisky-Glas und der dazugehörige Geruch auf dem Nachtkasten schon.
Ein Versuch die Frau zu beruhigen: „Das ist nur das Blut.“ Nützt nichts. Er will laufen. Sie blutet noch.

22 Personen gefällt das · 5 Kommentare · 2mal geteilt

7 | 3. Juli 8.12 Uhr

Zwirbler hört den Wecker zunächst nur in der Ferne. Schweißgebadet drückt er die Snooze-Taste. In letzter Zeit verschwimmen ihm Realität und Traum. Eine Unsicherheit also auch hier.
Bruchstücke tauchen auf. Eine Frau, Schmerz, sein Unvermögen eine Blutung zu stoppen, ein staubsaugender Zwerg, Ärzte, ein Krankenhaus, der Name Inge.

28 Personen gefällt das · 23 Kommentare · 4mal geteilt

8 | 3. Juli 8.12 Uhr

Zwirbler kennt keine Inge. Eines scheint gesichert: Samstagmorgen, sonnig, und auf dem Nachttisch steht sein leeres Whisky-Glas. Ein Klopfen an der Tür durchbricht seine Gedanken.

35 Personen gefällt das · 27 Kommentare · 3mal geteilt

9 | 3. Juli 12.41 Uhr

Zwirbler torkelt nach dem zweiten Klopfen benommen der Schwerkraft trotzend zur Tür und sieht durch den Spion. In dieser Gegend muss man sich absichern. Zumindest es versuchen. Sein Blick erhascht nur mehr davoneilende Frauenbeine in einem kurzen Rock. Er reißt die Tür auf. Hört ihre Absätze entfernt auf den Stufen. Weg. Vor seiner Tür liegt ein braunes Paket.
Beschriftet mit zwei asiatischen Schriftzeichen.

修道

54 Personen gefällt das · 18 Kommentare · 9mal geteilt

10 | 3. Juli 14.33 Uhr

Zwirbler kommen die Zeichen bekannt vor. Koreanisch, wird das Internet besagen. Aber er kann ihre Bedeutung nicht entziffern. Er hebt das Paket hoch, für die Größe ist es überraschend leicht. Darunter liegt ein Stück Papier.
„Du solltest es probieren. Trotze dem Schmerz", hat eine Frau in schnörkelloser Handschrift geschrieben. In der Kiste bewegt sich etwas.

34 Personen gefällt das · 3 Kommentare · 2mal geteilt

11 | 4. Juli 22.35 Uhr

Zwirbler weiß, dass der richtige Zeitpunkt zählt. Gerade 30 geworden, lässt er sich seine Forderungen an das Leben nicht mehr abkaufen. Selbst vom möglichen Tod nicht.
Er öffnet die Kiste und schließt die Augen. Cryptelytrops venustus.
Die Schlange schnappt sofort zu.
Egal wie sehr man sich versucht auf Schmerz vorzubereiten, er kommt immer überraschend.

19 Personen gefällt das · 1 Kommentar · 1mal geteilt

12 | 5. Juli 13.11 Uhr

Zwirbler sieht die Bambusotter als verspätetes – aber schönes – Geburtstagsgeschenk. Gleichzeitig mit dem grellen Schmerz und der beginnenden Schwellung erfüllt ihn Neugierde – und das impliziert wortwörtlich die wilde Gier nach Neuem – ob dies sein Problem lösen wird? Schmerz ist Zeichen der Liebe und Hämotoxin in den Venen hoffentlich ihr Bote. Er spürt: Sterben wird er nicht. Nicht von einem Biss. So war es geplant.

34 Personen gefällt das · 7 Kommentare · 4mal geteilt

13 | 5. Juli 14.35 Uhr

Zwirbler sinkt zu Boden, die Konturen verschwimmen. Die Begeisterung über den Liebesbeweis weicht der Schwäche seiner Ohnmacht. Liegend erblickt er noch das durchbissene Band seiner Uhr, sein geschwollenes Handgelenk und die Schlange in seinem Schlafzimmer verschwinden. Als würde sich Schrift auf ihren Schuppen abzeichnen. Das Telefon hört er nicht mehr.

23 Personen gefällt das · 5 Kommentare · 2mal geteilt

14 | 5. Juli 19.50 Uhr

Zwirbler rappelt sich mehr als mühsam hoch, spult den Anrufbeantworter zurück. Die Stimme seiner Schwester – sorgenvoll. Im Hintergrund Fußballgejohle – glücklich. Ein Blick auf Hand und Arm: noch angeschwollen. Einer in den Spiegel: das Gesicht leicht aufgedunsen. Wie vor dem Biss. Im Schlafzimmer liegt seine tote Katze. Die bunte Schlange versucht sie zu verschlingen. Glück hat seinen Preis.

23 Personen gefällt das · 7 Kommentare · 3mal geteilt

15 | 5. Juli 23.05 Uhr

Zwirbler würde gerne glauben, dass er sich irrt und seine Katze Klaus noch lebt. Aber sie ist in der Schlange. Die Wahrscheinlichkeit also gering. Außer er trinkt ein Goldfischglas voller Whisky.

Das würde das Verschwimmen der Dinge jedoch beschleunigen. Seine Schwester will ihn sehen. Wortwörtlich. Morgen um 16.00 Uhr in der Einkaufspassage. Eine dringende Unterhaltung. Sie muss ihm etwas sagen. Weiß sie um das Paket?

45 Personen gefällt das · 9 Kommentare · 4mal geteilt

16 | 6. Juli 15.05 Uhr

Zwirbler war immer schon fasziniert von fremden Sprachen, weil sie ihm klar seine eigenen Grenzen aufzeigen. Im Asia-Restaurant an der Ecke kennt man die Bedeutung der Schriftzeichen auf dem Paket. „Geistige Disziplin", übersetzt Wang-Ho laut lachend.
Sich mit Absicht dem Biss einer giftigen Schlange auszusetzen verlangt wohl danach. Verpackung und Inhalt waren also aufeinander abgestimmt.

12 Personen gefällt das · 4 Kommentare · 1mal geteilt

17 | 6. Juli 15.20 Uhr

Zwirbler dankt und steigt in ein Taxi. Seit dem Begräbnis ihres Vaters hat er seine Schwester nicht gesehen. 3 Jahre.
Sein wirrer Traum, die fortschreitende Auflösung seiner Sicherheit, das Paket und ihr Anruf. Zu viele zeitnahe Komponenten für einen Zufall.

14 Personen gefällt das · 9 Kommentare · 2mal geteilt

18 | 6. Juli 15.45 Uhr

Zwirbler hasst Einkaufen. Passagen erst recht. Er trifft verfrüht ein. Wie immer: Zu früh oder zu spät, aber nie genau. Dem Erleiden von Schmerz scheint dennoch ein Verlangen nach Belohnung innezuwohnen. Er geht in das Geschäft neben dem Eingang, stürmt zum Tresen, schlägt keck mit der Hand auf und sagt zum Verkäufer: „Los, verkaufen Sie mir etwas!"
Der Verkäufer blickt ihn verwirrt an: „Was brauchen Sie denn?"

11 Personen gefällt das · 3 Kommentare · 1mal geteilt

19 | 6. Juli 15.54 Uhr

Zwirbler schnauzt ihn an: „Brauchen? Ich brauche nichts. Deshalb sollen Sie mir ja etwas verkaufen!"
Der untersetzte Mann hinter dem Tresen kennt weder Shakespeare noch Mark Twain: „Ein neues Produkt?"
„Nein. Der Glanz des Neuen erinnert mich an Unbeständigkeit", er zeigt auf einen verstaubten MP3-Player: „Das dort. Das brauche ich nicht, das nehme ich."

28 Personen gefällt das · 7 Kommentare · 2mal geteilt

20 | 6. Juli 16.20 Uhr

Zwirblers Schwester blickt ungeduldig auf ihre Uhr: „Du bist spät. Wie geht es deiner Katze? Klaus?"
„Wahrscheinlich bereits verdaut."
Sie versteht nicht, daher übergeht sie das. Wie immer: „Und was ist mit Deiner Hand? Scheint etwas geschwollen."
Offensichtlich weiß sie nichts über das Paket.
„Ein schmerzhafter Versuch die Dinge in den Griff zu bekommen."
„Und: gelingt er?"
Er kann das nicht beantworten. Noch nicht.

34 Personen gefällt das · 8 Kommentare · 5mal geteilt

21 | 6. Juli 20.00 Uhr

Zwirbler überreicht ihr den MP3-Player: „Für dich … Wieso treffen wir uns hier?"
Sie bläst den Staub vom Geschenk und die Enttäuschung in ihrem umherirrenden Blick weicht der Angst: „Ich weiß, dass Du solche Orte der Geselligkeit hasst. Aber das ist der Grund: Es sind ausreichend Menschen da. Ich halte mich nur mehr an Plätzen mit genügend Menschen auf."
Er korrigiert: „Nicht Geselligkeit, Konsum. Das stößt mich etwas ab."

14 Personen gefällt das · 4 Kommentare · 2mal geteilt

22 | 6. Juli 21.11 Uhr

Zwirbler sieht sie an. Ihr langes blondes Haar, stets offen getragen. Soweit seine Erinnerung reicht.
Engelshaar nannte er es früher. Es duftet immer noch nach dieser Mischung aus Vanille und etwas orientalisch anderem, wonach er einige Zeit suchen muss. Safran. Die Mischung aus Süße und Würze erinnert ihn daran, wie schwer es ihm fällt sie nicht mehr als Kind zu sehen.
In seiner Hand pocht der Schmerz.

24 Personen gefällt das · 8 Kommentare · 3mal geteilt

23 | 6. Juli 23.28 Uhr

Zwirbler ignoriert sein Leiden und besinnt sich, dass es jetzt nicht um ihn geht: „Was machst Du in der Nacht?"
Ihr Blick wandert unablässig zu den am Café vorbeiströmenden Kaufwilligen: „U-Bahn-Stationen, belebtere Tankstellen, Discos, Krankenhäuser. Am Wochenende ist es leichter. Etwas. Aber doch ist es immer Leben in einer Zwangsjacke."
Sein Kopf sagt, dass er es nicht wissen will, sein Herz muss fragen: „Also: wieso?"

11 Personen gefällt das · 5 Kommentare · 2mal geteilt

24 | 7. Juli 12.35 Uhr

Zwirbler wartet lange auf die Antwort. Seine Schwester fährt sich langsam durch das Engelshaar. Der heranströmende Duft betört ihn. Eindeutig Safran.
„Corylus avellana", sagt sie lächelnd.
Sein Latein beschränkt sich zurzeit auf einige Schlangennamen, also versteht er nicht.
Sie greift in ihre Handtasche und legt eine Haselnuss auf den Tisch. „Die Hasel ist Symbol für Unsterblichkeit, Glück und Fruchtbarkeit."

38 Personen gefällt das · 22 Kommentare · 9mal geteilt

25 | 7. Juli 17.50 Uhr

Zwirbler hört zu. Noch ohne zu verstehen. „In Rom warf der Bräutigam Haselnüsse unter die Hochzeitsgäste. Seit tausenden von Jahren ein Fruchtbarkeitssymbol. Der Legende nach kann man sich mit einem Haselzweig sogar Hexen und Schlangen erwehren.“
Seine Gedanken stocken für einen Augenblick. Als hätte er eine kleine Hürde zu nehmen.
Sie blickt auf die Passanten, zeigt aber auf die Nuss: „Das Wesentliche ist die Fruchtbarkeit.“

34 Personen gefällt das · 20 Kommentare · 4mal geteilt

26 | 7. Juli 18.25 Uhr

Zwirbler und Geduld sind heute ein gutes Gespann. Bei seiner Schwester vermag er zu warten, wenn er Gewichtiges ahnt. Ein Anruf nach 3 Jahren Stille legt nahe, dass es um mehr als das Offensichtliche geht.
Sie senkt die Stimme: „Du weißt, dass ich unfruchtbar bin.”
Er nickt beschämt, als hätte er Schuld daran. Wie am Tod ihres Vaters.
„Also, um das zu konkretisieren: ich war es.”

12 Personen gefällt das · 8 Kommentare · 2mal geteilt

27 | 7. Juli 22.57 Uhr

Zwirbler reißt nun doch neugierig die Brauen hoch. Im Grunde nicht seine Art.
Sie rollt die Haselnuss zwischen den Fingern, betrachtet jede ihrer Furchen aufmerksam, als wären diese nicht klar erkennbar: „Sind wir dem Schicksal gegenüber machtlos?”
Er antwortet – ohne mit Sicherheit sagen zu können ob die Frage wirklich ihm gilt: „Nein. Niemals.”
Sie nickt zynisch lächelnd: „Das dachte ich auch.”

9 Personen gefällt das · 5 Kommentare · 2mal geteilt

28 | 8. Juli 13.05 Uhr

Zwirbler muss sich bemühen ihr zu folgen, seine Gedanken springen immer wieder zu seinem eigenen Schicksal. Zu der Frage nach seiner eigenen Bestimmung. Sofern er je eine hatte. Oder haben würde. Zumindest kann er in diesem Augenblick die erlittenen Schicksalsschläge keiner eindeutigen Lebensaufgabe zuordnen. Vielleicht erkennt er sie aber bloß nicht. Wenn er das überhaupt will, denn Bestimmung bedeutet Verantwortung.

22 Personen gefällt das · 10 Kommentare · 4mal geteilt

29 | 8. Juli 22.12 Uhr

Zwirbler meidet – wo immer es geht, also wo immer er nicht gezwungen wird – bewusste Übernahme einer Zuständigkeit für andere. Seit damals. Seit 3 Jahren. Seit dem Tod des Vaters. Das mit seiner Katze geht gerade noch. Falsch: Ging bis vor ein paar Stunden und dem Hunger der Schlange noch. Aber die Bürde anderer Menschen auf sich zu laden umschifft er. Es ist schon schwer genug für sich selbst zuständig zu sein.

23 Personen gefällt das · 5 Kommentare · 1mal geteilt

30 | 9. Juli 00.25 Uhr

Zwirbler vergibt sich selbst die Unfähigkeit zur dauerhaften Fürsorge. Wenn der Tod einem so viel genommen hat, ist man froh, wenn Alltag und Zukunft aus einfachen Notwendigkeiten um die eigene Person bestehen. Kochen. Essen. Träumen. Ab und zu ein Glas Whisky. Also das Vergessen.

10 Personen gefällt das · 2 Kommentare · 1mal geteilt

31 | 9. Juli 12.20 Uhr

Zwirbler will etwas sagen, aber die Schwester ist zu schnell für ihn: „Mit dem Elend der Menschen lässt sich viel Geld verdienen. Dafür wird auch das Machbare überschritten. Sie suchten Versuchspersonen. Weiblich, jung, ledig ...unfruchtbar.

Ein wohlformulierter Aufruf kann sehr verlockend sein. Eine Reihe medizinisch ungefährlicher Tests, begleitet von medikamentöser Therapie. Mit dem Ausblick auf wahrscheinliche Fertilität."

12 Personen gefällt das · 5 Kommentare · 2mal geteilt

32 I 9. Juli 22.33 Uhr

Zwirbler vergisst jetzt alles um sich herum. Sie nicht, fokussiert abwechselnd nahe Nuss und ferne Menschen:
„Einzige Voraussetzung: Zeit … und geistige Disziplin."
Er schluckt trocken, widersteht der Versuchung, sie zu unterbrechen. Sie beantwortet die nicht gestellte Frage selbst: „Die Disziplin wegen zu ertragender Schmerzen. Sie hielten uns mit Adrenalin wach. Es funktionierte nur so. Hölle mit Ausblick auf Himmel."

23 Personen gefällt das · 8 Kommentare · 3mal geteilt

33 I 10. Juli 12.46 Uhr

Zwirbler spürt Wut in sich aufkeimen. Die Wut gegen Gier. Sein Kampfgeist erwacht langsam und leise aus einer jahrelangen Ohnmacht. Obwohl er noch nicht weiß, gegen wen sich dieser richten kann.
Oder ob es überhaupt Sinn macht noch gegen irgendetwas zu kämpfen.
Sie blickt ihm in die Augen und sagt fest: „Ich wollte das Leben, nicht nur eine Existenz. Trotzdem Leid kein Vergessen kennt. Aber ich war auch dafür bereit."

18 Personen gefällt das · 9 Kommentare · 2mal geteilt

34 I 10. Juli 19.34 Uhr

Zwirbler und sein Kampfgeist verharren in abwartender Stellung, während sie Details liefert: „Sie hatten das Personal aus Uruguay eingeflogen, damit nichts an die Öffentlichkeit dringt. Wir waren abgeschirmt, im Abseits. Ein Arzt namens Ramon Jim Dedel beaufsichtigte die Versuchsreihe. Hoch gewachsen, schwarzes Haar, attraktiv und charmant. Bis man seine Kaltherzigkeit zu spüren bekommt. Ich habe zwei Mal mit ihm geschlafen."

37 Personen gefällt das · 23 Kommentare · 9mal geteilt

35 | 10. Juli 23.34 Uhr

Zwirbler will sich das nicht vorstellen, schaut ins Leere, aber sie führt weiter aus: „Er übertraf meine Erwartungen. Der erste Mann, bei dem ich drei Orgasmen in fünf Minuten hatte. Das Talent seiner Zunge beschränkte sich nicht auf verbale Verführung. Aber das half mir später nicht gegen den Schmerz bei den Infusionen. Bitter, dass man nicht aus jedem Fehler lernt. Das ist wohl das Ausmaß des Preises, den wir zahlen müssen."

23 Personen gefällt das · 9 Kommentare · 3mal geteilt

36 | 11. Juli 22.26 Uhr

Zwirbler würde am liebsten seine Ohren verschließen. In seinem Kopf rotiert ein Bild: Seine Schwester lustvoll schreiend, ihr blondes Engelshaar nach hinten werfend, während Ramon mit irrem Blick sie im weißen Kittel auf einem wuchtigen Mahagoni-Schreibtisch nimmt. Sein Adrenalin sagt: Aufhören. Er würde jetzt gerne weglaufen. Aber wenn seine Schwester ihm nach so langer Zeit ihr Herz ausschüttet, vermag er das nicht.

17 Personen gefällt das · 5 Kommentare · 4mal geteilt

37 | 11. Juli 22.40 Uhr

Zwirbler bestellt schnell einen doppelten Wodka und erklärt: „Anscheinend sind nur Lektionen, die wir schmerzlich lernen von wirklicher Dauer." Er kippt den Alkohol hinunter und sie schüttelt ihr langes Haar: „Dem mag so sein. Dennoch hatte sich all das Leid bald gelohnt: nach neun qualvollen Monaten war es soweit. Der intravenös verabreichte Chemie-Cocktail mit der Haselnuss-Essenz bewirkt tatsächlich Fruchtbarkeit."

45 Personen gefällt das · 34 Kommentare · 12mal geteilt

38 | 12. Juli 15.54 Uhr

Zwirbler schiebt das seltsame, nach Spirituose klingende Wort Haselnuss-Essenz beiseite. Er möchte die frohe Nachricht und die Traurigkeit ihrer Stimme in der Widersprüchlichkeit erfassen und schickt sich an ihre Hand zu streicheln. Sie entzieht ihm diese jedoch sanft. Vor Erinnerung an die gemeinsame Kindheit und einem schützenden Trost muss sie noch einige Zeit Abstand halten. Sie ist noch nicht fertig. Es kommt noch etwas.

38 Personen gefällt das · 28 Kommentare · 12mal geteilt

39 | 12. Juli 18.53 Uhr

Zwirbler hatte sich immer für seine Schwester verantwortlich gefühlt. Bis damals. Bis zum Unfall. Bis zum Tod des Vaters. Bis zur Zerstörung der Familie. Mit ihrer Schuldzuweisung begann seine Flucht aus der Zuständigkeit.
Sie setzt zu Worten an, beugt sich näher, unterbricht sich selbst mit einem prüfenden Blick an die Nebentische und sagt leise: „Alle 12 Frauen der Versuchsreihe: eindeutig fruchtbar. Alle Tests: positiv."

29 Personen gefällt das · 13 Kommentare · 9mal geteilt

40 | 12. Juli 22.30 Uhr

Zwirbler kommt in einen irrationalen Strudel – will seiner wiedergewonnenen Freude Ausdruck geben, faltet schon ein Lächeln, öffnet schon die Lippen – aber sie dämpft all das vorab und senkt Augen und Stimme: „Bei mir gibt es jedoch eine Nebenwirkung."

12 Personen gefällt das · 5 Kommentare · 2mal geteilt

41 | 13. Juli 13.03 Uhr

Zwirbler beschränkt seinen Beitrag auf das neugierige Zuhören, zwirbelt mit seinen Gedanken: Neben. Wirkung. Danebengehen. Eine unerwünschte Reaktion. Wohl mehr als unerwünscht.
Die Stimme der Schwester ist kaum noch hörbar: „Es fing mit einem leichten Jucken an. Dann das vermehrte Auftauchen eines

Brennens. Am schlimmsten gegen Mitternacht."
Ihre Tränen bahnen sich den Weg aus ihrem Herzen: „Ich verliere mein Augenlicht."
11 Personen gefällt das · 7 Kommentare · 1mal geteilt

42 | 13. Juli 20.50 Uhr
Zwirbler nimmt ihren zittrigen Unterarm, umarmt diesen mit beiden Händen, jetzt erlaubt sie es. Er holt sich Luft: „Kann man das abwenden? Anhalten? Heilen?"
Sie schüttelt gleichermaßen weinend wie bestimmt den Kopf: „Wir sollten niemals davon ausgehen, dass es Hilfe gibt. Nein, die Blindheit schreitet voran. Die Verkrüppelung des Visuellen. Keine Brille hilft. Die Konturen verschwimmen zusehends. Mit jedem Tag."
22 Personen gefällt das · 9 Kommentare · 1mal geteilt

43 | 13. Juli 22.43 Uhr
Zwirbler lässt sie nicht los, während sie zugibt: „Dedel erwähnte diese unwahrscheinliche und nur bei mir Realität gewordene Möglichkeit am Anfang. Aber wer glaubt schon einem gut aussehenden Arzt? Vor allem, wenn die Hoffnung blind macht."
Sie zieht ihre Hand zu sich, ihre Iris scheint sich zu verkleinern: „Es gab dort eine Krankenschwester … Inge. Ihre eindringliche Warnung verriet, dass sie mehr als die Anderen wusste."
46 Personen gefällt das · 19 Kommentare · 5mal geteilt

44 | 14. Juli 12.57 Uhr
Zwirbler erahnt Zusammenhänge: Seine beginnende Unsicherheit in allen Belangen. Sein Versuch diese mit dem Gift der Schlange einzudämmen: „Geistige Disziplin."
Die beginnende Blindheit der Schwester. Während ihr die Konturen der Dinge verschwimmen, entgleitet ihm die Bedeutung dieser. Während ihm die Sicherheit der Entscheidung zerfällt, zerfließt

ihr die Welt im Sichtbaren. Und dann der Name Inge. In seinem Traum und hier.

32 Personen gefällt das · 12 Kommentare · 2mal geteilt

45 | 14. Juli 18.30 Uhr

Zwirbler hat lange nicht mehr geweint, jetzt ist er nahe dran, sie mittendrin: „Ich wollte gehen. Weit weg. Asien. Korea vielleicht. Aber als Blinde in einem Land, dessen Sprache ich nicht verstehe? Für solch eine Herausforderung bin ich zu schwach. Das ist ein Abgrund, den ich nicht zu überspringen vermag." Sein linker Gesichtsnerv zuckt kurz auf. Wohl eine Nachwirkung des Giftes. Oder seines ambivalenten Zustandes. Korea?

20 Personen gefällt das · 7 Kommentare · 2mal geteilt

46 | 14. Juli 21.49 Uhr

Zwirblers Gedanken treiben ab, die Stimmen ringsum entfernen sich. Immer weiter. Bis sie schließlich ganz verstummen und die Erinnerung an seinen Traum ihren Platz einnimmt. Ein missglücktes Piercing. Das blutige Bettlaken. Essstäbchen aus Korea stecken in einer Wunde. Der Duft von Weihnachten. Schmerz, der einer frierenden Frau gehört. Zwei Zeichen auf dem Paket. Es fehlen ihm noch Teile. Die Unbekannte im kurzen Rock. Inge?

32 Personen gefällt das · 9 Kommentare · 4mal geteilt

47 | 14. Juli 23.48 Uhr

Zwirbler wird abrupt vom Aufschrei seiner Schwester aus dem Zusammenfügen gerissen: „Du blutest!", sie zeigt auf seine rechte Hand. Er öffnet diese, rote Scherben fallen auf den Boden. Der Rest vom Wodka brennt in den Schnitten.
„Wo warst Du gerade?" fragt sie verstört. Das weiß er nicht: „Wahrscheinlich auf der Suche. Das bin ich immer." Er wischt Glassplitter und Blut mit der Serviette ab: „Danni, was ist mit dem Kind?"

56 Personen gefällt das · 17 Kommentare · 9mal geteilt

48 | 15. Juli 14.35 Uhr

Zwirbler sieht dem Rinnsal ihrer Tränen schon das Nein an: „Ich wollte das Risiko nicht eingehen. Nicht so. Nicht erblindend. Nicht von ihm. Und nicht auf der Flucht." Sie versucht eine Rechtfertigung vor sich selbst: „Wenn man Leben gibt, sollte es das Versprechen auf Hoffnung beinhalten. Nicht Angst. Nicht Scham." Sie zittert, schließt ihre Lider: „Es wäre ein Mädchen geworden."

44 Personen gefällt das · 12 Kommentare · 10mal geteilt

49 | 15. Juli 23.32 Uhr

Zwirbler braucht einen Moment, bis das Wort Abtreibung Gestalt in einem kleinen Mädchen annimmt. Bumm … bumm, … bubumm. Ein schwächer werdender Herzschlag. Bis er in die Unendlichkeit entflieht. Sein Verstand scheint sich gegen ihn zu wenden. Was war dieser induzierte Abortus: Pflicht oder Kür?
Danni hat ihre braunen Augen noch geschlossen: „Ich hatte schon ihren Namen: Hazel."

34 Personen gefällt das · 10 Kommentare · 2mal geteilt

50 | 16. Juli 13.32 Uhr

Zwirbler wartet, bis seine Schwester ihre Lider öffnet und ihn ansieht. Er hat viele Fragen. Es kommt anders.
Sie blinzelt, blickt aber in die Menge der Vorbeilaufenden. Danni kneift die Brauen zusammen, weitet sie wieder, wechselt im Fokus, scheint plötzlich irgendwen erkannt zu haben: „Komm, wir müssen gehen." Sie springt auf: „Jetzt. Sofort!", zieht ihn schroff mit sich.
Er stößt seinen Stuhl um, stammelt: „Aber … warum?"

48 Personen gefällt das · 23 Kommentare · 11mal geteilt

51 | 17. Juli 00.27 Uhr

Zwirbler hastet ihr durch die Menge hinterher. Willig allein, weil er ihre Angst spürt. Todesangst, wie er sie nicht kennt. Zwischen ihren Beinen tropft es bei jedem zweiten Schritt. Sie hinterlässt eine Spur von Blut auf dem glänzenden Marmorboden. Hänsel und Gretel. Nicht die Hexe, sondern die Schwester verliert ihre Sehkraft. Sie stößt die Tür der klimatisierten Einkaufspassage auf.

61 Personen gefällt das · 34 Kommentare · 12mal geteilt

52 | 17. Juli 00.45 Uhr

Zwirbler prallt auf der Straße gegen eine Mauer der vom Asphalt gestauten Hitze des Tages. Das Atmen fällt ihm jetzt schwerer: „Warte … warte doch!“ Wie soll er sie schützen, wenn er nicht einmal weiß, wovor? Sie biegt in eine unbeleuchtete Nebengasse ein, zerrt an seinem Arm: „Nein, weiter! Lauf weiter!“

46 Personen gefällt das · 36 Kommentare · 9mal geteilt

53 | 17. Juli 23.07 Uhr

Zwirbler hetzt ihr nach, vorbei am bröckeligen Grau der Hinterhöfe, irgendwo kläfft ein Hund, eine Tür fällt schwer ins Schloss: „Danni, … was ist los?“ Sie reagiert nicht. „Verdammt! Was hast Du gesehen?“
Endlich bleibt sie stehen, blickt um die Ecke, zurück in das Dunkel der Gasse – niemand da, nur Stille und Leere hinter ihnen – sie ringt nach Luft: „Ihn. Er war es. Ganz sicher.“

91 Personen gefällt das · 17 Kommentare · 5mal geteilt

54 | 18. Juli 23.43 Uhr

Zwirbler wird seiner Umgebung gewahr. Im fahlen Schein der Laterne mehr riechend als sehend. Modriger Gestank steigt aus einem Kellerfenster. Der Duft der Verwesung erinnert an tote Katze. Danni streift ihn, ihre Haare lindern alles mit Vanillegeruch. Sie lehnt sich an die unverputzten Ziegel der Hauswand, stützt die Hände auf die Knie, atmet in sich: „Egal wie schlecht ich schon sehe: Seine Bewegungen verraten ihn.“

78 Personen gefällt das · 17 Kommentare · 9mal geteilt

55 I 19. Juli 00.30 Uhr

Zwirbler bekommt durch die Dunkelheit einen Eindruck ihres sehschwachen Zustandes. Er hört ihre Angst und in der Weite das Grollen des Himmels: „Dedel? Ist es Dedel … der Arzt?“Sie lacht gehetzt auf: „Ramon? Nein. Ich wünschte er wäre es. Ramon ist kalt, ja. Aber durchaus berechenbar.“ Erste Tropfen des Regens fallen auf ihr Haar: „Die Wahnsinnigen sind es, die mir am meisten Angst machen.“

45 Personen gefällt das · 12 Kommentare · 3mal geteilt

56 I 19. Juli 13.41 Uhr

Zwirbler rastet beinahe aus, vernimmt ihre Stimme durch den bereits prasselnden Regen: „Ich erkenne ihn unscharf von Weitem. Bei jedem seiner Schritte ruckt sein Kopf und er schwenkt den rechten Arm, als würde er Tennis spielen. Dabei jagt er.“
Sie flüstert: „Seine löchrige Jacke lässt den Blick auf die Tätowierung der linken Brust erahnen. Eine Zeichnung wie der Schatten einer eingebrannten Seele.“

59 Personen gefällt das · 15 Kommentare · 2mal geteilt

57 I 19. Juli 15.57 Uhr

Zwirbler behindert ein dumpfes Pochen in seinem Kopf, verhindert seine Fragen und zwingt ihn sich führen zu lassen. Er atmet tief durch, zieht die Augen zusammen, will sie so besser durch Dämmerung und Niederschlag sehen. Fahles Licht spiegelt sich in ihren milchigen Augen: „Wenn er mich findet, bin ich verloren.“ Ein Frösteln durch Furcht und Nässe: „Sie nennen ihn Schattenstalker.“

39 Personen gefällt das · 17 Kommentare · 8mal geteilt

58 I 20. Juli 10.55 Uhr

Zwirbler fährt durch ein jähes Geräusch in der Gasse zusammen. Danni reißt sich von der Wand, bestimmt, entschlossen: „Keine Zeit.

Er soll Dich nicht sehen. Noch nicht. Wir müssen uns trennen!“ Sie reicht ihm einen Schlüsselanhänger, zwei winzige Essstäbchen baumeln an einer Silberschlange: „Nimm mein Motorrad. Es steht in der Garage. Wir treffen uns später.“ Zu schnell. Nicht sein Tempo: „Wo, Danni? Wo treffen wir uns?“

11 Personen gefällt das · 5 Kommentare · 1mal geteilt

59 | 21. Juli 00.16 Uhr

Zwirbler erwartet beinahe die zynische Bemerkung, die sie liefert: „Wir treffen uns wohl gegenseitig mit unserem Schrecken ins Herz.“ Im Davonlaufen ruft sie nach hinten: „Komm zur Klinik.“ Sie hinterlässt nur die olfaktorische Spur ihres Engelshaares in der Luft, kein Blut mehr auf dem Pflasterstein. Kann Gefahr eine Blutung stoppen? Es taucht zumindest als konzentrierte Möglichkeit in seinen Hirnwindungen auf.

59 Personen gefällt das · 23 Kommentare · 9mal geteilt

60 | 21. Juli 9.37 Uhr

Zwirbler läuft in die entgegengesetzte Richtung durch den nun zum Dampf versiegten Wolkenbruch. Nach vielen Blicken über die Schulter traut er sich das Stakkato seiner Füße zu verlangsamen. Gedankenfetzen. Er braucht Ordnung, um Entscheidungen zu sichern. Und dies bedarf der Zeit. Er wünscht sich, er hätte sein Mobiltelefon nicht in dieser Bar verloren – er könnte Fragen stellen. Whisky kann der leibhaftige Teufel sein.

68 Personen gefällt das · 20 Kommentare · 8mal geteilt

61 | 21. Juli 16.56 Uhr

Zwirbler betastet die kleinen Stäbchen, die metallene Schlange, den Motorradschlüssel – zwirbelt mit dem Anhänger. Riecht daran: abscheulich. An Zufälle glaubt er lange nicht mehr. Aber seine Schwester hat ihm das Paket nicht vor die Tür gestellt, ihre Beine hätte er erkannt. Sie wusste auch nichts von seinem Selbstversuch mit dem Biss der Otter. Sonst hätte sie ihn nicht überrascht nach der Schwellung seiner Hand gefragt.

34 Personen gefällt das · 5 Kommentare · 2mal geteilt

62 | 21. Juli 23.55 Uhr

Zwirbler stampft durch die Gassen der trocknenden Stadt. Er ahnt, dass Erklärungen ganz nahe und Zusammenhänge vorhanden sind, aber er kann sie nicht erkennen, als würde eine Milchglasscheibe nur schemenhafte Umrisse offenbaren. Er fühlt sich hilflos beim Versuch das Puzzle mit verbundenen Augen zusammenzusetzen: man spürt die richtigen Teile, weiß aber noch nicht, wohin sie gehören. Am liebsten würde er alles aufschreiben.

12 Personen gefällt das · 5 Kommentare · 2mal geteilt

63 | 22. Juli 11.33 Uhr

Zwirbler hat keinen Stift. Er erreicht den tristen grauen Wohnblock der Schwester, die Garage neben dem Sushi-Restaurant. Auf dem Schild steht ungeschickt in fetten leuchtenden Lettern „Restaurand". Zwei Kellnerinnen sortieren Essstäbchen. Das Lokal ist leer. Ihm egal. Er hasst Sushi. Man kann sich nie sicher sein, welcher Fisch wo und wie lange gelegen ist. Oder doch noch lebt. Die Gewissheit toten Fleisches ist ihm lieber.

78 Personen gefällt das · 15 Kommentare · 4mal geteilt

64 | 23. Juli 11.13 Uhr

Zwirbler steigt die Stufen hinab und in der Garage auf das staubige Motorrad. Natürlich ist seine Schwester erblindend monatelang nicht gefahren. Trotzdem springt es gleich an. Japanische Verlässlichkeit. Ohne Rückrufaktion. Wieder und wieder in seinem Kopf: Danni. Sie ist schnell, weit weg und doch hier. Sein Teil der Seltsamkeiten ist eine Sache. Nicht einmal die Hälfte. Ihre Schwierigkeiten sind noch schwerer zu fassen.

67 Personen gefällt das · 25 Kommentare · 12mal geteilt

65 | 24. Juli 1.48 Uhr

Zwirbler fühlt gleich die Kraft unter sich, saust mit der roten Maschine aus der Tiefe empor. Die Farbe der Lackierung spiegelt sich kurz in einem Schaufenster: wie die ihrer Wangen bei erregter Erzählung. Wie konnte er sie ohne Antworten gehen lassen? Der Regen ist ebenso rasch vom Asphalt verdampft, wie er gekommen war. Zwei dünstende Straßen, er ist auf der Stadtautobahn. Die Geschwindigkeit verlangsamt seine Gedanken.

34 Personen gefällt das · 10 Kommentare · 3mal geteilt

66 | 24. Juli 20.39 Uhr

Zwirbler ordnet. Endlich sein Tempo: außen schnell, innen langsam. Er geht in der Zeit zurück. 3 Jahre. Kurz vor Weihnachten. Zu der Nacht des Unfalls. Er sieht seinen Vater am Steuer des Wagens, die zwei aufeinanderfolgenden hellen Blitze, die blendenden Scheinwerfer, seinen zum Schrei geöffneten Mund, das Erschrecken, das Verreißen des Lenkrades. Das Krachen von Metall, der ungeheure Aufprall, die berstenden Leitplanken.

43 Personen gefällt das · 21 Kommentare · 6mal geteilt

67 | 25. Juli 11.08 Uhr

Zwirbler sieht fahrend das zum Wrack verformte Auto, die Flammen züngeln. Leckende Teufelszungen. Sieht sich seine Schwester aus dem Wagen ziehen. Hört sie schreien: „Vater! Nein! Vater!“ Sie versucht sich zu befreien: „Hol meinen Vater da raus!“ Er zerrt sie auf die Straße. Hört Hupen. Entfernte Sirenen. Ihr Schluchzen. Spürt Wind und den Duft der verbrannten Weihnachtsbäckereien. Zimt. Und Vanille. Dann plötzliche Stille.

33 Personen gefällt das · 21 Kommentare · 7mal geteilt

68 | 25. Juli 23.41 Uhr

Zwirbler schämt sich bis heute. Er blieb damals – bis auf Prellungen an Schulter und Hals – unverletzt. Seine Schwester hatte einen

gebrochenen Arm. Vom Herzen gar nicht zu sprechen: Der Vater starb nach zwei Tagen Intensivstation in der Klinik. Danni gab ihm die Schuld: „Du hättest ihn retten können."
Er war nicht beim Begräbnis. Das hatte er nicht geschafft. Das Leben wird uns erst bewusst, wenn es auseinander fällt.

23 Personen gefällt das · 10 Kommentare · 2mal geteilt

69 | 26. Juli 12.40 Uhr

Zwirbler hat dieses Auseinanderfallen geschmerzt und er fragt sich, ob Danni ihm nach all den Jahren endlich verzeihen konnte. Oder ob bloße Angst ihr Ratgeber war, als sie spätabends anrief, ihn dringend sehen wollte. Über 30 Monate keine Nachricht, kein Treffen, keine Antworten. Keine gemeinsamen Momente, nur aus dem Weg gehen. Früher wie zusammengeschweißt, heute: zwei zerfallene Teile eines Ganzen mit getrennten Leben.

26 Personen gefällt das · 10 Kommentare · 3mal geteilt

70 | 26. Juli 23.46 Uhr

Zwirbler zieht in Betracht, dass die größte Reise manchmal die Entfernung zweier Menschen ist. Der Bruch der Verbundenheit kommt, wenn man sich nicht mehr vorstellen kann, seine Zähne mit der Bürste des Anderen zu putzen. Er würde gerne vom Tun und Lassen entbunden sein. Von Alternativen befreit. Aber Leben ist immer Entscheidung. Genau seine Schwierigkeit. Oft genug verderben wir es, weil wir den Weg des Bequemen gehen.

27 Personen gefällt das · 9 Kommentare · 2mal geteilt

71 | 27. Juli 16.06 Uhr

Zwirbler ist damit wieder im Jetzt. Beim Trip auf zwei Rädern über den holprigen Straßenbelag. Beim Ordnen. Rechts und links. Gut und Böse. Jeden Gedanken auf eine Seite, auf eine Spur. Als wäre es einfach, alles auf zwei Spuren zu verteilen. Seine unfruchtbare Schwester hatte sich dem schmerzhaften medizinischen Versuch zur Fertilität unterzogen. Entgegen aller Bequemlichkeit. Zum Preis der langsamen Erblindung.

26 Personen gefällt das · 10 Kommentare · 3mal geteilt

72 | 28. Juli 00.19 Uhr

Zwirbler rotiert mit Reifen und Denken im Gleichklang. Fokussierung ist nicht seine Stärke. Selbst seine Arbeit entspricht seiner Unfähigkeit zur Schärfe. Tagein, tagaus verpixelt er, macht unscharf. Er ist derjenige, der die Geschlechtsteile kopulierender Paare bei Pornobildern mit Unschärfe versieht, damit nur bezahlende Kunden den Blick auf das Wesentliche bekommen. So gesehen ist er seiner Schwester weit voraus.

20 Personen gefällt das · 6 Kommentare · 1mal geteilt

73 | 28. Juli 12.06 Uhr

Zwirbler vermag es mit seinem Scheißjob das Sehen zu stören und damit Hoffnung zu wecken, während Danni das Augenlicht verliert und daher ihre eigene Sehnsucht zerstört. Endlich schwanger, zensiert sie sich ihren größten Wunsch, treibt ab. Neben der fortschreitenden Erblindung nannte sie ihm noch andere Gründe für den Abort ihres Traumes: Der Arzt Ramon Dedel als im Herzen kalter Vater – oder hat er das falsch verstanden?

35 Personen gefällt das · 11 Kommentare · 4mal geteilt

74 | 28. Juli 23.02 Uhr

Zwirbler schaltet hoch, blinkt, beschleunigt und biegt auf die Autobahn ab, hinaus aus der Stadt. Das nächste Schild gibt ihm eine präzise Angabe, an die er sich halten kann: 132 km bis zum Ziel.
Ihren dritten Grund kann er am besten nachempfinden: den Zustand der Flucht. Schattenstalker. Das klingt definitiv nach essentieller Bedrohung. Nicht nach: „Schatz, ich gehe kurz mit dem Schattenstalker von nebenan auf ein Bier."

36 Personen gefällt das · 10 Kommentare · 2mal geteilt

75 | 29. Juli 12.57 Uhr

Zwirbler erscheint ihr: „Wenn er mich findet, bin ich verloren", passender zum Namen. Ein Verrückter, der seiner Schwester als Schatten folgt. Wie konnte sie ihren eigenen Blick auf die Tätowierung erahnen? In 120 km will er Antworten. Inzwischen bleibt ihm die Frage, ob die Abtreibung trotz der drei triftigen Gründe freiwillig war. Und wieso ihn Danni in der Klinik treffen will, in der ihr Vater seinen Verbrennungen erlag.

31 Personen gefällt das · 9 Kommentare · 2mal geteilt

76 | 30. Juli 12.30 Uhr

Zwirbler schraubt die Drehzahl in die Höhe, erfreut sich am Aufheulen des Motors, dem Defizit der trägen Masse und am richtigen Weg. 140. 145. Ein Zucken im Gesichtsmuskel, ein Blick in den Rückspiegel: Hinter ihm schert ein Wagen aus und setzt zum Überholen an. Wird er verfolgt? Sein Leben ist ein Aktienmarkt: Er treibt den Preis in die Höhe. Gas, Gas, Gas! Dieses eine Mal will er sich nicht überholen lassen.

33 Personen gefällt das · 10 Kommentare · 4mal geteilt

77 | 31. Juli 14.35 Uhr

Zwirbler liest das Nummernschild im Spiegel: 8V8-EGNI. Am Steuer eine vollbusige Frau mit dichtem schwarzem Haar in weißer Kleidung. Neben ihr im Halbschatten ein Mann, Typ kaltblütiger unfehlbarer russischer Killer mit kleinen Augen, Ivan, wenn man an Klischees festhält. Mehr erkennt er nicht, einen größeren Wink braucht seine momentane Paranoia nicht. Der Rausch des Adrenalins schießt seine Maschine auf die Überholspur.

39 Personen gefällt das · 20 Kommentare · 5mal geteilt

78 | 1. August 15.38 Uhr

Zwirbler empfindet das Präsens wie einen eiskalten Schauer eines Gedankenblitzes, als er den Schwesternkittel der Fahrerin erblickt.

Inge als Kennzeichen des zu schnellen schwarzen Kombis. In der Welt der Spiele gibt es immer Gegner und Opfer. Er will nicht zum Opfer werden. Fahrzeuge und Landschaft fliegen an ihm vorbei, der Sound des Motors wird von einem metallisch klappernden Geräusch zwischen seinen Beinen gestört.

40 Personen gefällt das · 33 Kommentare · 5mal geteilt

79 | 2. August 17.44 Uhr

Zwirbler ist sich, trotz noch reichlich Gift in den Venen, uneins: Flucht oder Vertrauen, Angst oder Wut? Klar scheint: Hinter ihm die vielleicht wissende Inge mit einem Begleiter, zu unheimlich, um stehen zu bleiben und das Risiko des Redens einzugehen. Kurzgeschorene Haare, dicker Nacken, Argusaugen – der Mann sieht nicht nach Verhandlung aus, eher nach Unbehagen. Das motorische Nebengeräusch unter ihm verstärkt sich.

29 Personen gefällt das · 10 Kommentare · 1mal geteilt

80 | 2. August 23.38 Uhr

Zwirbler greift hin, ertastet einen geplatzten Schlauch aus dem Kühlflüssigkeit strömt. Zu wenig gekühlte Kolben reiben die Zylinder zur Hitze. Bei diesem Klopfen kann er nicht auf Zeit setzen. Er versucht vergeblich das Plastik mit dem Finger zuzuhalten. Multinationale Konzerne schaffen es nicht ein Ölleck zu dichten, wie soll er mit einer Hand bei 160 ein Loch stopfen? Der Wagen hinter ihm holt mit blinkender Lichthupe auf.

15 Personen gefällt das · 5 Kommentare · 2mal geteilt

81 | 3. August 15.07 Uhr

Zwirbler wird kurz durch einen Gedanken an seine Schwester von den akuten Fahrproblemen abgelenkt: Wieso die Klinik? Will Danni einen Treffpunkt der gemeinsamen Vergangenheit oder doch bloß einen außerhalb der Stadt? Ein Geräusch, wie eine weggetretene Metalldose reißt ihn mit einem Hieb zurück: Der schwere Lkw vor ihm bremst abrupt, Asphaltbrocken fetzen in der Luft entgegen, er weicht knapp aus, einer streift seinen Helm.

22 Personen gefällt das · 9 Kommentare · 2mal geteilt

82 I 4. August 13.51 Uhr

Zwirbler überholt unbeirrt, ist auf 170. Der verfolgende Wagen wird von herabfallenden Brocken durch quietschendes Schleudern gebremst. Damit sind Krankenschwester und langsamer Russe abgehängt. Sicher nicht für immer. Seine eigene Geschichte kommt wieder ins Spiel: Wie zusehends seine Sicherheit verschwimmt, er Kontrolle über Entscheidungen verliert. Auch jetzt. Ist er gerade an der Ausfahrt vorbeigerast? Oder doch nicht?

25 Personen gefällt das · 10 Kommentare · 1mal geteilt

83 I 4. August 22.00 Uhr

Zwirbler versucht sich an der Tankstelle, fixiert sie bewusst, versucht sie im Auge zu behalten. Es gelingt nicht: die Tankstelle ist vorbei, in dem Augenblick, in dem er sie ansieht. Er kommt zu dem Schluss, dass es mit dem Tempo zu tun hat und drosselt jäh auf 100. Hinter ihm lautes Hupen, ungehörte Flüche. Er schert sich einen Dreck, konzentriert sich auf einen Parkplatz. Vorbei. Einfach vorbei, ohne vorbeigefahren zu sein.

19 Personen gefällt das · 5 Kommentare · 2mal geteilt

84 I 5. August 18.14 Uhr

Zwirbler versucht die Realität durch Gegenteil. Der japanische Vierzylinder heult auf wie eine Schwangere in den letzten Wehen. Er beschleunigt auf 180, 220, schließlich 260, mehr gibt die Supersport nicht her. Muss reichen, denkt er mit Windtränen und der Fixierung auf ein Schnellrestaurant wie auf einen geschenkten Diamanten. Als wäre es ein Videospiel, bei dem er riskiert. Vor ihm eine Baustelle, die zu späte Bremsung.

33 Personen gefällt das · 9 Kommentare · 2mal geteilt

85 | 6. August 14.21 Uhr

Zwirbler sieht Zeit durch die Lupe. Die intensiv aufleuchtenden Baustellenlichter, seine geschwollene Rechte am Bremshebel, das Herumreißen des Lenkers, das Schlingern des Vorderrades, die warnend aufschreienden Gestalten um den Anhänger, die Flanke des Baggers, das Querlegen der Maschine, den Sturz und die Metallsplitter in der brennenden Luft. Das Leben ist eine Reise, nicht das Ziel. Dunkel verschlingt seine Sicht.

20 Personen gefällt das · 9 Kommentare · 1mal geteilt

86 | 9. August 16.56 Uhr

Zwirbler …

44 Personen gefällt das · 39 Kommentare · 13mal geteilt

87 | 10. August 21.42 Uhr

Zwirbler ist in der vollkommenen Stille der Dunkelheit: in ihm und um ihn herum.

52 Personen gefällt das · 22 Kommentare · 9mal geteilt

88 | 11. August 18.49 Uhr

Zwirbler fragt sich, ob es das gewesen sein soll. Kein Laut, kein Ton – fühlt sich der Tod so an? Er fühlt aber nichts. Keinen Schmerz, keinen Körper, keinen Astralleib. Dann schwaches Summen, wie das einer Fliege im Kamikaze-Flug, bald darauf leise und entfernt ein Beep. Bevor wir die Welt erblicken ist sie Klang, das Ohr unser erstes Sinnesorgan als Embryo. Er funktioniert also noch. Nicht nur im Hören, auch im Denken.

30 Personen gefällt das · 5 Kommentare · 3mal geteilt

89 | 12. August 11.28 Uhr

Zwirblers eigener Atemzug gesellt sich dazu. Mit dem Tod muss wohl eine definitivere Wandlung des Seins einhergehen. Er aber hört, denkt und atmet. Das klingt nach einer ganz guten kognitiven Kombination, nach „ergo sum“. Er vernimmt die Schwingung des Summens, jäh ein hartes Klatschen. Beep. Das Pumpen seiner Kardia wird vom elektrischen Geräusch außerhalb seines Körpers bestätigt. Sein Herz schlägt, auch für die Toten.

29 Personen gefällt das · 13 Kommentare · 2mal geteilt

90 | 13. August 16.32 Uhr

Zwirbler riecht: steril, stechend, klar. Er ist in einem Krankenhaus. Seine letzte Einkaufsliste fällt ihm zum Geruch ein: Essig, Wurst, Knoblauch, Whisky, Zigaretten. Das Wichtigste zum Leben. Schlecht für den Körper, gut für die Seele. Wenn man seine eigenen Dämonen tötet, können auch Engel sterben.
Schritte nähern sich, knirschend treten sie auf Linoleumboden, bleiben neben ihm stehen. Er kann den Atem des Anderen hören.

22 Personen gefällt das · 5 Kommentare · 2mal geteilt

91 | 15. August 16.09 Uhr

Zwirbler schafft es nicht die verklebten Augen zu öffnen, die Frau neben ihm flüstert fast sanft: „Wir lassen ihn erst mal in Ruhe, im Moment ist er noch nicht klar, so fangen wir nichts mit ihm an.“ Die Stimme ist ihm nicht bekannt und zum antwortenden Mann hat er auch kein Gesicht: „Wir müssen Klarheit in die Geschichte bringen. Mit einer Lüge kann man vielleicht einen Schritt vorankommen, aber danach niemals zurückkehren.“

18 Personen gefällt das · 7 Kommentare · 1mal geteilt

92 | 16. August 18.17 Uhr

Zwirbler wird von jemandem berührt, wohl von ihr: „Nur Geduld, die bekommt er: so oder so. Geh jetzt, nimm sein Blut mit, er scheint zu sich zu kommen.“ Stiefel machen kehrt.
„Und Ivan … kratz die Fliege von der Wand.“ Irgendwer hantiert mit Behältern.
In seinem Mund ein widerlicher metallischer Geschmack. Er fühlt

seine Nacktheit, Verwundbarkeit, das Ausgeliefertsein, als könnte uns Kleidung je vor böser Absicht schützen.

34 Personen gefällt das · 11 Kommentare · 4mal geteilt

93 | 17. August 22.19 Uhr

Zwirbler möchte nur allzu gern wissen, was sie mit seinem Blut vorhaben und ob die sich entfernenden Stiefel zu dem Ivan gehören, den er vermutet, der ihm im schwarzen Wagen gefolgt ist. Und wer ist die Frau, die sich gerade über ihn beugt und hörbar an einer Infusionsstange herumnestelt?
Um das zu überprüfen, muss er die Augen aufbekommen. Er wagt es seine Lider trotz Widerstand zu öffnen.

33 Personen gefällt das · 9 Kommentare · 2mal geteilt

94 | 18. August 13.15 Uhr

Zwirbler wird von gleißendem Licht begrüßt, seine Augenmuskeln erzittern. Das macht ihm ein wenig Angst: Früher lebten wir wohlbehalten in der Finsternis, heutzutage sterben wir im grellen Licht. Er blinzelt, seine Augen gewöhnen sich an das Neue.
Das Erste, was er erkennt, sind zwei wohlgeformte pralle Brüste, eingeengt vom straffen Schwesternkittel sich behutsam berührend, die leicht gebräunte Haut glatt schimmernd.

40 Personen gefällt das · 22 Kommentare · 6mal geteilt

95 | 19. August 18.49 Uhr

Zwirbler wird hart. Immerhin. Die wesentlichsten Teile seines Körpers sind funktionstüchtig und ab 30 gibt man sich schon mit Teilerfolgen zufrieden. Er würde gerne ihren Busen berühren, aber die Infusion und das Namensschild auf dem Kittel stören: Schwester Inge. Im Hintergrund klingelt ein Mobiltelefon. Sein erigiertes Glied wird noch steifer, die Gefahr macht ihn an. Sie sieht das lächelnd: „Na, wieder bei uns im Leben?“

51 Personen gefällt das · 43 Kommentare · 11mal geteilt

96 | 21. August 21.31 Uhr

Zwirblers Verlangen nach diesen vollkommenen Rundungen bringt ihn ins Schwitzen und das Pochen auch in seine Schläfen. Er will sich aufrichten, will etwas sagen, will fragen, sie aber drückt ihn langsam an den Schultern zurück, streift die weiße Decke zur Seite.
In der Mitte seiner Nacktheit ragt entblößt sein Verlangen empor. Sie legt den Zeigefinger an die Lippen, beugt sich hinunter und nimmt ihn sachte in den Mund.

55 Personen gefällt das · 29 Kommentare · 5mal geteilt

97 | 23. August 14.50 Uhr

Zwirbler kämpft nicht dagegen an, lässt sie zur Sache kommen, es geschehen. Bald gibt es für ihn nur mehr seine Lust und deren freizügigste unverpixelte Bilder: seine Eichel, ihre Zunge, den festen Rhythmus.
Er greift in ihre schwarzen Haare, schließt die Augen, um sie stärker zu spüren. Er möchte kommen, in sie, will nichts für sich behalten.
Sie spuckt abrupt seinen Penis aus und erhebt sich: „Das Leben ist kein Porno."

60 Personen gefällt das · 19 Kommentare · 12mal geteilt

98 | 24. August 14.01 Uhr

Zwirbler hält das für keine gute Idee, seine unpassende und unerfüllte Begierde wird damit ins Lächerliche gezogen.
Die Macht der Frauen lässt ihn als Idioten zurück. Sein Blick wandert peinlich berührt an die Decke, obwohl dort nichts, auch nichts Erotisches ist.
Er erkennt den Raum, es ist das Krankenhaus, in dem sein Vater starb. Draußen hört er den Mann telefonieren: „Ja, er ist hier, in der Klinik." Er zuckt zusammen.

33 Personen gefällt das · 16 Kommentare · 2mal geteilt

99 | 25. August 15.48 Uhr

Zwirbler will aufspringen, der Schlauch in seinem Arm hindert ihn, will schreien, aber sein trockener Hals schafft nur krächzendes Fragen: „Was habt ihr mit meiner Schwester gemacht? Wo ist sie … und wieso bin ich hier?“

Inge setzt sich auf den Stuhl neben ihm, wischt sich über den Mund und antwortet ruhig: „Unser Leben wird von Augenblicken definiert. Vor allem von jenen, die wir nicht vorhersehen konnten.“

34 Personen gefällt das · 15 Kommentare · 3mal geteilt

100 | 27. August 12.44 Uhr

Zwirbler schwankt zwischen Unverständnis und Ahnung, sie grinst fahl und ihre wenigen Falten scheinen an Tiefe zu gewinnen, während sie spricht: „Wir haben keine Wahl, wenn die Toten beschlossen haben unser Leben zu bestimmen. Wenn sie die Regie aus dem Jenseits übernehmen.“

Ihn fröstelt, er zieht die Decke hoch.

In ihrer Stimme kein Mitleid: „Ich habe euren Vater begleitet. In den letzten Tagen und in den Tod.“

30 Personen gefällt das · 9 Kommentare · 2mal geteilt

101 | 29. August 11.50 Uhr

Zwirbler weiß inzwischen, dass nichts trügerischer ist als eine offensichtliche Tatsache.

Inges Blick wird weich: „Ein guter Mann. Er hat für Euch gelebt und ist für Euch gestorben.“

Trauer blitzt in ihrem Gesicht auf: „Die letzten Tage waren schwer: die Verbrennungen, unsägliche Schmerzen. Der Tod wollte ihn nicht gleich, ich habe versucht es ihm leichter zu machen. Viel mehr als seine Hand zu halten vermochte ich nicht.“

28 Personen gefällt das · 4 Kommentare · 3mal geteilt

102 | 30. August 15.55 Uhr

Zwirbler zittert unmerklich, sein Vater war ihr mehr als Patient. Das Piepsen ihres Pagers durchbricht die Stille, sie taxiert ihn: „Die Zeit ist knapp, Andere warten. Also bleibt dir eine Frage, bevor ich gehe."
Tausende Fragen in seinem Kopf und er soll sich für eine entscheiden.
Soll er nach seinem Vater fragen? Dem Mann draußen am Telefon? Ivan? Nach seiner Schwester? Dem Schattenstalker? Oralverkehr? Oder dem Jenseits?

28 Personen gefällt das · 11 Kommentare · 2mal geteilt

103 | 1. September 17.27 Uhr

Zwirbler würde gerne alle Fragen in eine packen oder seine bevorzugte Methode anwenden: Jede Frage auf ein Post-it schreiben, alle an die Wand kleben und blind wählen.
Das würde ihn vom bewussten Handeln befreien.
Der Weg des Einfachen kommt hier nicht infrage, nach drei Sekunden Gedankenrasen schießt es aus ihm heraus: „Was war das für ein Experiment, an dem meine Schwester teilnahm?"

12 Personen gefällt das · 5 Kommentare · 2mal geteilt

104 | 2. September 17.11 Uhr

Zwirbler ist versucht, die Frage gleich nach dem Stellen einzutauschen. Gegen einen Weg, gegen eine Lösung.
Aber die Realität ändert diese Anwandlung.
Wie seine Schwester geahnt hat, weiß Inge mehr: „Vordergründig ging es um Glück: Unfruchtbare fruchtbar zu machen hat funktioniert, mit der Therapie wurden alle zwölf Frauen schwanger, auch Danni. Aber in Wahrheit ging es um Blut. Das Blut der Nabelschnur. Das wollten sie haben."

15 Personen gefällt das · 8 Kommentare · 2mal geteilt

105 | 3. September 15.06 Uhr

Zwirbler hat über Stammzellen aus Nabelschnurblut gelesen. Aber Informationen sind noch kein Wissen. Erst gefiltert, verarbeitet und verknüpft können sie uns nützlich werden. Wenn überhaupt. Wenn sie nicht gleich vom Meer des Vergessens verschluckt werden. Inge steht auf, streift sich den sauberen Kittel gerade: „Deine Schwester war die Einzige, die nicht künstlich befruchtet wurde. Und die Einzige mit einem Mädchen in ihr."

20 Personen gefällt das · 10 Kommentare · 2mal geteilt

106 | 5. September 19.05 Uhr

Zwirbler will mehr erfahren, der schwarze Engel in Weiß drückt bereits die Klinke der Zimmertür herunter: „Vor einem Monat lag hier ein Mann mit Blinddarmentzündung, der hat sich beide Arme gebrochen. Es könnte demnach unklug sein Ivan von dem kleinen oralen Aufwachgeschenk zu erzählen. Er ist ein verträumter Kerl, aber sein Potenzial an eifersüchtiger Grobheit wird leicht unterschätzt. Du kannst ohnehin bald nach Hause."

17 Personen gefällt das · 5 Kommentare · 3mal geteilt

107 | 6. September 16.26 Uhr

Zwirbler schreit ihr aus dem Bett hinterher: „Nach Hause? Was heißt nach Hause? Ich schlafe allein, ich esse allein, ich lebe aus einem Koffer … selbst meine Katze ist tot!", aber die Tür ist schon zu. Unsere Erkenntnisse speisen sich zu ziemlich gleichen Teilen aus Falschem, wie aus Richtigem. Bei ihm herrscht ein Ungleichgewicht, also ruft er noch: „Und mein Leben läuft verdammt schief. Schon aus Prinzip!"

28 Personen gefällt das · 9 Kommentare · 3mal geteilt

108 | 7. September 16.56 Uhr

Zwirbler springt auf, reißt sich die Infusion aus den Venen, ihm wird schwindelig, er verheddert sich in den Schläuchen, fliegt auf

das Kinn, rappelt sich hoch, wie so oft, stürmt aus dem Zimmer, den hellen Gang entlang, vorbei an einem staubsaugenden Zwerg. Er erkennt ihn – aus seinem Geburtstagstraum.
Inge ist nirgends mehr zu sehen, aber ein großer, braun gebrannter Mann mit breiten Schultern versperrt ihm den Weg. Ivan.

33 Personen gefällt das · 9 Kommentare · 2mal geteilt

109 | 8. September 18.17 Uhr

Zwirbler wird durch Ivans Hand gestoppt: weich, fast zärtlich. Die Verdammnis, die er über sich gebracht hat, hat ihn gelehrt, keinen täuschenden Gesten zu vertrauen. Der Mann murmelt etwas Unverständliches, Französisches, das klingt wie „la mer". Das Grinsen aus dem Schädel sagt gänzlich anderes: Eine Vorstellung von Armen in Gips wird naheliegend, aber nicht verlockend. Er reißt sich los, rennt zurück, rempelt den Zwerg um.

18 Personen gefällt das · 9 Kommentare · 3mal geteilt

110 | 9. September 17.05 Uhr

Zwirblers barfüßige Laufschritte hallen platschend im Gang wider. In der Klinik scheint außer den bisher Beteiligten niemand zu sein. Zimmer offen, Betten leer, kein Personal, Gesundheitsreform. Am Gangende eine Tür: Ihm entfährt ein „Scheiße!", sie ist verschlossen; hinter ihm der wild gewordene Staubsauger, näherkommendes Rennen von Birkenstocks und vielleicht als Antwort ein „quel fou!"; er tritt dagegen.

10 Personen gefällt das · 4 Kommentare · 2mal geteilt

111 | 10. September 16.43 Uhr

Zwirbler ist überrascht, die Tür geht auf. Er tritt rasch ein, sie fällt ins Schloss und er steht im Zwielicht. Es riecht nach Erbrochenem, nein, stechender, nach Formaldehyd. Seine Augen gewöhnen sich an das Halbdunkel, die Umrisse werden stärker. Was er erkennt, lässt seinen Atem stocken.

Lange Regale mit Glasbehältern, in ihnen winzige eingerollte Gestalten, wie Schmetterlinge vor dem Entfalten. Embryos. Hunderte Embryos.

11 Personen gefällt das · 10 Kommentare · 1mal geteilt

112 | 12. September 18.41 Uhr

Zwirbler wandert von einem Glas zum Nächsten, registriert die vergilbten Schilder mit Nummern und Namen. Leben von akkuraten Buchhaltern des Todes kategorisiert.
Er kämpft gegen seinen Magen, gegen das, was heraus will, hält die Hand dämmend vor den Mund. In etlichen Behältern hat sich dunkelgrüner Schleim angesetzt, Moos durch die kleinen, beinahe fertigen Menschen gefressen.
Der Magen gewinnt mit einem mächtigen Schwall.

18 Personen gefällt das · 5 Kommentare · 2mal geteilt

113 | 13. September 18.45 Uhr

Zwirbler wischt sich benommen bröckelige Magenreste, tropfende Galle und den Ekel der Welt aus dem Gesicht. Starkes Rütteln an der Tür zwingt ihn zur Beschäftigung mit der aktuellen Lage. Jagen oder gejagt werden?
Nichts ist wohl überzeugender als das, was man mit eigenen Augen sieht. Aus den befüllten Gläsern ergibt sich der klare Gedanke: Weg! Das Ziel, der mögliche Ort der Rettung, das Wohin ist ihm dabei zweitrangig.

33 Personen gefällt das · 24 Kommentare · 5mal geteilt

114 | 14. September 18.07 Uhr

Zwirbler sprintet durch den Raum, wie im Rausch – ohne Feind von Freund unterscheiden zu können – vorbei an den Reihen, an Schläuchen, Kabelschlangen und piepsenden Monitoren, hinaus zur Hintertür, die Stufen hinunter, durch zwei Flügeltüren, ohne sich umzudrehen den Gang entlang, durch den Ausgang, das Tor, über dem Nec aspera terrent steht, und schafft es keuchend auf die Straße. Erst dort wird ihm bewusst: Er ist nackt.

38 Personen gefällt das · 41 Kommentare · 3mal geteilt

115 | 15. September 16.00 Uhr

Zwirbler ist seit seinem Erwachen und dem Geilwerden in Kaisers Kleidern unterwegs. Nun steht er in der Freiheit, mittelblond, mittelgroß, mittelschlank, mit einem Körper, der vielleicht im Dunklen brauchbar wäre, und hört pikierte Rufe. Kleidung, Danni, Erklärungen finden – er ist überfordert, würde gerne etwas delegieren, zum Beispiel sein Leben. Er bedeckt seine Genitalien notdürftig mit einer liegengelassenen Zeitung.

20 Personen gefällt das · 10 Kommentare · 2mal geteilt

116 | 16. September 18.40 Uhr

Zwirbler friert, nicht nur am Hintern. Beim Souvenirshop lässt er ein Seidenhemd von der Stange mitgehen. Das Zuknöpfen gestaltet sich schwieriger als erwartet, er versucht die Knöpfe einzufädeln, irgendetwas ist anders: Ein Verband verdeckt Mittel- und Ringfinger seiner rechten Hand, die Finger sind kürzer, da fehlt etwas. „Verdammte Scheiße!“, sie haben ihm in der Klinik die oberen Gliedknochen der zwei Finger abgenommen.

24 Personen gefällt das · 9 Kommentare · 2mal geteilt

117 | 17. September 17.28 Uhr

Zwirbler rollt die Baumwolle mit dem verkrusteten Blut ab und sieht Nähte, wo die Finger fortsetzen sollten. So sehr mit Puzzleteilen und Flucht beschäftigt, hat er seinen Körper vergessen, nichts gespürt, auch jetzt kein Schmerz. Der Anblick aber graut ihm, er wickelt die Stummel wieder ein. Er muss Danni anrufen. Ein Passant reicht ihm Münzen, ohne dass er danach gefragt hätte: „Hau' bloß ab mit Deinem nackten Arsch!“

30 Personen gefällt das · 18 Kommentare · 3mal geteilt

118 | 19. September 18.24 Uhr

Zwirbler wählt in der schützenden Zwischenwelt der öffentlichen Zelle Dannis Nummer, wird aber nur ihrer Stimme vor dem Piepston habhaft: „Ich bin derzeit nicht erreichbar und werde es auch nicht sein. Ramon, wenn Du es bist: Meine Orgasmen waren gespielt. Und mein Bruderherz: Es gibt ein Leben vor dem Tod, besuche die erigierte Traurigkeit."

Er hinterlässt keine Nachricht, er versteht, weiß, wohin er muss, hat einen Auftrag.

33 Personen gefällt das · 7 Kommentare · 2mal geteilt

119 | 20. September 16.25 Uhr

Zwirbler macht sich tänzelnd auf den Weg zu Marc Salzberg. Alter Studienkollege, Pharmakologe, spezialisiert auf klinische Tierversuche, bis sie ihn gefeuert haben, weil sie ihn mit heruntergelassener Hose hinter einem laut schreienden Esel erwischt haben. Seltsame Passion.

Seitdem nennen sie ihn „Erigierte Traurigkeit." Salzberg weiß alles und wenn nicht, dann hat er zumindest viele Freunde auf Facebook, die er fragen kann.

39 Personen gefällt das · 5 Kommentare · 1mal geteilt

120 | 21. September 17.51 Uhr

Zwirbler läutet lange, Salzberg öffnet – verschlafen, Jogginghose, dicke Brillengläser, dichte Brauen, zwei aufeinander zukriechende Raupen – mustert kurz das Seidenhemd, dann den Verband und deutet erfreut auf die Zeitung vor seinem Geschlecht: „Ist die von heute?"

Salzbergs Anblick erinnert ihn daran, dass es oft die schmerzhaften Erfahrungen sind, die uns der Weisheit näher bringen.

Er gibt ihm die Zeitung und tritt ein.

33 Personen gefällt das · 14 Kommentare · 2mal geteilt

121 | 23. September 8.50 Uhr

Zwirbler bekommt von Salzberg eine karierte Hose zugeworfen: „Die hat einer hier vor der Tür gelassen. Mit Deinem Namen darauf, Handschrift unbekannt, aber krakelig, wohl ein großer Mann mit kleinen Händen. Hat anscheinend gewusst, dass Du kommst."
Er reißt das Preisetikett ab, zieht sie an: Die Hose ist eng, zwei Nummern zu klein.
Man findet immer einen würdigen Gegner, vor allem dort, wo man ihn am wenigsten erwartet.

33 Personen gefällt das · 10 Kommentare · 2mal geteilt

122 | 24. September 10.29 Uhr

Zwirbler kommt ins Wohnzimmer, verwirklichtes Sinnbild des Messie-Syndroms und fragt, für ihn ungewohnt, höflich: „Wie geht es Dir?"
Salzberg lächelt schelmisch, spuckt auf den Boden und schließt das Fenster: „Alleine zurückgelassen?"
Er wuchtet sich in einen Ohrensessel, furzt kurz und nimmt ein Glas mit gelber Flüssigkeit in die Hand: „Nicht alle Wunden werden von der Zeit geheilt, deswegen wurde der Whisky erfunden."

37 Personen gefällt das · 11 Kommentare · 4mal geteilt

123 | 25. September 10.17 Uhr

Zwirbler lässt sich in der einzig freien Ecke der Couch nieder.
Salzberg – immer schon ekelhaft spannend menschlich – riecht an seinem Glas: „In Sibirien gibt es den Brauch einmal wöchentlich seinen Urin zu trinken, um sich vor Krankheiten zu schützen", und bietet es ihm an: „Oder magst Du Dein eigenes?"
Er lenkt ab und um: „Lieber Whisky."
Salzberg konstatiert: „Na ja, hat beinahe die gleiche Farbe und desinfiziert auch."

31 Personen gefällt das · 9 Kommentare · 2mal geteilt

124 | 26. September 19.35 Uhr

Zwirbler nippt am Whisky, genießt den säuerlichen Geschmack und das Brennen, während er das Geschehene erzählt. Er hört diese Stimme lange, sodass er in Betracht zieht, sie für seine eigene zu halten. Salzberg grinst: „Für den Menschen scheint nur zu existieren, was er kennt. Alles andere ist eine Gefahr für unsere Wirklichkeit. Synthetisches Blut für das Schlachtfeld, eine Nabelschnur reicht für drei verwundete Soldaten."

33 Personen gefällt das · 8 Kommentare · 3mal geteilt

125 | 27. September 18.02 Uhr

Zwirbler giert nach den erklärenden Worten im Dickicht. Die Traurigkeit kippt das Glas Urin auf einen Zug hinunter, schüttelt sich, erst dann sprudelt es weiter: „Dr. Ramon Dedel, die kalte Natter, hat eine qualvolle Methode entwickelt, um die Ausbeute auf acht Soldaten pro Nabelstrang zu steigern. Dafür braucht er weibliche Embryos, aber seine künstlichen Befruchtungen mit Haselnuss-Essenz brachten bisher nur Jungen hervor."

27 Personen gefällt das · 9 Kommentare · 2mal geteilt

126 | 28. September 19.06 Uhr

Zwirbler nimmt Salzbergs beißenden Mundgeruch selbst von weitem wahr, der stößt unbeirrt auf: „Ich vertraue diesem giftigen Biest nicht, das Militär wohl. Mich überrascht, dass Danni von ihm schwanger wurde, Dedel ist seit Jahren unfruchtbar. Vielleicht der Grund, weshalb er versessen auf seine Fertilitätsexperimente ist: Wir beschäftigen uns gerne mit unserem eigenen Mangel. Hat sie noch immer so schönes goldenes Haar?"

22 Personen gefällt das · 13 Kommentare · 4mal geteilt

127 | 29. September 17.28 Uhr

Zwirbler nickt, verdrängt schnell den zornigen Gedanken an den grinsenden Salzberg auf seiner Schwester und den einer möglichen

falschen Fährte, nimmt ein Stück Torte vom Tisch: „Hat Dedel sich selbst ebenso therapiert?"
Salzberg zuckt die Schultern: „Keine Ahnung, auch große Cojones können tote Spermien produzieren. Übrigens ist das selbstgemachter Gestagen-Kuchen, hilft in kleinen Häppchen beim Abnehmen. Sehr innovativ."

27 Personen gefällt das · 10 Kommentare · 3mal geteilt

128 | 30. September 20.14 Uhr

Zwirbler macht von seinem Recht der freien Meinungsänderung Gebrauch, verzichtet auf die Erkundung von Salzbergs Feuchtgebietkochkünsten und stellt den Kuchen zurück: „Warum die Abtreibung? Steckt mehr als die fortschreitende Blindheit dahinter?"
Salzberg setzt mit flatternden Augen zur Antwort an, wird jäh von einem schleimigen Hustenanfall unterbrochen, Blut tropft aus seinem Mund. Er kippt nach vorne und bleibt liegen.

44 Personen gefällt das · 32 Kommentare · 9mal geteilt

129 | 2. Oktober 15.00 Uhr

Zwirbler auf der Couch ist leicht überrascht von diesem unangekündigten Vorfall, legt den Kopf schief, runzelt die Stirn: „Salzberg?"
Keine Reaktion vom Boden.
Weiß Salzberg zu viel? Oder zu wenig? Spielt er doppelt? Oder gar nicht mehr?
Er beugt sich über das erstreckte Ekelpaket, spürt widerliche Atmung, wendet die stabile Seitenlage an und sich ab. Während er die Rettung wählt, gießt er vorsorglich noch einen Whisky ein.

37 Personen gefällt das · 9 Kommentare · 2mal geteilt

130 | 3. Oktober 19.33 Uhr

Zwirbler schleicht in seiner viel zu engen Hose Richtung Tür, hat keine Zeit für Auskünfte, die er nicht geben kann, oder gar Verantwortung, die er nicht nehmen kann.

Nur für eine Nachricht auf dem Tisch: „Wenn Du nächste Woche noch am Leben bist, könnten wir mal essen gehen.“
Langsam das Schreiben mit den fehlenden zwei Mal zwei Fingergliedern.
Kaum um die Ecke, hört er die jammernden Sirenen des Ambulanzwagens im Himmel.

33 Personen gefällt das · 21 Kommentare · 3mal geteilt

131 | 4. Oktober 20.28 Uhr

Zwirbler hat einfach zu wenig Ein-, An- und Umsicht. Eine logische Konsequenz, wenn man sein Leben schon zu lange nicht auf Erwartungen anderer aufbaut, kein Bestandteil anderen Alltags ist. So geht er auch nun verwirrter Sinne durch die Welt wie auf dem Mond, fühlt sich in der Hose dem umoperierten Sänger mit dem Affen ähnlich und kratzt sich daher ab und an im Schritt des Moments. Röhrender Hirsch auf Bekanntschaftssuche.

30 Personen gefällt das · 7 Kommentare · 2mal geteilt

132 | 5. Oktober 21.44 Uhr

Zwirbler wird immer wieder abverlangt, sein Leben in die Hand zu nehmen. Aber nur wer loslässt, hat die Hände frei. Egal, mit wie vielen Fingern. Seit dem Unfall ist er Getriebener, fremdbestimmt gezwungen, einen Laufschritt nach dem anderen nach vorne zu setzen, ohne Plan vorzugehen, exkrementell zu exekutieren.
Seine Freunde verschmelzen wie Schatten mit der nasskalten Dunkelheit. Ebenso sein wieder auftauchender Verfolger.

23 Personen gefällt das · 9 Kommentare · 2mal geteilt

133 | 6. Oktober 20.34 Uhr

Zwirbler stapft Richtung U-Bahn Station. Wenn er schon keinen Plan hat, so dort zumindest reichlich Gestank für klare Gedanken. Eine wild gewordene Hauskatze springt kreischend von der Feuerleiter in seinen Weg und erinnert an sein verdautes schlechtes Gewissen in der Otter. Irgendwer hinter ihm scheint zu erschrecken. Die Ersten verbrennen im Feuer der Freiwilligkeit, die zweite Reihe erschrickt bloß böse. Er dreht sich um.

34 Personen gefällt das · 19 Kommentare · 4mal geteilt

134 | 7. Oktober 22.01 Uhr

Zwirbler, schon lange nicht allein, beschließt nicht nur sich, sondern auch den Spieß umzudrehen, das mit dem Jäger des Gejagten zu probieren. Hinter einem Baum, vielleicht Haselnuss, verkriecht sich ein verdächtig vertrauter Mann in engen Hosen.
Obwohl er besser mit Worten, als mit Menschen auskommt, spricht er ihn glasklar an: „Guten Abend“, bekommt aber nur ein halbseidenes „Ist er das?“ zurück.
Der Mann wendet sich ab.

39 Personen gefällt das · 11 Kommentare · 3mal geteilt

135 | 8. Oktober 13.35 Uhr

Zwirbler will das nicht hinnehmen, hängt sich an den Mann mit der blättrigen, löchrigen Jacke, der seltsam ruckend mit dem Kopf nickt. Und bei jedem schneller werdenden Schritt den rechten Arm schwenkt, mit seinem Spiegelbild Tennis spielt. Folgt dem enttarnten Schatten, versucht ihn zu lesen, sich dabei den engen Hals, die gehetzten Atemzüge, die Angst nicht anmerken zu lassen und steigt ihm nach in den Untergrund zur Bahn.

29 Personen gefällt das · 10 Kommentare · 2mal geteilt

136 | 11. Oktober 20.23 Uhr

Zwirbler wird von der Station mit gleißendem Neon und dem dicht gedrängten Geruch warmer menschlicher Ausdünstungen und feuchter Begierden empfangen.
Jetzt nicht aus den Augen verlieren. Egal welche Richtung, welchen Zug, welche Tür der wankende, schwankende, armschwenkende Mann nimmt, er wird ihn beobachten, begutachten, verfolgen.

Eine dumpfe Lautsprecherdurchsage und der Zug fährt metallisch ratternd am Bahnsteig ein.

28 Personen gefällt das · 9 Kommentare · 3mal geteilt

137 | 12. Oktober 20.49 Uhr

Zwirbler verliert oft und vieles – die Sicherheit, die Spur seiner Schwester, Zeit, einige Fingerglieder – aber diesmal nicht den Mann aus den Augen. Die U-Bahn hält mit einem mehr oder weniger geschmeidigen Bremsen und er sich mehr oder weniger geschickt im Hintergrund. Bemüht unauffällig besteigt er den Wagen, setzt sich so, dass er den bereits Sitzenden gut sehen kann. Die Türen schließen, Abfahrt ins Ungewisse.

40 Personen gefällt das · 33 Kommentare · 9mal geteilt

138 | 13. Oktober 19.56 Uhr

Zwirbler wartet ab, wohin die Reise führt. Obwohl er ahnt: Wer offen für alles ist, ist nicht ganz dicht. Er war schon immer nicht besonders offen, aber auch nicht wirklich dicht. Das war ein Vorteil, der ihm mehrmals das Leben rettete. Anderen nicht.
Der Mann gibt sich schlafend, zumindest schwenkt er weder Kopf noch Arm. Bei der nächsten Station drängt eine Traube Jugendlicher laut lachend in den Zug, versperrt seine Sicht.

38 Personen gefällt das · 9 Kommentare · 8mal geteilt

139 | 14. Oktober 20.06 Uhr

Zwirbler bleibt selbst ohne Zeitung vor dem Gesicht ungesehen, beharrliche Jugendlichkeit im Mittelgang übertönt und überdeckt ihn. Dannis Phobie ist die Suche nach der Menge, seine die Vermeidung jeglicher. Die vor Testosteron triefenden Teens twittern über Gustav Mahler und Social Media Preise. Wir ertrinken in Information, während es uns nach Wissen dürstet. Plötzlich sieht er durch das Fenster den Mann am Perron stehen.

29 Personen gefällt das · 5 Kommentare · 2mal geteilt

140 | 15. Oktober 19.19 Uhr

Zwirbler wundert sich, der saß doch gerade noch hier? Er springt auf, schlägt eine Bresche durch die ewig lustvoll rätselnden Jungen. Die Stimme des Fahrers warnt, er hält den weißen Knöchel in die schließende Tür, die erwischt seine Fingerstummel, er schreit auf, flucht, tritt, bis die Tür weicht, zwängt sich durch, hastet über den Bahnsteig, die unterirdischen Stufen hoch, dem unscharfen verschwommenen Schatten hinterher.

34 Personen gefällt das · 11 Kommentare · 4mal geteilt

141 | 18. Oktober 18.15 Uhr

Zwirbler taumelt aus dem Untergrund, torkelt über die Stiege aus dem Tunnel, tapst an die Oberfläche in den Asphaltgeruch der Stadt, die ihre blaue Stunde längst hinter sich hat.
Er presst sich an Hereinströmenden vorbei, versucht den Mann mit den Löchern in der Jacke und dem Nichts in den Augen einzuholen. Oder zumindest dessen schwenkenden Arm in den Blick zu bekommen.
Rechts? Links? Zweifel, wohin er jetzt haschen soll.

23 Personen gefällt das · 9 Kommentare · 3mal geteilt

142 | 19. Oktober 21.30 Uhr

Zwirbler schreit ihm nach: „Ich kriege Dich!"
Bestärkt den eigenen Gedanken durch das fehlende Echo: „Hörst Du? Ich kriege Dich noch!"
Aber die Dunkelheit hat den Verfolgenden des Verfolgten längst verschlungen.
Sein Unterfangen des Nachstellens bleibt, wie das meiste in seinem Leben: mittelmäßig erfolglos.
So weit entfernt von super wie ein Brotkrümel von Intelligenz, ist er der brachiale Mörder der verpassten Gelegenheiten.

34 Personen gefällt das · 7 Kommentare · 4mal geteilt

143 I 20. Oktober 19.28 Uhr

Zwirbler steht einige Minuten still, hört und sieht nichts Wesentliches, gibt sich alsdann mit seinem unbeantworteten Ruf und dem schlechten Wetter ab. Er braucht Wachsamkeit und Wachheit. Ein nahes Café lockt mit dem Duft des Gerösteten, er kramt und findet in seiner Hose einen zerschlissenen Zehner, darauf kleinhändiges Gekritzel unter der Brücke:
„Wirst Du brauchen."
Er nickt, tritt ein, an die Bar und bestellt Kaffee.

36 Personen gefällt das · 15 Kommentare · 4mal geteilt

144 I 21. Oktober 21.03 Uhr

Zwirbler zwirbelt die Tasse in der Hand, den Dampf des gezuckerten Gebräus in der Nase, den Rollenwechsel vom Gejagten zum Jäger im Kopf, zwirbelt sein Leben, sich selbst. Bis nichts als Brösel bleiben.
Kann man überhaupt mit drei Fingern zwirbeln? Auf diese Frage war er nicht vorbereitet.
Als könnte man es jemals sein. Auf etwas – gar das Leben – gefasst sein. Mit seiner immensen Wucht trifft es uns doch immer unerwartet.

39 Personen gefällt das · 9 Kommentare · 2mal geteilt

145 I 22. Oktober 16.59 Uhr

Zwirbler, jetzt bist Du offiziell ein Krüppel", schießt ihm angesichts seiner verbundenen Finger ein. Er nimmt einen Schluck, verbrennt sich natürlich die Zunge und bedauert die Milch ausgelassen zu haben. Zumindest bei Selbstverletzung hat er eine sublimierte Potenz.
Ehe er die Tasse abstellt, legt sich eine Hand zärtlich bestimmt auf seine Schulter: „Soll ich Dir die Zukunft aus der Hand lesen?", fragt die Frauenstimme.

25 Personen gefällt das · 10 Kommentare · 3mal geteilt

146 | 24. Oktober 19.21 Uhr

Zwirbler dreht sich um, zur schwarzäugigen Frau mit grüner Mähne und dem Lächeln makelloser Zähne.
Wie meist fügt er sich, ergibt sich dem Geschehen, streckt ihr stumm seine Unbeschädigte entgegen, welche sachte genommen, mitgeführt wird, während sie auf dem Hocker neben ihm Platz nimmt.
Sitzend beugt sie sich vor, riecht an der Innenfläche seiner Hand: „Das Wesentliche ist für die Augen oft unsichtbar", sagt die Unbekannte.

23 Personen gefällt das · 9 Kommentare · 2mal geteilt

147 | 26. Oktober 00.06 Uhr

Zwirbler empfindet diese fremde Prinzessin der Nacht mit ihren grell gefärbten Haaren als eigenartig Vertraute.
Manchmal streifen Menschen unsere Lebensbahn, tangieren unerwartet unseren Weg des Suchens, die etwas über uns zu wissen scheinen, was uns selbst verborgen bleibt, obwohl es doch immer schon Teil von uns war.
Er stößt sich weder an ihrer schuppigen Haut noch an ihrem unnatürlich verformten Mund. Nur Ihre Augen …

31 Personen gefällt das · 15 Kommentare · 2mal geteilt

148 | 26. Oktober 19.43 Uhr

Zwirbler kann nicht lange in ihre glanzlosen Augen sehen, ohne sich in deren mystischem Schwarz zu verlieren. Zuviel Schreckliches erkennt er wieder, zu sehr sind sie Spiegel seines eigenen Schicksals. Glücklicherweise schnuppert sie geschlossenen Auges an seiner Handfläche: „Die Vergangenheit ist oft ein guter Ausgangspunkt für die Kontiguität der Zukunft. Deine riecht leicht nach Weihnachten. Und ganz stark nach Irrtum."

65 Personen gefällt das · 12 Kommentare · 2mal geteilt

149 | 27. Oktober 20.11 Uhr

Zwirblers gehaltener Arm fühlt sich schwer an. „Du könntest Dich also irren", sie saugt die Luft, den Geruch seiner abgenützten Epidermis, sicher keinen Duft, tief ein: „Nein, Du könntest nicht nur, Du wirst es. Gewaltig und gewalttätig."
Erschrocken reißt sie die Brauen hoch, offenbart die Dunkelheit ihrer Iris und lässt ihn mit Gänsehaut in eine besser zu verweigernde Erkenntnis starren: „Du wirst ein Begleiter des Todes."

42 Personen gefällt das · 13 Kommentare · 4mal geteilt

150 | 28. Oktober 19.31 Uhr

Zwirbler bemüht sich seine Piloerektion durch Ausweichen ihres Blickes unter Kontrolle zu bringen: „Ich irre mich öfters, das ist nichts Neues, darin habe ich viel Übung. Aber wessen Tod bitte werde ich begleiten?"
Eine einzelne Träne rinnt über ihre schuppige Wange, aber sie lässt die Zähne in einem Lachen aufblitzen und seine Hand los: „Bin ich das bestechliche delphische Orakel, Schätzchen? So genau kann ich nicht sehen."

52 Personen gefällt das · 19 Kommentare · 6mal geteilt

151 | 29. Oktober 22.39 Uhr

Zwirbler hingegen rattert das Bild eines in Trance um verlorene Seelen kreisenden Geiers mit Riesenflügeln im Kopf. Die Seelen haben kein Gesicht, der Vogel wohl: seines. Er verscheucht die Szene, denkt sich, fragen kostet nichts: „Kannst Du auch die Zukunft meiner Schwester vorhersagen?"
Zu seiner Überraschung nickt sie, das hat er nicht erwartet: „Fast, ihre Gegenwart, und ja, ein Glas Wein nehme ich gern auf Deine Kosten."

35 Personen gefällt das · 17 Kommentare · 7mal geteilt

152 I 31. Oktober 20.59 Uhr

Zwirbler setzt zum Wink an, der Kellner aber nähert sich bereits mit Tablett und einer Flasche Rotwein. Sein Blick fällt auf die Karte am Tresen: Café Orakel, dann auf die unansehnliche Frau, die summt: „Bist Du sicher, dass Du eine Antwort willst?"
Schon immer wurden seine Äußerungen in Zweifel gestellt, warum sollte gerade diese vertraute Fremde beginnen, damit aufzuhören. Er bestätigt, auch sich: „Ich muss sie finden."

42 Personen gefällt das · 7 Kommentare · 1mal geteilt

153 I 1. November 10.36 Uhr

Zwirbler sieht dem Kellner zu, wie dieser den Korken aus der Flasche mit der vergilbten Banderolle zieht, den nach Lavendel duftenden dunkelroten Wein in alle sechs Gläser auf dem Tablett und in eines eine pulverförmige Substanz aus einer Eprouvette gießt. Dann dreht er das Tablett, schnell und schneller, sodass man den kreisförmig angeordneten Gläsern nicht mehr folgen kann und verkündet: „Roulette rouge … faites vos jeux!"

64 Personen gefällt das · 16 Kommentare · 4mal geteilt

154 I 1. November 19.46 Uhr

Zwirbler wittert das Stresshormon der willkürlich Machtlosen. Geschichte wird erst im Nachhinein zweigleisig, unsere Entscheidungen sind immer durch den Moment – vielleicht Glück – determiniert. Die Grünbehaarte nimmt eines der Gläser, prostet ihm zu: „Lass uns anfangen. Mit Gift hast Du ja schon Erfahrung."
Sie nimmt einen großen Schluck: „Danni lebt – noch. Sie ist in Gefahr, verfolgt von einem Schatten der Vergangenheit."

42 Personen gefällt das · 4 Kommentare · 2mal geteilt

155 I 2. November 20.36 Uhr

Zwirbler kaum beruhigt, will mehr: „Die Gefahr habe selbst ich mitbekommen. Was kann ich dagegen tun?"

„Nun, geistige Disziplin alleine wird Dir nicht helfen, aber sie ist ein Beginn“, meint sie mit schelmischem Blick, von seinem Verband zu den übrigen Gläsern wandernd: „Man kann nur verhandeln, wenn man auch etwas anzubieten hat.“
Er nimmt also, gustiert, schmeckt nichts Besonderes, außer dem schwachen Vergleich zu Whisky.

35 Personen gefällt das · 7 Kommentare · 3mal geteilt

156 | 3. November 20.30 Uhr

Zwirbler fühlt keinen Schwindel, kein Gift. Hat er ausnahmsweise etwas richtig erwischt? Oder dauert die Wirkung nur? Sie schlägt die Beine im Rock übereinander und ihm ist, als habe er diese schon mal irgendwo davoneilen gesehen: „Die meisten Menschen sind eigentlich jemand anders, ihre Gedanken sind nichts als die Meinungen anderer, ihr Leben besteht aus Nachahmung und ihre Leidenschaft ist ein Zitat ohne eigenes Feuer.“

34 Personen gefällt das · 5 Kommentare · 4mal geteilt

157 | 4. November 21.54 Uhr

Zwirbler, sich seiner Passionslosigkeit klar, hält fehlendes Glosen für eine gesegnete Gabe, für die richtige Fähigkeit im eiskalten Wasser des Filmes, der sich Existenz nennt. Sie sieht in ihn hinein, gleitet mit breitem Lächeln vom Barhocker:
„Vielen ist das lieber, als sich für das Wagnis des Ausbrennens zu entscheiden. Aber unser Schicksal haben wir selbst in der Hand und meine Vorhersagen können Lügen gestraft werden.“

46 Personen gefällt das · 18 Kommentare · 5mal geteilt

158 | 5. November 20.19 Uhr

Zwirbler kennt sich weder mit Lügen noch mit Vorhersagen aus und mit selbstbestimmtem Leben schon gar nicht. Mit Sich-gehen-lassen hingegen recht gut. Ihm fällt auf, dass es immer die Frauen sind, die ihn ändern wollen, und die Männer, die ihn verfolgen. Er wehrt sich vehement gegen alle „Ver-"s mit „ung": allem voran Veränderung, Verantwortung, Verpflichtung, Verbindung, Verbrennung und Verfolgung. Möglichst auch Vergiftung.

18 Personen gefällt das · 6 Kommentare · 2mal geteilt

159 | 7. November 21.30 Uhr

Zwirbler erliegt als Einziges der Versuchung. Das aber immer wieder. Die schuppige Grünhaarige trinkt das Glas im Stehen auf einen Zug leer, stellt es auf den Tresen: „Pass auf Dich auf. Und noch mehr auf andere. Die Wegweiser unseres Lebens stehen nicht an Straßen, es sind die Menschen. Manchmal solche in schummrigen Lokalen" und verschwindet ebenso schnell aus dem Café und seinem Leben, wie sie in beiden aufgetaucht ist.

33 Personen gefällt das · 7 Kommentare · 3mal geteilt

160 | 8. November 20.23 Uhr

Zwirbler, alleine, kratzt sich nachdenklich am Kopf. Es nützt nicht gleich. Wie hat die Frau gemeint? Unsere Grenze wird uns immer nur durch das Aufeinanderprallen mit anderen Schicksalen oder Neuem gezeigt. In und mit uns selbst sind wir unendlich machtvoll. Sobald wir aber auf andere treffen, treffen wir auch auf unsere eigene Unzulänglichkeit. Lou Reed singt leise im Hintergrund: „Hey babe, take a walk on the wild side."

34 Personen gefällt das · 8 Kommentare · 2mal geteilt

161 | 9. November 20.58 Uhr

Zwirbler trillert den Song tonlos mit. Er trampt nicht nach New York, rasiert sich nicht die Beine und wird auch nicht zur Frau. Dafür ist das Ding zwischen seinen Beinen etwas und die Schönheit der Frauen viel zu groß. Aber auf der wilden Seite des Lebens, ja, da steht er wohl. Ungewollt. Wie viele Menschen führt er sein Leben mehrheitlich im Kopf. Nur dass er etwas mehr zwirbelt.

38 Personen gefällt das · 7 Kommentare · 2mal geteilt

162 | 10. November 21.09 Uhr

Zwirbler ist ein wenig an der Bar mit sich selbst hängen geblieben. Ohne Frau an seiner Seite, nur mit den fremden inexistenten Wesen des Liedes und der Größe der Welt im Ohr.
Zu sich kommend ruft er: „Zahlen, Kellner!"
Dieser schlurft wenig anmutig hinter der Theke hervor, blickt ihn fragend und wartend an, woraufhin er ungewollt zusammenfasst: „Ich hatte einen zu kleinen Schwarzen, den Wein … und ein verpfuschtes Leben."

52 Personen gefällt das · 15 Kommentare · 2mal geteilt

163 | 11. November 21.13 Uhr

Zwirbler zückt seinen einzigen Geldschein. Der Kellner spuckt auf den Boden, notiert Zahlen mit der akkuraten Handschrift eines Arztes, verrechnet zuerst lustlos 1,80 für den Kaffee, 7,30 für das rote Roulette und dann doch süffisant grinsend nichts für das Leben: „Geschenk des Hauses."
Er findet das keineswegs großzügig, und bevor ihn Müdigkeit überkommt, seine Lider schwer von der Barluft werden, macht er sich auf den Weg.

43 Personen gefällt das · 17 Kommentare · 5mal geteilt

164 | 12. November 20.19 Uhr

Zwirbler tritt aus der Tür des Orakels in die kalte Luft der Freitagnacht. Das Kondensat der Frische steigt ihm zu Kopf, weckt nicht; sondern verstärkt seine Schläfrigkeit.
Er ist von so vielem müde, nur nicht des Lebens.
Eine abgelegene Parkbank verspricht süße Träume. Ist es die Ermattung oder doch das Gift des Spieles, Konsequenz seines kurzen unüberlegten Vabanque, welches ihn sogleich und eingerollt einschlafen lässt?

36 Personen gefällt das · 4 Kommentare · 1mal geteilt

165 | 15. November 18.32 Uhr

Zwirbler verspürt zuerst das Brennen auf, nein: in seiner Zunge, als wäre sie mit einer spitzen Nadel durchbohrt. Munter wird er erst dadurch und danach. Gleichzeitig taucht die verpixelte Erinnerung an einen Traum – etwas mit zersplitterten Christbaumkugeln – auf.
Erwachen mit Schmerz und Reminiszenzen an Weihnachtsabende sind eine Kombination, die er nicht mag. Vielleicht, weil die Geburt eines Selbstmörders gefeiert wird.

56 Personen gefällt das · 9 Kommentare · 5mal geteilt

166 | 16. November 21.14 Uhr

Zwirbler gedenkt kurz unserer ungenauen Zeitrechnung: Basiert auf einem Scheunen-Event; resultiert in einer Religion, die einen einsamen Märtyrer am Kreuz anbetet und beides gern mit ausgiebigen Festen feiert.
Apropos Zeit: Er hat keine Ahnung, wie lange er auf der Bank geschlafen hat. Er fährt hoch und seine verspannte Muskulatur streckend diagnostiziert er, dass es noch immer dunkel ist. Oder schon wieder. Nur noch kälter.

58 Personen gefällt das · 8 Kommentare · 3mal geteilt

167 | 17. November 21.33 Uhr

Zwirbler findet Zeit eine der seltsamsten Erfindungen. Wir befinden uns in ihrem Fluss. Wir haben nicht genug von ihr oder wir haben gar keine. Wir messen sie, wir stehlen sie, wir verfluchen sie. Aber nie können wir ihr entkommen. Wir vermögen weder sie zu verlangsamen noch sie zu beschleunigen. Meistens.
Seine Zeit war schon immer eine etwas andere. Sie fließt nie richtig, sie hakt vielmehr, wie ein stotterndes Förderband.

39 Personen gefällt das · 6 Kommentare · 2mal geteilt

168 | 18. November 16.28 Uhr

Zwirbler ist in der Zeit gefangen, wie alle. Nur, dass er Sprünge in ihr hat. Ungewollte, aber große Aussetzer. Alles Gift in seinem Körper hat da nicht geholfen. Im Gegenteil. Der alte Mann mit weißem Haar meinte, wenn wir uns schneller bewegen, verlangsamt sich die Zeit. Er merkt nichts davon, diese Dynamik kann er nicht spüren. Nun, er bewegt sich zurzeit auch nicht besonders schnell. Er steht daher von der Parkbank auf.

46 Personen gefällt das · 12 Kommentare · 6mal geteilt

169 | 19. November 21.44 Uhr

Zwirbler bremst ein Kaugummi in seiner persönlichen Erkundung der Relativitätstheorie. Gebremst wird er oft und so kann er das – außer am Motorrad – ganz gut. Sein linkes Hosenbein klebt, zieht beim Aufstehen Fäden wie beim Samenerguss zwischen Holz und Stoff. Rotzbuben, die den Gummi nicht unter die Parkbank kleben können, wecken Bilder von verpickten Schultischen. Er drückt seinen Rücken durch, schafft es in die Vertikale.

45 Personen gefällt das · 9 Kommentare · 3mal geteilt

170 | 22. November 19.13 Uhr

Zwirbler und Ziele. Das sind zwei verschiedene Dinge. Bei Zielstrebigkeit fällt ihm nur das Krankheitsbild gehetzter Manager ein. Mit jeder Faser online, allzeit bereit (wofür eigentlich?) und durch Multitasking verengt in der Aufmerksamkeit ihres Kosmos.
Er jedoch lässt sich treiben und wankt. Von und im Leben. Mit dem vielleicht einzig als Ziel zu Bezeichnenden vor Augen: Überleben. Und ja, da war noch was, hinten. Danni.

38 Personen gefällt das · 9 Kommentare · 3mal geteilt

171 | 23. November 21.43 Uhr

Zwirbler legt den Gedanken um: Kann man Multitaskingfähigkeit für Gefühle lernen?

Wenn dem so wäre, wüsste er, wie sich rastlose Sorge im Wechselbad mit fliehender Gleichgültigkeit anfühlt. Aber wir können nicht kontrollieren, was uns entgeht.
Während er losschreitet, drängt auch die Schwester in seinem Kopf nach vorne: gemeinsame Kindheit, Samstagabendluft durch spaltbreit geöffnete Fenster, beide tanzend vor dem Fernseher.
47 Personen gefällt das · 11 Kommentare · 4mal geteilt

172 I 24. November 21.18 Uhr
Zwirbler schenkt der Sentimentalität der Hirnszene keinen Glauben. Recht hat er. Das hüpfende Tanzen wird durch die hereinstürmende Mutter, Wutschreie und zwei schallende Ohrfeigen unterbrochen. Weinen zwischen den vehementen Wellen ihres blonden Haares. Gemeinsamer Schmerz schweißt uns im Unbewussten mehr zusammen als geteilte Freude. Er fragt sich, wo Danni im Jetzt ist. Hier jedenfalls nicht, daher wirft er sich weiter.
49 Personen gefällt das · 6 Kommentare · 1mal geteilt

173 I 25. November 20.49 Uhr
Zwirbler reibt sich die geröteten Augen, reibt damit die Frage, wo er die Schwester suchen sollte, weg, während ihm der kalte Wind der Allee ins Gesicht schlägt. Vorbei am Park mit den Steinwegen, schwingenden Bäumen und huschenden Schatten trabt er durch den unbekannten Stadtteil.
Da ist ihm, als würde er ein Wispern aus einer dunklen Nebengasse hören. Das Pfeifen des Windes übertönt es fast: „Komm … hier … komm zu mir."
38 Personen gefällt das · 15 Kommentare · 4mal geteilt

174 I 26. November 21.16 Uhr
Zwirbler stoppt, lauscht, vernimmt es nun deutlicher: „Jetzt komm her …"
Die enge Gasse so schwarz, dass er nichts erkennen kann.

Angst erregend. Zumindest. Er versucht die Bauchatmung: tief durch die Nase ein, Luft in den Bauch hinunter, langsam durch den Mund hinaus. Es gelingt nicht. Die Fluchtatmung liegt ihm mehr. Sie ist seinem Wesen nicht nur vertrauter, sie ist eigentlich die einzige Antwort, die er auf die Welt hat.

42 Personen gefällt das · 9 Kommentare · 4mal geteilt

175 | 28. November 20.36 Uhr

Zwirbler mit Rauschen der Blätter hinter und vibrierender Kälte in sich. Seine Brust erhöht die Frequenz, Klammheit ist kein guter Atemlehrer.
Es zieht ihn zu dieser Aufforderung. Jemand will ihn bei sich haben, das kommt selten vor. Andererseits wehrt er sich gegen das Verlangen der Dunkelheit. Nicht mal die Umrisse der Person sind zu erahnen, erst das nächste „Komm schon" verrät eine Frau hinter der tiefen verruchten Stimme.

38 Personen gefällt das · 6 Kommentare · 1mal geteilt

176 | 29. November 21.22 Uhr

Zwirbler leistet Folge, tritt näher, in den Bann, verschmilzt mit der Gasse und vernimmt: „Viele Menschen haben ein großes Feuer in ihrer Seele. Es kommt nur selten jemand vorbei, um sich daran zu wärmen."
Die Verbosität scheint ihm suspekt, aber die nun Erkennbare weckt nicht nur seine Neugier. Er scannt mit erregter Virilität die endlos langen Beine der Lüge ab, will „Gefällt mir" drücken. Aber die Frau hat keinen Button.

47 Personen gefällt das · 8 Kommentare · 5mal geteilt

177 | 30. November 20.58 Uhr

Zwirbler atmet den steil aufsteigenden Rauch ihrer Zigarette ein. Sie lehnt in der dunklen Ecke, in falschem Pelz, kurzem Rock und goldenen Stiefeln: „Lust auf die Wahrheit der Nacht, mein Süßer?"

Er überlegt, sie zieht am glimmenden Stängel und ergänzt: „Mit Gummi kostet sie 80, ohne 100."
Seine männliche Mitte ist versucht, aber verzichtet: „Danke für den Kostenvoranschlag, habe weder Geld noch Lust auf mehr Wahrheit."

48 Personen gefällt das · 7 Kommentare · 4mal geteilt

178 | 1. Dezember 21.52 Uhr

Zwirbler hadert mit der Verführung. Er ist nicht per se gegen das Angebot, würde bezahlte Lust sofort annehmen, wenn er ein paar Scheine und die grausame Wahrheit keine Konsequenzen hätte. Ihren Hals, ihre Lippen, ihre Wärme würde er gerne spüren. Innen wie außen.
„Was ist los mit Dir?", lacht sie und ihr Gesicht verzerrt die Kriegsbemalung der Straße.
In solchen Momenten hätte er gerne eine Bedienungsanleitung für das Leben.

52 Personen gefällt das · 7 Kommentare · 3mal geteilt

179 | 2. Dezember 21.35 Uhr

Zwirbler notiert das mit der Anleitung auf seine Weihnachtswunschliste im Kleinhirn, bevor er stottert: „Es ist … ist wohl mehr als nur etwas kompliziert."
Die Zigarette wegschnippend schiebt sie den türkisfarbenen Pelz beiseite, entblößt ihre hellen Brüste, präsentiert sich ihm und dem frostigen Wind: „Dir sind die erlebten Katastrophen anzusehen … und sie verdienen etwas Trost."
„Ich habe wirklich kein Geld", beteuert er.

48 Personen gefällt das · 19 Kommentare · 5mal geteilt

180 | 4. Dezember 19.23 Uhr

Zwirbler kann gar nicht so schnell schauen, wie der flauschige Vorhang wieder fällt und damit sein Trugbild vom Tausch bezahlter

Geilheit gegen die Welt der Worte beendet.
„Ihr Männer … außer Testosteron nichts in der Tasche“, spuckt sie scharfkantig in die eisige Nacht und zieht sich in den Hauseingang zurück.
Die Tatsache seiner Nicht-Befriedigung scheint ihm zu einer – nicht lieb zu gewinnenden – Gewohnheit zu werden.

49 Personen gefällt das · 8 Kommentare · 3mal geteilt

181 | 5. Dezember 23.31 Uhr

Zwirbler haucht kleine Wolken in die Luft, dreht sich, trollt sich, schleicht sich davon, während der Nebel mit dünnen Fäden aufzieht und ihre pulsierende Stimme verschluckt: „Sie wissen nicht, was Du willst, aber dafür wo du bist. Immer und überall.“

51 Personen gefällt das · 17 Kommentare · 4mal geteilt

182 | 6. Dezember 19.19 Uhr

Zwirbler gruselt die Enge der Gasse. Das Fehlen des Lichts, das uns in bangen Stunden Sicherheit vorzutäuschen vermag. Die hohe Schlucht der Häuser, an deren Ende der Himmel durch den Nebel verdeckt wird. Das sich entfernende, von den nahen feuchten Mauern widerhallende Lachen hinter seinem Rücken. Eine ebendort ins Schloss fallende Tür. Unsichtbares Flüstern, das ihn umgibt.
Ausreichend Gründe für seine gehetzte Atmung.

53 Personen gefällt das · 11 Kommentare · 2mal geteilt

183 | 7. Dezember 22.47 Uhr

Zwirbler umhüllt von immer dichteren Schwaden. Sie senken sich in die schmalen Straßen der Sünde, kriechen zwischen bröckelnde Wände, durch knirschende Spalten besser verschlossener Türen, trüben Sichtweite und -weise.
Aus dem Gemäuer ragen gusseiserne Laternen, schnappende Hände, ihr Licht nichts als dumpfe Punkte im Schleier der Nacht.

Zu schwach um sich im Nass des Asphalts unter seinen Sohlen zu spiegeln. Ein Geräusch.

54 Personen gefällt das · 9 Kommentare · 1mal geteilt

184 I 8. Dezember 22.44 Uhr

Zwirbler zuckt, verharrt in der Bewegung. Ein dumpfer Schlag. Gleich darauf, selbe Richtung, tiefes stöhnendes Knarren einer Holztür, als würde man sie brechen wollen. Plötzlich abwartendes Innehalten. Lauter werdend unterdrücktes Stimmengewirr von im heimlichen Vorhaben Gestörten. Streit aus Furcht. Metallisches fällt hallend zu Boden. Gezischte Flüche, fliehende, sich entfernende Laufschritte. Er blickt sich um. Nur Nebel.

63 Personen gefällt das · 13 Kommentare · 4mal geteilt

185 I 9. Dezember 22.31 Uhr

Zwirbler beschwichtigt sich: Im Dunkeln sind viele Laute unheimlich. Während Wasser vom Dach in seinen offenen Hemdkragen tropft, kommt er nicht umhin ihren letzten Satz noch mal hervorzuholen. Wen meint das langbeinige Weibsbild käuflicher Verführung mit „sie“? Männer?

Das wäre klar: Die wissen wirklich nicht, was Frauen wollen. Nie und nirgends. Oder ist sein Verfolger gemeint? Mehrere? Wer sind sie und wenn ja, wie viele?

51 Personen gefällt das · 7 Kommentare · 1mal geteilt

186 I 10. Dezember 15.12 Uhr

Zwirbler schreitet weiter vorwärts – mehr Trab als Galopp – hat aber keinen Tau und schon gar keinen glänzenden Schimmer, wohin der Weg, sein Weg, führt; führen soll, führen kann. Und auch nicht, wer seine verfolgenden Begleiter sind. Das wiederum ist nicht wirklich neu, sondern typisch. Klarheit im Unklaren gibt ihm nur eines: die Vertrautheit des Ungewissen.

44 Personen gefällt das · 8 Kommentare · 4mal geteilt

187 | 13. Dezember 22.32 Uhr

Zwirbler vermisst beinahe Ivan. Aber nur beinahe. Jedenfalls aber vermisst er seine Fingerglieder, als er die Hand zum Wärmen in die Hosentasche steckt, ertastet er mit der beschädigten ein Papierstück. Er zieht es in die Kälte, entfaltet eine Nachricht von Danni: „Habe Dich immer schon besser gefunden als Du mich. Muss schnell weiter, versuche ihn abzuschütteln und nach Hause zu kommen. Habe von Deinen Fingern gehört."

41 Personen gefällt das · 11 Kommentare · 4mal geteilt

188 | 14. Dezember 19.24 Uhr

Zwirbler mit dem Blick auf den handgeschriebenen Hinweis stellt fest, dass die Frau das einzige Wild ist, das dem Jäger auflauert. Auch seine Schwester ist nicht anders, wie immer mehrere Schritte voraus, hat sie ihm das Papier im Schlaf auf der Parkbank zugesteckt.
Fragen werfen sich auf: Soll sie ihn – wen überhaupt, Ivan? – abschütteln oder er? Und welches zu Hause?
Seines mit der Schlange wird wohl nicht gemeint sein.

44 Personen gefällt das · 12 Kommentare · 3mal geteilt

189 | 15. Dezember 19.51 Uhr

Zwirblers Fall ist eher das Gehenlassen. Andere auch, am meisten jedoch sich.
Etwas, was sie nie macht.
Danni, singt es in ihm. Sie ist also – noch – wohlauf. Aufgrund der Nachricht nimmt er, leicht widerwillig, selbst die Beine in die Hand und die näherliegende Richtung. Zumindest hat er die unklare – besser als überhaupt keine – Anleitung einer Frau.
Ohne johlendes Jammern macht er sich auf den Weg zu ihrer Wohnung.

45 Personen gefällt das · 8 Kommentare · 2mal geteilt

190 | 16. Dezember 21.07 Uhr

Zwirbler, immer der Hausmauer entlang, huscht so unauffällig wie möglich durch die Nacht. Im Zickzack-Kurs wechselt er die Gassen, vermeidet helle Plätze und klare Momente. In Zeiten unbekannter Verfolger kann man nicht vorsichtig genug sein. Man weiß ja nicht, wen es abzuschütteln gilt. Das verzweifelte Knattern eines untermotorisierten Mofas lässt ihn langsamer werden. Vorsichtig dreht er im Gehen nur die Augen zur Seite.

52 Personen gefällt das · 13 Kommentare · 4mal geteilt

191 | 17. Dezember 22.46 Uhr

Zwirbler eingeholt vom Tuckern, das Moped so lahm, sie könnten es auch schieben. Auf dem Gepäckträger schwarzes lockiges Haar unter dem Helm. Er dreht nun auch den Kopf, kann den Blick nicht von der Fahrgefährtin nehmen, stellt sich roten Mund, erregte Lippen vor.
Der Fahrer stellt die Füße ab, klappt sein Schild hoch und haucht in die kalte Luft: „Nimm Deine Augen von ihr, Alter!"
Er will ja, kann nur nicht. Ein Pfiff.

43 Personen gefällt das · 7 Kommentare · 3mal geteilt

192 | 18. Dezember 18.22 Uhr

Zwirbler entdeckt die Gestalten, die sich als Antwort auf das Pfeifen aus den Hauseingängen lösen. Jung, alle Wut auf die Welt im Gesicht und schwere Stöcke in der Hand. Baseballspieler ohne Ball.
Was gäbe er darum, wenn sein Leben endlich ein Komma machen würde. Aber die Konjunktion seiner Sterne zieht die andauernde Parataxe der Ereignisse mit sich.
Der Zeigefinger des Fahrers zeigt stumm auf ihn. Mehr brauchen sie nicht.

44 Personen gefällt das · 8 Kommentare · 1mal geteilt

193 | 20. Dezember 20.54 Uhr

Zwirbler auch nicht; er rennt. Schnell, ohne sich umzublicken und ohne zu warten, bis die vielleicht stummen, aber eindeutig schlagfertigen Adoleszenten aufholen.
Sein Atmen zittert in den Gestank der Vorstadt, während seine Schritte ratternd auf die Straße akkumulieren. Ist er der Marathon-Mann? Wie soll er das bis Dannis Wohnung aushalten? Viel zu weit weg, selbst ohne Verfolger. Mit erst recht: Er braucht Geschwindigkeit.

46 Personen gefällt das · 5 Kommentare · 3mal geteilt

194 | 21. Dezember 22.06 Uhr

Zwirbler bemerkt die Veränderung – wie meist – nicht sofort. „Abgang“ und „Ärger“ hört er hinten, wähnt sich mit beiden gemeint. Doch die Schritte der frechen Pöbler stoppen jäh. Er läuft beirrt weiter, schielt im Laufen nach hinten, sieht die bekannte Silhouette des breitschultrigen Mannes aufgebäumt vor den nun betretenen Halbstarken.
Hilfe, wie auch Gefahr, kommt oft von denen, von denen wir es am wenigsten erwarten. Ivan.

41 Personen gefällt das · 11 Kommentare · 4mal geteilt

195 | 22. Dezember 22.04 Uhr

Zwirbler getraut sich nicht zu stoppen, hat zu wenig Zeit abzuwägen. Soll er dem langsamen Mann mit den kleinen Händen trauen? In der Klinik hat Ivan versucht ihn aufzuhalten und Inge hat ihn als grob bezeichnet.
Da bekommt er ein Geräusch in die Ohren gepresst, eine Schnellbahn fährt in die Station über ihm ein. Er blickt nach oben auf die Eisenkonstruktion. Im Zweifel unseres Lebens entscheiden wir uns meist für die Angst.

59 Personen gefällt das · 12 Kommentare · 3mal geteilt

196 | 24. Dezember 1.15 Uhr

Zwirbler ist wenig überzeugt, diese Herausforderung zu meistern. Er hechelt die Stiegen hoch. Atmen, rasch atmen. Über die Absperrung, auf den leeren Bahnsteig. Ein Warnruf, schnell noch mit, ein Sprung, hinter ihm herlaufendes Fluchen, die Türen zu. Ivan hat sie also nicht aufhalten können. Oder nicht aufhalten wollen. Stöcke schlagen an die Fensterscheibe. Die Wut der Wahrheit, die am Glas des abfahrenden Zuges abprallt.

47 Personen gefällt das · 8 Kommentare · 4mal geteilt

197 | 24. Dezember 15.31 Uhr

Zwirbler allein in der Bahn, lehnt den Kopf ans Fenster, japst nach Luft. Vielleicht hat Danni recht und es gibt ein Leben vor dem Tod. Aber nicht hier, nicht in dieser Vorstadt, nicht heute Nacht. Kein Mensch will um diese Zeit noch irgendwohin. Vorbeiziehende Lichter, Ruhe der Eintracht, als wäre es Weihnacht: die Zeit im Jahr, die er nicht mag. Die ihn an den Beginn eines Endes erinnert. An Feuer … und die Leere danach.

65 Personen gefällt das · 17 Kommentare · 6mal geteilt

198 | 26. Dezember 9.41 Uhr

Zwirbler hält Weihnachten für völligen Humbug. Seit damals, als er schmerzhaft erkannte, in welcher Abhängigkeit er sich von Menschen um ihn herum befand. Seitdem er genau vor dieser verbindenden Relation jeden Tag Reißaus nimmt und möglichst weit wegläuft. Seitdem er vor Freund und Feind flieht, selbst wenn er gar nicht flüchten muss. In der nicht endend wollenden Welt der Möglichkeiten vermeidet er keinen machbaren Fehler.

67 Personen gefällt das · 14 Kommentare · 4mal geteilt

199 | 27. Dezember 19.26 Uhr

Zwirbler war, ist und wird immer der Letzte sein. Kindergarten, Schule und auch beim Arzt.

Er ist es gewohnt als Letzter aufgerufen zu werden, am Ende aller Listen zu stehen. Wenn nicht überhaupt ganz auf ihn vergessen wird. Eines der wenigen Dinge, denen beharrliche Beständigkeit innewohnt. Auch jetzt ist er der letzte Fahrgast der Bahn, die gleich einem Flugzeug eine Schneise durch die poröse und bröckelige Landschaft zieht.

42 Personen gefällt das · 7 Kommentare · 3mal geteilt

200 | 28. Dezember 16.23 Uhr

Zwirbler ahnt: In jedem Leben gibt es Kreuzungen, Momente der Entscheidung; danach ist das, was gerade noch war, Erinnerung und die Gegenwart des gefrorenen Herzens eine andere. Momente gelingen oder scheitern, sie halten nie an.
Selbst in der Bibel gibt es Schlüsselstellen. Bei ihm war es der Unfall vor drei Jahren, der dies markierte. Selten zuvor hat er mit der Rauheit des Lebens so brachial Bekanntschaft schließen müssen.

47 Personen gefällt das · 8 Kommentare · 4mal geteilt

201 | 29. Dezember 17.51 Uhr

Zwirbler rattert mit dem trostlosen Zug im Stakkato durch beinahe russische Kälte.
Können wir uns aussuchen, wen uns das Schicksal gibt und wen es nimmt? An jenem Weihnachtsabend hätte er das gekonnt. Augustinus meinte, wir sollen hoch schätzen – nicht lieben – was wir tun wollen, und dann tun. Die Gegenwart, denn unser Handeln im Präteritum ist vergangen.
Er schätzte damals nicht hoch, handelte nur – vielleicht ein Irrtum.

44 Personen gefällt das · 11 Kommentare · 1mal geteilt

202 | 30. Dezember 19.44 Uhr

Zwirbler sinkt in die Bilder der irreversiblen Vergangenheit: die schreiende Schwester, berstendes Glas, Flammen, das Licht der Unvernunft, Metall, sein Unterlassen und der verbrennende Vater

im Wagen. Das Begräbnis, auf dem er nicht war.
Dann die Diagnose, seine Diagnose: dauerhafte Schädigung des Mandelkerns. Damals klang das wie eine Schlagzeile im Wirtschaftsteil oder nach Gehirnerschütterung. Er hatte ja keine Ahnung.

45 Personen gefällt das · 6 Kommentare · 2mal geteilt

203 | 2. Jänner 18.07 Uhr

Zwirbler hatte noch nie davor vom Mandelkern gehört. Es erinnerte ihn an einen Komponisten, an Musik, vielleicht Mathematik, aber nicht an etwas, was man in sich hat. Nicht an etwas, was man braucht, was medizinisch gesehen beschädigt werden kann, was Macht über Menschliches rauben kann. Schon gar nicht, wenn man bei dem Unfall doch beinahe unverletzt blieb und der Arzt salopp meinte: „Ihre Amygdala hat etwas abbekommen."

39 Personen gefällt das · 8 Kommentare · 2mal geteilt

204 | 3. Jänner 18.59 Uhr

Zwirbler dachte damals nicht an einen Defekt, eher an einen temporären Gewinn. Wie hätte er durchschauen sollen, dass dieses nicht gänzlich erforschte Corpus amygdaloideum Information mit Emotion verbindet, dass Schädigungen dieses Hirnbereichs zu Einbußen bei emotionaler Beurteilung führen?
„Das wird Ihr soziales Leben tangieren; es kann Ihnen schwerfallen, in kritischen Situationen die richtigen Entscheidungen zu treffen."

44 Personen gefällt das · 11 Kommentare · 3mal geteilt

205 | 6. Jänner 16.55 Uhr

Zwirbler war sich des medizinischen Irrtums des Weißkittels sicher, bis ihm seine Wahrnehmung mehr Wahrheit als nachgeschlagenes Wissen vermittelte. Angst und Furcht funktionieren bei ihm. Oft genug dann, wenn er keines von beiden braucht. Er reagiert nicht angemessen, die Störung in der Gefühlsebene wirkt sich auf seine Einschätzung gewisser Situationen aus: Sie schürt Zweifel und bedingt seinen Verlust von Sicherheit.

48 Personen gefällt das · 12 Kommentare · 2mal geteilt

206 I 9. Jänner 11.02 Uhr

Zwirblers Schicksal ist seitdem wie Zeitunglesen am windigen Strand. Buchstaben, einzelne Sätze lesbar, Zusammenhänge nur schwer erkennbar. Aber welches Leben ist schon bar der Mühe? Ohne Bemühen gelingt oft nicht mal das Scheitern. Die Bambusotter war ein Versuch seine Sicherheit wiederzuerlangen. Laut einer koreanischen Geschichte wirkt deren Gift direkt im Mandelkern und heilt auf dramatische Art, was malträtiert wurde.

39 Personen gefällt das · 11 Kommentare · 3mal geteilt

207 I 10. Jänner 20.38 Uhr

Zwirbler bleibt damit die Frage: Wer hat von seiner Absicht mit dem Schlangengift – die wohl ohne Hilfe eine solche geblieben wäre – gewusst und ihm die Otter vor die Türe gestellt? Eine Frau, nicht seine Schwester, und die Beine hat er schon mal gesehen; soviel scheint selbst ihm sicher. Das ganze Leben besteht aus Rätseln. Und nicht alle gibt es, damit wir sie lösen.

47 Personen gefällt das · 7 Kommentare · 2mal geteilt

208 I 11. Jänner 20.44 Uhr

Zwirbler rechnet Mandelkern, Ivan und seine Flucht zusammen und kommt auf kein arithmetisches Mittel. Könnte der bekannte Fremde, den er immer wieder willkürlich zurücklässt, Erklärungen liefern?
Das flache Gelände macht immer mehr Gebäuden Platz, bis aufragende Wohnhäuser den Zug flankieren. Drinnen und draußen Stille. Bewusstlosigkeit ist der natürliche Zustand der Welt, nur Schlafende und Tote sind wirklich zu Hause.

49 Personen gefällt das · 13 Kommentare · 4mal geteilt

209 | 13. Jänner 22.31 Uhr

Zwirbler akzeptiert die Welt meist, wie sie ist. Er findet sich mit ihr ab, wehrt sich nicht, spricht leise und wagt es in keiner Hinsicht sie zu wecken.
Steingeworden hört und sieht sie weder Schande noch Zerstörung und ihre vorübergehenden Schlafstörungen sind nur kurze Widersacher dieses Glücks.
Den Mutigen ohne Todesangst gehört die Welt zwar keinesfalls, aber sie wecken sie zumindest kurz, um den Augenblick zu preisen.

51 Personen gefällt das · 9 Kommentare · 3mal geteilt

210 | 14. Jänner 20.18 Uhr

Zwirbler verdrängt wiederholt den Wink des Schicksals; sein im Werten beschädigtes limbisches System, welches ihm die Wirklichkeit durcheinanderbringt.
Er erleichtert sich die Krankheit durch wortlose Verleugnung; nimmt sein Gehirn nur wahr, als würde ein Orchester spielen, welches sich selbst dirigiert – mit ständig wechselnder Partitur.
Die Bahn fährt in ihren Hof ein und er macht sich bereit für den Zufall, der ihn führt.

51 Personen gefällt das · 8 Kommentare · 3mal geteilt

211 | 17. Jänner 18.49 Uhr

Zwirbler packt allen Gewalten zum Trotz seine feigen Gedanken, zeigt sich kräftiger, als er ist, und schwankt bangend aus dem Zug.
Auf dem Bahnsteig zig Reisende; Rufe, fuchtelnde Arme, durcheinandergewirbelte Gepäckstücke, Stimmen klagender Kinder elender Eltern.
Nach der flüsternden Einsamkeit trifft er auf die Kakophonie geballter Reisekraft.
Die Welt wird immer kleiner, Entfernungen sind nur mehr eine Frage des Geldes.

53 Personen gefällt das · 15 Kommentare · 3mal geteilt

212 | 18. Jänner 22.19 Uhr

Zwirbler verzagt nicht ob der Menge, beugt sich nicht dem Strom, drängt sich durch. Wenn sonst wenig: Das kann er. Hinaus aus dem Bahnhof, nur zwei Blocks zu Dannis Wohnung, einmal um die gebogene Ecke, eher enge Kehre.
Kurven sind die schönen Mütter der Straße. Ein gerader Weg erlaubt uns zu viel Ausblick auf die Welt, als würde es ins Unendliche weitergehen.
Aber Kurven geben innigen Halt, sie umarmen uns mit Geborgenheit.

49 Personen gefällt das · 8 Kommentare · 4mal geteilt

213 | 19. Jänner 20.08 Uhr

Zwirbler, dankbar dieser kurzen Gebogen- und Geborgenheit, kennt die Umgebung, findet hier kaum Nischen für sein Vergessen. Vor allem, weil er keinen Alkohol zur Hand hat.
Im Vergessen kann er durchaus Sinn erkennen, ist es doch Bedingung des Vergebens.
Würden wir uns immer erinnern, würden eigene Fehler, wie auch die anderer Menschen, permanent präsent sein und wir nicht mehr halbwegs unbefangen leben können. Auch er nicht.

56 Personen gefällt das · 17 Kommentare · 4mal geteilt

214 | 20. Jänner 19.50 Uhr

Zwirbler konstituiert für sich die Valenz dieser Wechselwirkung und überträgt sie auf das digitale Leben. Im Netz gibt es kein Vergessen, jeder Fehler, jede Dummheit und Belanglosigkeit wird gespeichert.
Energeia wird zu Ergon, alles, was ein Mensch je gesagt oder von sich gezeigt hat, liegt auf ewig im System und ist abrufbar, es gibt kein Entrinnen mehr vor der Vergangenheit. Daher kennt das Internet auch kein Vergeben.

67 Personen gefällt das · 14 Kommentare · 6mal geteilt

215 | 22. Jänner 23.31 Uhr

Zwirbler erreicht Dannis würdeloses Wohnhaus mit Vorfreude. Auf sie, die nicht vergessen, ihm daher auch nicht vergeben kann. Weder Wesentliches, wie sein Karma beim Autounfall, noch Belangloses, wie seine trübe Grammatik, um die er sich noch nie mit passionierter Vehemenz gekümmert hat. Auf ihr hochrotes Gesicht mit den vormals funkelnden Augen, auf ihr Lachen, wenn er statt klaren Antworten nur Grimassen hervorbringt.

48 Personen gefällt das · 11 Kommentare · 2mal geteilt

216 | 24. Jänner 18.20 Uhr

Zwirbler spiegelt sich in den Fensterscheiben der Sushi-Bar. Bei gewissem Licht betrachtet ist er nicht unattraktiv. Bei diesem schon. Eine Kellnerin lässt ein Essstäbchen zwischen ihren Beinen unter dem Rock verschwinden und streckt die Hände von sich, als wäre das Zauberkunststück, die Therapie gelungen. Aber vielleicht hat er das falsch gesehen, Mensch sein heißt, laufend Fehler bei der Interpretation der Welt zu machen.

51 Personen gefällt das · 12 Kommentare · 2mal geteilt

217 | 25. Jänner 18.09 Uhr

Zwirbler legt das ab: Seine Vorstellungskraft ist selten so reichhaltig, wie das Kuriositätenkabinett der Wirklichkeit. Wir können zwar die Bewegung von Himmelskörpern genau berechnen, aber nicht die verstrickten Verrücktheiten eines Menschen.
Er tritt in das Haus, nimmt keuchend die zwei Etagen, sieht den Gang entlang. Gegenüber von Dannis Wohnung lehnt ein Mann in schmutzigen Jeans und vergilbtem Ranger-Hut im Zwielicht.

47 Personen gefällt das · 5 Kommentare · 3mal geteilt

218 | 26. Jänner 18.11 Uhr

Zwirbler, die Situation wieder einmal nicht einschätzen könnend, in der Grauzone zwischen Intelligenz und Intuition verheddert,

stakst auf den Hünen mit den langen Beinen und dem bärtigen Kinn zu. Der Ranger-Hut-Mann sieht aus, als wäre er gerade auf dem Weg in ein australisches Dschungelcamp, um das letzte bisschen Würde im Menschen zu vernichten.
Wieso lehnt er also genau dort und jetzt? Und warum hebt er abrupt den Kopf?

49 Personen gefällt das · 12 Kommentare · 4mal geteilt

219 | 27. Jänner 19.59 Uhr

Zwirbler fühlt sich an einen Drachen erinnert, der den Kopf hebt, um brennendes Feuer zu speien. Der Mann aber löst sich von der Wand, zwängt sich vorbei, spuckt bloß ein kaum hörbares, sehr klägliches „Wiedersehen …" aus seinem dünnen Mund, bevor er ins Dunkel des Ganges und Vergessens verschwindet. So gesehen ähnlich, aber nicht identisch mit Ivan.
Er putzt sich die Schuhe am Fußabtreter ab und klingelt an der Wohnungstür.

50 Personen gefällt das · 5 Kommentare · 2mal geteilt

220 | 29. Jänner 21.31 Uhr

Zwirbler wartet. Lange. Dann drückt er noch einmal die Klingel.

37 Personen gefällt das · 9 Kommentare · 1mal geteilt

221 | 31. Jänner 19.20 Uhr

Zwirbler weiß nicht, ob das jetzt fünf Minuten oder Ewigkeit war, jedenfalls öffnet niemand.
Sein Atem pumpt langsam und gleichmäßig im Korridor, er überlegt. Funktioniert die Klingel überhaupt? Er könnte Danni anrufen oder vielleicht steht ja die Terrassentür offen – wenn er ein Handy oder sie eine Terrasse hätte. Er schabt mit den Füßen, der Abstreifer rutscht zur Seite: Nur Unverdorbene haben einen Schlüssel unter der Matte.

47 Personen gefällt das · 8 Kommentare · 2mal geteilt

222 | 1. Februar 21.19 Uhr

Zwirbler bückt sich, hebt ihn auf, ringt bange mit der einzigen Möglichkeit: Soll er aufmachen?
Er steckt den Schlüssel ins Schloss, stutzt aber noch vor dem Umdrehen: Er ist nicht allein, wohl nie gewesen. Ein Tippen an seiner Schulter, die Kellnerin aus der Sushi-Bar grinst ihn an – ob freundlich kann er nicht deuten.
Spielt sie mit ihm? Wenn ja, findet sie Gefallen daran. Wie die meisten Frauen, die sein Leben kreuzen.

47 Personen gefällt das · 6 Kommentare · 2mal geteilt

223 | 2. Februar 22.41 Uhr

Zwirbler entscheidet sich für wohlgesinnt, ihr Text kommt aus entwaffnenden Lippen, von den Brüsten ganz zu schweigen: „Ist sie drin?"
„Nein … Keine Ahnung."
Bevor er zittrig versucht aufzusperren gleitet sie bereits seine Hand entlang, um ihn zu führen. Weibliche Intuition ist schneller als die Regung des Mannes. Außer die Erregung.
Die Tür springt auf, er tritt in die Stille, mit der Frau im Rücken: „Juhu, ist jemand da?"

44 Personen gefällt das · 18 Kommentare · 1mal geteilt

224 | 4. Februar 19.04 Uhr

Zwirbler ist ob der leichtgläubigen Frage der Kellnerin ebenso erstaunt, wie angesichts der beunruhigenden Antwort, die sie sich selbst gibt: „Nun, wenn jemand hier ist, dann taub oder tot."
Seine Augen tasten sich behutsam vor, gewöhnen sich ans Dunkel, was aber gar nicht nötig ist, weil sie schon den Lichtschalter betätigt hat.
Ihre symbiotische Phase ist etwas zeitversetzt: Er denkt zu langsam, sie handelt zu schnell.

67 Personen gefällt das · 9 Kommentare · 3mal geteilt

225 | 5. Februar 18.26 Uhr

Zwirbler – feststellend, dass weder Gehör- noch Leblose in der Wohnung anwesend zu sein scheinen – fragt sich, was die Kellnerin von ihm will. Oder von Danni.
In ihrer straff gebügelten Schürze durch die Wohnung tänzelnd, den adretten schwarzen Pagenkopf dabei ebenso wie die Hüften wiegend, blickt sie in Schubladen, schiebt wie beiläufig Papierstapel zur Seite und verschwindet ein ihm unbekanntes Lied trällernd in der Küche.

55 Personen gefällt das · 10 Kommentare · 2mal geteilt

226 | 7. Februar 20.55 Uhr

Zwirbler vergisst viel, aber manche Dinge nie. Gerüche prägen sich ihm besonders ein. Seine Schwester mit ihrem Engelshaar, die Leichtigkeit von Vanille geschwängert mit der Würze des Safrans versprühend. Aber hier riecht es nicht nur nach Danni.
Etwas Südamerikanisches hängt in der Luft. Schwer, verführerisch, feucht. Die abstoßende Gefahr der Anziehung.
Wobei er noch nie in Südamerika war, seine Phantasie jedoch öfters.

50 Personen gefällt das · 8 Kommentare · 4mal geteilt

227 | 9. Februar 21.02 Uhr

Zwirbler beäugt die gerahmten Fotos an der Wohnzimmerwand. Fremde Menschen zeigen sich mit dem Stolz halb-bekannter Persönlichkeiten; er entdeckt weder sich noch den Vater.
Die Trophäensammlung dokumentiert den Aufstieg der Schwester beim Fernsehen – ihre Bilderbuch-Karriere, wie man sagt.
Obwohl er kein Buch mit bebilderter Karriereanleitung kennt. Es gibt Leute, die einen eigenen Weg gehen, und andere, die hinterhersegeln.

49 Personen gefällt das · 5 Kommentare · 4mal geteilt

228 | 11. Februar 21.19 Uhr

Zwirbler hält seine kleine Schwester für Ersteres und der Stolz überkommt ihn jedes Mal, wenn er sie im Fernsehen sieht: die hübscheste und frechste Moderatorin der Stadt. Jeden Popstar, Politiker und Verbrecher des Landes hat sie interviewt. Wobei sie immer meint, die Grenze liege allein im Auge des Betrachters, sie ziehe keine. Man wird nolens volens zu dem, womit man sich beschäftigt: sie ein Star mit kurzer Halbwertszeit.

55 Personen gefällt das · 11 Kommentare · 4mal geteilt

229 | 13. Februar 19.33 Uhr

Zwirbler resümiert Dannis Leben: Große Wohnung in zentraler Lage (mit Sushi-Bar und leicht wundersamen Kellnerinnen im Haus), prominente Freunde (oder solche, die beides zu sein glauben), schnelles Motorrad (dank ihm nun Schrott), Geld, Erfolg, Beliebtheit, Ruhm. Dennoch hat ihr etwas so sehr gefehlt, dass sie bereit für ein schmerzhaftes Opfer war. Wenn man alles hat, hat man eigentlich nichts mehr. Nur mehr seine Wünsche.

52 Personen gefällt das · 8 Kommentare · 2mal geteilt

230 | 15. Februar 20.19 Uhr

Zwirbler leuchtet ein, dass man sich manchmal von einem Menschen entfernen muss, um ihn zu finden. Vieles ist fraglich, aber dass nur er und die Kellnerin in der Wohnung sind, ist es nicht. Meinte Danni doch sein Zuhause? Oder konnte sie den Verfolger nicht abschütteln? Er erforscht den Raum, entdeckt den eingeschalteten PC in der Ecke. Ihr Bildschirmschoner ein Chihuahua: klein, bissig, hässlich und zu nichts zu gebrauchen.

58 Personen gefällt das · 11 Kommentare · 3mal geteilt

231 | 17. Februar 21.27 Uhr

Zwirbler fragt sich, ob ein Hund dieser Größe nicht eher als nutzloser Gegenstand denn als Wesen zählt.

Und wieso man einen Bildschirm schonen muss, wenn man sich selbst vor nichts verschont. Vor dem Einblick anderer? Seine Schwester wünschte sich immer schon viele Freunde, ihr Facebook-Account könnte Licht – oder abgründige Dunkelheit – an den Tag bringen.
Er bewegt die Maus, der sture Rechner verlangt nach einem Passwort.

58 Personen gefällt das · 15 Kommentare · 3mal geteilt

232 I 18. Februar 20.48 Uhr

Zwirbler probiert statistisch gesehen häufige Speisen: Kartoffel. Kuchen. Suppe. Soße. Safran. Geschnetzelter Chihuahua.
Nichts. Wütend tippt er ein komplettes Lasagne Rezept ein. Der Computer kommentiert das nicht einmal mit einem „Vielleicht" oder „Nahe dran".
Könnte es auch ein unpassendes Passwort sein, gar etwas Ernsthaftes? Ihre Ausweis-Identifikationsnummer? Oder doch ein Wort aus einer temporären Stimmung heraus?

37 Personen gefällt das · 14 Kommentare · 4mal geteilt

233 I 20. Februar 20.20 Uhr

Zwirbler stellt fest, dass Stimmungen länger währende Gefühlszustände sind, die unser Verhalten immer beeinflussen. Uns etwas zu verbieten, heißt die Lust darauf zu wecken. Alkohol, 200 auf der Autobahn, nackt durch die Straßen und bezahlter Sex: alles eine große Versuchung. Er muss da rein, schon allein, weil er nicht darf. Zu verlockend ist es, etwas über einen Menschen zu erfahren, was dieser nicht von sich aus preisgibt.

48 Personen gefällt das · 12 Kommentare · 1mal geteilt

234 I 22. Februar 19.22 Uhr

Zwirbler nimmt dafür die Wahrscheinlichkeit eines verzerrten Bildes in Kauf. Immerhin hat er nichts zu verlieren, außer der Realität.

Aber wer braucht die schon.
Also: Passwort? Er geht Dannis Beziehungen durch: Tippt Ramon Jim Dedel in allen Varianten. Nichts.
Schreibt „Salzberg rulez!“ und drückt auf „Anmelden“. Nein.
Der Vater? Unwahrscheinlich. Zwirbler? Sicher nicht. Mutter. Ja, das ist es: Mutter.
Er ist im Rechner.

49 Personen gefällt das · 10 Kommentare · 2mal geteilt

235 | 23. Februar 22.48 Uhr

Zwirbler fasst es als passend auf, den Wunsch als Passwort: Danni wünschte sich nichts sehnlicher, als Mutter zu werden. Er durchstöbert ihre Festplatte, digitales Imaginarium virtueller Hoffnung und das mit der Verzerrung stimmt entsetzlich mehr als ihm lieb ist: Auf dem Computer hunderte Bilder, digitale Schnappschüsse von einem Leben, das er weder gekannt noch geahnt hat. Als würde man der Unschuld beim Kotzen zusehen.

51 Personen gefällt das · 11 Kommentare · 2mal geteilt

236 | 25. Februar 22.00 Uhr

Zwirbler ist sich jetzt nicht sicher, ob er das, was er will, wirklich will. Er sieht Fotos seiner Schwester beim Sex. So weit, so gut.
Sie macht einige schmutzige Dinge. Nun, das ist für ihn als Bruder leicht irritierend, aber mehr als verständlich.
Dann aber scrollt er weiter hinunter und sieht sie in Sexualpraktiken verrenkt, die selbst ihm neu sind.
Erstaunlich, was man mit einer Grillzange so alles machen kann.

54 Personen gefällt das · 17 Kommentare · 4mal geteilt

237 | 27. Februar 21.22 Uhr

Zwirbler blickt mit schweizerischer Biederkeit weg. Man schämt sich für das Unbegreifliche mehr wie für eine Krankheit.
Er findet es fein, dass Danni hochprozentige Orgasmen hat – gibt

jedoch zu: Sehen muss er sie nicht dabei.
Die Kellnerin in der Küche pfeift leise eine Melodie, während sie laut hantiert. Schranktüren gehen auf und zu, weisen auf eine Suche hin. Vielleicht versteht er bald besser, was das zu bedeuten hat.

52 Personen gefällt das · 15 Kommentare · 2mal geteilt

238 | 1. März 20.59 Uhr

Zwirbler nimmt plötzliche Stille aus dem Nebenraum wahr, stößt sich ab, rollt mit dem kratzenden Drehstuhl nach hinten. „Alles ok?", will er wissen. Keine Antwort.
Sie taucht in der Küchentür auf, ein intensiver Seitenblick aus ihren grauen Augen: nicht auf ihn, sondern auf die Darstellungen am Schirm. Flasche und Glas knallen gleichzeitig auf den Tisch: „Sie meint, Du wirst das brauchen … bei den Dingen, die Du da siehst."

53 Personen gefällt das · 13 Kommentare · 6mal geteilt

239 | 3. März 21.08 Uhr

Zwirbler kämpft häufig mit Jack. Es ist selten ein zäher, aber immer ein unfairer Kampf. Der Amerikaner ist verdammt stark, vermittelt Furchtlosigkeit, packt ihn mit seiner wilhelminischen Art. Oft genügt allein ein Wechsel der Blickrichtung, um klarer zu sehen. Dann wieder brauchen wir benebelte Umwege durch einen Haufen Scherben, um auf das zu blicken, was wirklich wichtig ist. Derart gewinnt Herr Daniels auch heute.

58 Personen gefällt das · 17 Kommentare · 3mal geteilt

240 | 5. März 20.27 Uhr

Zwirbler braucht. Aber nicht lange. Im Verpixeln von Bildern ist er hart und gut, im Widerstehen von Versuchungen weder noch. Er ergibt sich, schraubt seinen Freund Jack auf, gießt sich so viel ein, dass das Glas überläuft, kippt es und setzt erst ab, als die tiefe Leere des Glases sichtbar wird. Brennen und wohlige Wärme, ein wenig Revolte im Magen. Das mit dem Saufen ist wie mit dem Eislaufen. Manche Dinge verlernt man nie.

52 Personen gefällt das · 7 Kommentare · 2mal geteilt

241 | 6. März 21.32 Uhr

Zwirbler wendet sich dem PC zu, entdeckt einen Ordner mit Ultraschallbildern. Ein winziger Körper, eingerollt, kleine Händchen, beinahe durchsichtige Finger. Wenn man genau hinsieht, es ahnen will: ein leichtes Lächeln.
Die Hoffnung stirbt nie zuletzt, sondern immer zuerst. Er weiß nicht, was ihn betroffener macht: Danni beim Sex oder die Abbildung von Leben, welches nie geboren wird.
Seine Nichte wäre das geworden. Hazel.

53 Personen gefällt das · 5 Kommentare · 2mal geteilt

242 | 8. März 22.03 Uhr

Zwirbler benötigt mehr von dem verdammten Whisky. Alkohol ist zwar noch lange kein Garant für den Sieg der Betäubung über sein Gehirn, aber zumindest ein fröhlicher Weg dorthin. Er schenkt zittrig ein und schaltet ebenso einen Gang höher wie das Gebläse des PCs. Die Persönlichkeit eines Menschen ist zu bunt, um eintönig in 1 bit gemalt zu werden. Selbst wenn manche Auszüge aus dem tristen Magazin des Schicksals das versuchen.

49 Personen gefällt das · 11 Kommentare · 2mal geteilt

243 | 10. März 21.20 Uhr

Zwirbler wird sogleich etwas über das Leben lernen. Über gefallene Engel, schrille Arschlöcher und das Elend der Welt. Und darüber, dass unsere Phasen der Hingebung an manche Träume nichts als buchstäblicher Schaum sind.
Er wird es lernen, weil ihm nichts anderes übrig bleibt. Hart, schmerzhaft und schauerlich.

32 Personen gefällt das · 12 Kommentare · 3mal geteilt

244 | 12. März 22.22 Uhr

Zwirbler lernt es, weil er ein PDF, einen archivierten Zeitungsartikel öffnet.

Rasch gelesene Wortfetzen machen ihm klar, dass es menschliches Ungeziefer in den Ritzen und Fugen unserer Gesellschaft gibt, welches nicht nur mehr Leben will, sondern es sich (und damit auch anderen) nimmt. Jeder Dieb hat eine Ausrede parat. Diejenigen, die menschliches Glück stehlen, schieben dabei immer die Hoffnung vor.

37 Personen gefällt das · 8 Kommentare · 2mal geteilt

245 | 13. März 21.38 Uhr

Zwirbler lacht auf: Hoffnung! Als ob es dafür eine reale Grundlage gäbe.

Nicht nur an Tagen wie diesen zweifelt er daran. Er sieht eher Teufels Werk, als Gottes Beitrag: Ramon Dedel hat mit seinen Experimenten schon früher versucht Unsterblichkeit zu verwirklichen. Und dabei Gesetze und Herzen qualvoll gebrochen: Der attraktive Arzt aus Uruguay hat ungeborene Kinder aus dem Leben und den Leibern ihrer Mütter gerissen.

52 Personen gefällt das · 11 Kommentare · 6mal geteilt

246 | 16. März 21.23 Uhr

Zwirbler entleert sich direkt auf den Holzboden. Obwohl es kaum was zu entleeren gibt. Vielleicht sind es bloß die zu Saft gewordenen tiefen Erkenntnisse über menschliche Teufel, die er in einem Schwall aus seinem Magen speit. Die bisher reglos neben ihm stehende Kellnerin springt angeekelt zur Seite, aus dem Raum und aus dem Haus.

Er genießt fast die Krämpfe, lässt seinen Körper sich wehren, bis er kathartische Galle würgt.

47 Personen gefällt das · 12 Kommentare · 3mal geteilt

247 | 18. März 20.39 Uhr

Zwirbler stößt noch einmal auf und irgendwie ist ihm das jetzt ein wenig peinlich. Was hat er sich denn dabei gedacht?
Katharsis durch ungnadenvolle Erleuchtung hin oder her: Es geziemt sich nicht auf fremde Böden zu kotzen.
Dagegen muss er schnell etwas unternehmen: Er zieht einen Vorlegeteppich über das flüssige Geschehen und spült den schalen Geschmack mit Whisky hinunter. Der PC surrt, könnte also noch etwas offenbaren …

42 Personen gefällt das · 8 Kommentare · 2mal geteilt

248 | 21. März 21.18 Uhr

Zwirbler wird beinahe der Boden unter den Füßen weggezogen, als er Dannis Facebook-Account aufruft.
Er rutscht in ein Paradies der Neugier. Kurze schnelle Zeilen aus tausend Leben, in Statusmeldungen gepresste Zuneigung, Zuflucht und Zustimmung.
Gibt es Wichtigeres im Leben, als ständig dessen Geschwindigkeit zu erhöhen? Oder ist diese nur zu zahlender Preis für die Verbundenheit, nach der wir letztlich streben?

68 Personen gefällt das · 19 Kommentare · 7mal geteilt

249 | 23. März 21.41 Uhr

Zwirbler glaubt, eine Antwort auf die Frage gefunden zu haben: Wir lesen, posten, schreiben – weil uns eine Welt alleine nicht genügt.
Wir errichten aus unseren fixen Ideen eine kleine abgeschottete Dimension im Verborgenen und versuchen uns dann gegenseitig mit schwachen Lichtsignalen zu erreichen. Wenn wir schneller blinken, entsteht mehr Energie, demnach erreichen wir uns besser. Zumindest hoffen wir das inständig.

47 Personen gefällt das · 10 Kommentare · 2mal geteilt

250 | 26. März 18.57 Uhr

Zwirbler macht sich die Mühe die Meldungen der Schwester von Anfang bis heute zu lesen, durchforstet die Lichtsignale. Etwas sticht heraus.
Wenn man nicht nur schaut, sondern auch wagt zu sehen, gibt es selbst im virtuellen Leben süße Reize und geheime Details.
Dannis Eintrag an der Wand eines Users, ein vorgeschlagener Handel: „Wenn Du aufhörst Lügen über mich zu verbreiten, höre ich auf die Wahrheit über Dich zu erzählen.“

50 Personen gefällt das · 8 Kommentare · 1mal geteilt

251 | 28. März 18.37 Uhr

Zwirbler mag den letzten Satz, gerichtet an einen Ramon J. D. Die gleichen Initialen wie die Whiskyflasche auf dem Tisch – 11 Inch karamellbraune Zeitreise – stehen für Ramon Jim Dedel. Der wollte wohl weit mehr als nur Sex von Danni. Sobald man – selbst Nicht-Existentes – glaubt, hat man es schon. Bei ihm sind es neue Horizonte und ein Plan: Ein Profil unter fremdem Namen, als Psychologe ausgegeben könnte er mehr erfahren.

55 Personen gefällt das · 9 Kommentare · 3mal geteilt

252 | 30. März 21.56 Uhr

Zwirbler fügt sich selbst als „Psychologe Martin Patrick Stein“ zu Dannis Freunden hinzu.
Das zweite Ich bringt nicht nur die Möglichkeit eines zweiten Lebens. Vielmehr glaubt er mit dem Versteckspiel à la Facebook, erschaffen aus Künstlichkeit und doch natürlich wie der Tod selbst, Dannis Spur zu finden, sobald sie eine Statusmeldung schreibt.
Aber was ist schon Glaube?
Nur ein Mangel an Beweisen kombiniert mit Dafürhalten.

52 Personen gefällt das · 8 Kommentare · 1mal geteilt

253 | 31. März 22.17 Uhr

Zwirbler erwartet fernab von Facebook noch eine Entdeckung, von der er jetzt noch nichts ahnt. Auf der Suche nach Verschwinden, Verfolgen und Verschwören wird er auf einen Schlüssel treffen, den er nur noch ins passende Schloss zu stecken braucht, um die Puppen tanzen zu lassen.
Während er sich weiter mit Whisky anästhesiert, öffnet er das E-Mail-Programm, weiteres digitales Waffenarsenal unserer Zeit, und beginnt zu lesen …

58 Personen gefällt das · 7 Kommentare · 2mal geteilt

254 | 3. April 20.17 Uhr

Zwirbler braucht vieles. Nur keine 25 Mio. $ aus Nigeria und auch keine Penisverlängerung. Und dass er im Lotto gewonnen hat, ist ebenso unwahrscheinlich wie die Erfindung einer Tarnkappe oder die Rückkehr der Kellnerin.
Hoffentlich wird die Nachwelt uns nie anhand empfangener Spams beurteilen.
Bei einem Absender bleibt er hängen: Inge. Er vertieft sich in die E-Mail, hört nicht die Stimmen und das laute Klopfen an der Tür.

47 Personen gefällt das · 8 Kommentare · 3mal geteilt

255 | 5. April 20.01 Uhr

Zwirbler – zwischen virtuellem Kosmos und realem Klopfen – erfährt, was die Krankenschwester mit der Regie aus dem Jenseits gemeint hat: Inge musste dem Sterbenden versprechen auf Danni aufzupassen.
Der verbrannte Vater hat geahnt, wie leicht sein kleiner Blondschopf durch das Offensichtliche zu verführen ist. Inges Begleitung beim Experiment war kein Zufall, der Schutzengel war bloß als schwarzhaariger Todesengel maskiert.

49 Personen gefällt das · 8 Kommentare · 1mal geteilt

256 | 7. April 21.31 Uhr

Zwirbler hängt dem Gedanken nach, wieso sein Vater nicht verfügt hat, dass jemand auch auf seinen dunklen Pfaden eine schützende Hand über ihn halten soll.
Wohl weil er sich nicht vom Offensichtlichen verführen lässt. Weil er es meist nicht einmal bemerkt. Weil er ein Idiot ist, der besser hören sollte. Nicht nur auf das starke Hämmern im Kopf, sondern auf das eindringliche schwerer Männerhände an der Tür. Deutlich und laut.

47 Personen gefällt das · 11 Kommentare · 2mal geteilt

257 | 10. April 20.58 Uhr

Zwirbler, gelockt vom Verbot, klickt auf eine Datei mit Vorhängeschloss. „Dongle nicht gefunden", nimmt er noch wahr, bevor ihn das Scheißleben exponentiell überholt.
Die Tür zerbirst und zwei Asiaten um die 40 stürmen ins Zimmer. Die Koreaner brüllen für ihn Unverständliches, packen ihn am Kragen, reißen ihn vom Stuhl, schlagen auf seine Nase. Das Ausmaß unseres Fallens erkennen wir oft erst nach dem ohnmächtigen Sturz.

52 Personen gefällt das · 8 Kommentare · 4mal geteilt

258 | 11. April 22.50 Uhr

Zwirbler hat keine Angst, aber auch keine Ahnung. Unbeirrt fällt er in sinnlosen Schmerz, ohne zu klagen. Darin liegt seine superbe Konsequenz. Wie wilde Wölfe fallen die asiatischen Invasoren über ihn her, prügeln ohne sinnvollen Kommentar, brüllen Unzusammenhängendes. Aufgrund seines Hörsturzes versteht er nur „Dong".
„Wieso wollen Koreaner vietnamesisches Geld?", fragt er sich zwischen Bewusstsein und dessen Losigkeit.

37 Personen gefällt das · 12 Kommentare · 2mal geteilt

259 | 13. April 20.19 Uhr

Zwirbler dämmert aus seinem Zustand, schwebt liegend in Raum und Zeit, kehrt mit dem Öffnen der Augen aus trüben Schwaden der Ohnmacht zurück. Zarter Zimtgeruch mischt sich mit schalem Kupfergeschmack. Von der Pein erlöst, fühlt er sich, als hätte er die Nacht durchzecht. Hat er ja auch. Wobei diesmal nicht allein Jack Daniels schlaggebend war. Von Zeit zu Zeit geschieht etwas Unerwartetes, das uns vorantreibt. Selbst ihn.

63 Personen gefällt das · 16 Kommentare · 4mal geteilt

260 | 15. April 22.23 Uhr

Zwirbler trifft, wie alle, in undefinierbaren Zeitabständen auf solche Ereignisse. Für andere mag das schön sein, weil es permanente Leere mit ungewissem Inhalt füllt und so neuen Anstoß gibt. Bei ihm ist das Ungewisse neuerdings in der Mehrheit, er sehnt sich nach Trott. Nicht nach Tritt.
Etwas entfernt eine Stimme: „Manche werden geschlagen, weil sie etwas haben. Manche, weil sie nichts haben. Nur eben etwas härter."

57 Personen gefällt das · 14 Kommentare · 3mal geteilt

261 | 17. April 21.21 Uhr

Zwirbler steht auf, sein Herz pocht in monotonem Rhythmus. Er begreift und lernt langsam den Grund für den Rausch der rasenden Wut. Scheinbar hat er nicht geben können, was er nicht hat.
Die Stimme gehört zur Kellnerin, süffisant lächelnd versperrt sie seinen Weg. In einer Hand ein Messer, in der anderen baumelt ein Dongle und auf ihrer weißen Schürze Spritzer von Blut. Soviel zur Wahrscheinlichkeit und der Kraft der Frauen.

42 Personen gefällt das · 5 Kommentare · 2mal geteilt

262 | 19. April 21.43 Uhr

Zwirbler schießen tausend mögliche Interpretationen durch den Kopf. Eine: Jemand ist tot.

Jemand ist immer tot, in jeder Geschichte. Nur in dieser noch nicht.

Wenn das ein Rendezvous ist, dann ein gefährliches. Aus aktuellem Anlass denkt er daran, die Flasche einzusetzen: vier Kanten, hartes Glas – entschließt sich aber dagegen: Gewalt gegen Frauen liegt ihm nicht, die Verschwendung der wertvollen Flüssigkeit noch weniger.

52 Personen gefällt das · 9 Kommentare · 2mal geteilt

263 | 21. April 21.10 Uhr

Zwirbler, meist im Netz des Gegen und Dafür seiner porösen Seele gefangen, liegt ausnahmsweise richtig. Eine kaum geronnene Blutlache, Essenz fremden Lebens, ist die einzig sichtbare Spur der beiden Männer. Die Kellnerin hat sie mit der Dualität von unerwartetem Auftreten und unsanftem Eindringen von klarem Stahl verjagt.

Sie reicht ihm den Dongle: „Passivität kann riskant werden, man gewöhnt sich daran und ist schnell tot."

55 Personen gefällt das · 19 Kommentare · 6mal geteilt

264 | 24. April 20.40 Uhr

Zwirbler feiert die eigene Auferstehung mit einem beiläufigen Nicken, manövriert den umkämpften Dongle in den PC und antwortet knurrend: „In einem gewissen Alter von seinen Gewohnheiten abzuweichen ist nicht minder gefährlich." Sein Kopf ist nun klarer, seine Meinung über die Intuition der Frauen und das Ziel der Kellnerin nicht. Was ist so begehrenswert, dass es Männer zum Prügeln und eine attraktive Frau zum Stechen bringt?

56 Personen gefällt das · 12 Kommentare · 4mal geteilt

265 | 26. April 21.08 Uhr

Zwirbler ist auf Temperatur. Der Situation vollkommen unangebracht, wird er richtig heiß auf die Kellnerin.

Während die verschlüsselten Daten der Entdeckung harren, zieht er sie an sich, dreht sie um, gräbt sich in den Zuckergussduft ihres Nackens. Erholung sei die Würze seiner Arbeit.
Er zieht ihre Bluse aus, auf ihrem Rücken ein Tattoo. Die gleichen asiatischen Zeichen, wie auf seinem Paket, Wegbeschreibung seiner Küsse.

55 Personen gefällt das · 11 Kommentare · 3mal geteilt

266 I 28. April 21.51 Uhr

Zwirbler schreibt dem Tattoo Bedeutung zu, kann seine Blicke und saugenden Lippen nicht vom Rücken nehmen. Doch die promiskuitive Fahrt endet schneller als geplant. Potent ist er, obgleich nicht omni, aber so weit lässt sie es gar nicht kommen: „Öhm, ich muss mal die Stimmung zerstören. Ich bin im Dienst, muss also die Spätschicht und keine Nummer schieben."
Das mit dem Sex gestaltet sich schwieriger, als das mit dem Klicken.

57 Personen gefällt das · 15 Kommentare · 4mal geteilt

267 I 30. April 21.38 Uhr

Zwirbler ignoriert ihr Schwanken, lässt sich nicht aus der Bahn werfen, will jetzt zum Zug kommen. Frauen kann man nicht verstehen, nur zur richtigen Zeit ihr Nein als Ja interpretieren.
Die Kellnerin stoppt ihn nicht, ergibt sich dem Knistern der Lust: „Was soll's, Prinzipien sind unpraktisch, man sollte ohne sie leben." Sie dreht sich und er bekommt den Kopf frei: „Und lieben, denn die im Dunkeln sieht man sowieso nicht."

63 Personen gefällt das · 12 Kommentare · 4mal geteilt

268 I 3. Mai 20.18 Uhr

Zwirbler erwacht in der Finsternis der durchkämpften Nacht. Geweckt durch vorzeitiges Hahnkrähen, spürt er ihren Spott im Abschiedskuss: „Selbst die Natur ist ihrer Zeit voraus: Die Frühschicht …"

Im Halbschlaf klammert er sich kurz an den Gedanken, dass ein Tattoo auch einfach mal nur ein Tattoo sein kann. Aber Zufälle sind selten und fiktive Frauen nicht dafür geschaffen allzu lang mit einfältigen Männern zusammen zu sein.

66 Personen gefällt das · 18 Kommentare · 4mal geteilt

269 | 5. Mai 21.10 Uhr

Zwirbler, schwing die Beine aus dem Bett!“ ruft es in ihm, während er sie noch immer riecht, spürt, neben sich wünscht. Wie hat es diese Frau geschafft ihn so zu zerreißen, seine Sinne derart zu verwirren?
Er setzt sich zum Rechner, will den Do… der Dongle ist weg! Miststück!
Den Traum aus den Augen reibend schiebt er sich ins Bad. Am Spiegel Lippenstift: „Warte, bis es dunkel ist. Bleib nicht stehen. Dreh Dich nicht um.“

62 Personen gefällt das · 14 Kommentare · 3mal geteilt

270 | 8. Mai 21.36 Uhr

Zwirbler folgt den Biegungen des verschmierten Rots, schließt die Augen und langsam sickert Erinnerung durch: die Handschrift seiner Schwester. Das ergibt keinen Sinn. Außer Danni war schon hier, bevor die Kellnerin ihm die Tür und sich öffnete. Er muss nachdenken, nein, besser vordenken. Nicht gerade seine Stärke.
Zwischen Spiegel und Fliesen klemmt ein Stück Papier. Hunderte kleine schwarze und weiße Quadrate, ein QR-Code.

52 Personen gefällt das · 17 Kommentare · 4mal geteilt

271 | 10. Mai 19.04 Uhr

Zwirbler schlägt mit der Faust gegen den Spiegel. Das ganze Leben mag ein Rätsel sein – sobald man die Antworten kennt, werfen sich ganz andere Fragen auf – aber wieso muss gerade er es entschlüsseln? Seine Schwester verlangt zu viel Scharfsinn und die

Logik der Frauen ist keine, sodass man ihnen ein ganzes Leben verfallen bleiben kann.
Er atmet durch, blickt auf den Papierfetzen und stellt fest: Er braucht ein Smartphone.
47 Personen gefällt das · 7 Kommentare · 2mal geteilt

272 | 12. Mai 21.14 Uhr
Zwirbler hat ein Smartphone. Irgendwo in einer Bar verloren. So leicht, wie sich selbst. Nicht links, aber dennoch liegen gelassen. Wäre es nicht genial, wenn wir einen Scanner eingebaut hätten? Oder gar ohne implantierte Technologie, allein mit dem Gehirn Quick-Response-Codes entziffern könnten?
Wir sehen auf den Code und er sagt uns, was zu tun ist: Stehe still. Sieh in den Spiegel. Richte Kopf neu aus. Denke. Lebe. Leide.
48 Personen gefällt das · 14 Kommentare · 2mal geteilt

273 | 15. Mai 20.34 Uhr
Zwirbler belastet der Gedanke, dass etwas ungefragt in unsere Köpfe eindringt, dann doch mit Angst.
Lieber durchwühlt er Räume, Kästen und Kisten – ein Handy versteckt sich gern an unmöglichen Orten – bis er vor ihren Kleidern steht und versucht Luft zu finden. Der Kleiderschrank einer Frau gleicht einem unendlichen Ozean, der sich erhebt, um mit seiner gewaltigen Kraft die Gleichgültigkeit der Männer unter sich zu begraben.
48 Personen gefällt das · 9 Kommentare · 2mal geteilt

274 | 16. Mai 21.44 Uhr
Zwirbler sieht, dass Frauen immer mehr Kleider wollen, als sie haben. Er verdrängt das Meer, inspiziert alle Winkel, durchkämmt Textilwellen, deren Düfte ihm den Atem rauben, Besitz von seinen Sinnen ergreifen. Ein Blick aus dem Fenster und beginnende Dunkelheit erinnern ihn an die Nachricht am Spiegel.

Und daran, dass Realität immer brachial zuschlägt. Er kramt weiter, findet etwas, aber kein Handy … Was zum Teufel ist das?

51 Personen gefällt das · 11 Kommentare · 3mal geteilt

275 | 18. Mai 21.10 Uhr

Zwirbler schiebt kopfkratzend die nietengespickte Corsage beiseite, zieht einen Wettschein hervor: Songcontest, Aserbai… Das war sicher nichts. Reif für Wahrheit oder Erkenntnis fasst er zusammen. Die Asiaten mit mehr Wut, als mit Worten auszudrücken war, wollten den Dongle. Den hat er nicht, dafür eine Warnung am Spiegel und einen rätselhaften QR-Code ohne Handy. Nur eines ist gewiss: Danni hat Angst und braucht ihn. Bald.

48 Personen gefällt das · 12 Kommentare · 2mal geteilt

276 | 20. Mai 21.33 Uhr

Zwirbler ist überzeugt, dass er einen Puzzlestein übersieht. Irgendwas fehlt. Also abgesehen von der Zeit und der Klarheit. Er könnte weiter Hinweise suchen: Wahnsinn heißt, immer wieder das Gleiche zu tun, aber jedes Mal auf ein anderes Ergebnis zu hoffen. Er nimmt einen Whiskyschluck und ihm fällt Salzberg ein. Wenn jemand ein Smartphone hat, dann Marc mit den Millionen Freunden und seltsamen Vorlieben. Falls er noch lebt.

53 Personen gefällt das · 22 Kommentare · 4mal geteilt

277 | 22. Mai 22.59 Uhr

Zwirbler wählt am Festnetz-Telefon seine Nummer. Wenn Salzberg lebt, ist er zu Hause. Er trifft seine Freunde nur digital, nie in der Höhle des Löwen namens reales Leben. Wenn er jedoch tot ist, wird sein Letzter Wille fällig: Ein Begräbnis unter der Sonne Spaniens, begleitet von koksenden Nonnen, die voller Freude tanzen. Empörend für manche, wie all seine Neigungen. Inspirierend für andere, wie eine friedliche Revolution.

55 Personen gefällt das · 18 Kommentare · 2mal geteilt

278 | 24. Mai 21.46 Uhr

Zwirbler gemahnt das Klingeln auf der anderen Seite des Telefons daran, dass er einer von der Sorte ist, die keinen Traum mehr hat und keinen Tag.
Sein geistiges Auge lässt Salzberg behäbig in Badelatschen und Kutte zum Telefon schlurfen, ein Kartäusermönch im wohlbehüteten virtuellen Kloster. Vielleicht probiert er aber nur wieder ausgefallene Nahrungsmittel oder plant einen politischen Umsturz in der digitalen Unterwelt.

45 Personen gefällt das · 11 Kommentare · 4mal geteilt

279 | 26. Mai 11.18 Uhr

Zwirbler, überrumpelt durch kurzes Unbehagen, dass doch jemand abhebt und seine autonome Stille sprengt, bekommt einen unwirschen Salzberg ab.
Schimpfworte sprudeln mit Daten gepaart durch die Leitung, eine Predigt über die Müllabfuhr Freundschaft. Dass wir einander mögen, bedeutet nicht, dass wir miteinander auskommen.
Salzberg unterbricht sich: „Was ist mit Danni?"
Und er muss zugeben: „Ich habe sie noch nicht gefunden."

62 Personen gefällt das · 18 Kommentare · 4mal geteilt

280 | 29. Mai 21.25 Uhr

Zwirbler erhält dafür weitere Rügen im rauschenden Schwall, hört aber nur halb hin, denn flüchtige Vorwürfe zeigen nicht Salzbergs wahres Sein.
Da klickt etwas in seinem Kopf und rastet auch ein. Der Grund für seinen Anruf, der QR-Code. Salzberg bemerkt dazu etwas klug: „Dummkopf. Wieso benutzt Du nicht die Webcam?"
„Weil mir das keiner gesagt hat", atmet er durch: „Und ich manchmal in meinen eigenen Gedanken feststecke."

72 Personen gefällt das · 21 Kommentare · 4mal geteilt

281 | 31. Mai 21.24 Uhr

Zwirbler will die im Wege stehenden Gedanken wiederholen, fragt aber höflich nach dem Wohlbefinden. Salzberg wirkt versöhnt: „So eine Urin-Therapie wirkt Wunder! Eine Ohnmacht, ein wenig Blut, aber mit dem Gestagen-Kuchen 3 kg abgenommen wie ein Murmeltier beim Winterschlaf. Solltest Du mal versuchen … Apropos, ich habe etwas über Dedel herausgefunden. Seine Versuche sind als äußerst schmerzhaft verschrien. Im wahrsten Sinn."

65 Personen gefällt das · 24 Kommentare · 3mal geteilt

282 | 2. Juni 21.55 Uhr

Zwirbler würgt angewidert angesichts der Vorstellung: Danni schreiend wie ein angsterfülltes Tier.
Salzberg wartet, ächzt.
Hat er da gerade gefurzt?
Die Urgenz der Information lässt ihn jetzt absehen, doch irgendwann muss er Salzberg sagen, dass er ihn für eine Grindsau hält.
„Mich geht's ja nichts an, aber wenn Deine Schwester das Experiment ausgehalten hat, muss sie einen guten Grund und einen noch stärkeren Willen haben."

62 Personen gefällt das · 17 Kommentare · 2mal geteilt

283 | 5. Juni 21.42 Uhr

Zwirbler weiß gründlich um ihren starken Willen, den hatte sie immer, und kommt nicht umhin in den Hörer zu höhnen: „Der Wunsch nach einem Kind ist grundsätzlich schon ein Grund, um Schmerz auf sich zu nehmen."
Seine Stimme bricht: „Ich will es nicht hören, also sag's. Was hat er ihr an Grobheiten getan?"
„Grob? Ha! Grob wäre eine Halbvariable. Aber Haselnuss-Essenz intravenös und das Aufschneiden der Eileiter bei Bewusstsein?"

51 Personen gefällt das · 12 Kommentare · 3mal geteilt

284 | 7. Juni 22.16 Uhr

Zwirbler entfährt es ungefiltert: „Was … nein … dieses verdammte Schwein!"
Und diesmal meint er nicht Salzberg.
Das also hatte ihm Danni verschwiegen, ihr gewähltes Schicksal der unaussprechlichen Qualen.
Den Hörer ans Ohr drückend beugt er den Kopf und beißt die Zähne zusammen. Er spürt, das war noch nicht alles. Ausnahmsweise wird er recht behalten.
Salzberg schnauft, wird leiser: „Da ist noch etwas anderes. Dunkles."

58 Personen gefällt das · 14 Kommentare · 3mal geteilt

285 | 9. Juni 22.42 Uhr

Zwirbler bereitet pochenden Herzens seinen Verstand darauf vor, sich den Rest geben zu lassen. Inzwischen verfügt er über genug Erfahrung, um zu erkennen, dass Wut alles Wissen zu bloßer Wahrscheinlichkeit verfallen lässt. Dass wir nicht unterscheiden können, was wir wissen und was wir zu wissen glauben.
Salzberg druckst herum: „Es gibt da Gerüchte … das Verlangen … neben dem Unmenschlichen … Gene sind etwas Dämonisches."

59 Personen gefällt das · 11 Kommentare · 2mal geteilt

286 | 12. Juni 22.53 Uhr

Zwirbler befürchtet nun einiges zu hören. Von diabolischen Chromosomen oder satanischer Spermaflut, auf jeden Fall nicht Pillepalle, sondern eher Richtung seelischer Todesstoß.
Aber er kriegt nur ein Klicken. Diesmal nicht in seinem Kopf, sondern in der Leitung. „Hallo? Salzberg?"
Der ist weg. Oder will ihn verhöhnen. Er ruft nochmal an, bekommt aber nichts außer Rauschen, welches gelassen all seine Pöbeleien schluckt.

55 Personen gefällt das · 10 Kommentare · 3mal geteilt

287 | 14. Juni 21.08 Uhr

Zwirbler merkt, dass Technik und Zeit gegen ihn sind. Wobei die Zeit noch nie für jemanden anderen als für die Toten war. Gene. Damit kennt er sich nicht aus. Scheußliche Fabelwesen, unheimliche Halbkannibalen und andere Verrückte rasen durch seinen Kopf. Hat er ja alles reichlich im Leben.
Salzberg ist dahin, nur sein Tipp bleibt. Er benutzt die Kamera am Bildschirmrand, scannt den QR-Code und wird auf eine Website geleitet.

47 Personen gefällt das · 27 Kommentare · 6mal geteilt

288 | 16. Juni 22.10 Uhr

Zwirbler starrt auf den Schirm, keine Bilder, nur Text. Dennoch enthüllt sich die Seite langsam, dechiffriert zeilenweise. Er versucht sich zu sortieren: in klar und unklar. Logisches Ungleichgewicht zulasten des Denkens.
„Was zur Hölle?", entweicht es ihm, als er die ersten Zeilen liest.

Im stillen Dunkel der Hoffnung
Ein Wünschen, stärker als Schmerz
Bricht herein mit Kraft die Wahrheit
Ein Schmerz tiefer als Hoffnung …

69 Personen gefällt das · 14 Kommentare · 3mal geteilt

289 | 19. Juni 21.16 Uhr

Zwirbler verschluckt sich beim Lesen an einem schlechten Atem, den kein rigoroses Zähneputzen tilgen kann, der aus der Tiefe des Entsetzens emporzieht.

Keine Zukunft, kein fragliches Grau
Nur ein Jetzt in seinem Schweben
Zwischenwelt ohne Widerrede
Dessen Klarheit jede Lüge verwischt

Alle Mühe für ein Herz, das unseres ist
Ein Stromschlag namens Leben
Und wir holen, was uns gehört
Entreißen unser Kind aus Deiner Innenheit

62 Personen gefällt das · 12 Kommentare · 5mal geteilt

290 | 21. Juni 18.40 Uhr

Zwirbler wird kotzübel. Sosehr wir in tausenden Bildern ersaufen, sie uns abstumpfen, uns müde und dekadent machen, sosehr vermögen Worte, auf die wir uns einlassen, unsere tiefsten Hoffnungen zu rühren und unsere schlimmsten Ängste zu wecken.
Zart und behutsam keimt Verständnis im Beet seiner Verwirrung: Das hat nicht seine Schwester geschrieben. Aber es ist für sie bestimmt. Wie das Läuten des Telefons im Nebenraum für ihn.

50 Personen gefällt das · 13 Kommentare · 2mal geteilt

291 | 23. Juni 21.20 Uhr

Zwirbler aber hört zunächst nur in sich. Das Lachen längst vergangener Sommertage. Geschwister, die erregt die Droge Glück erforschen. Mit der unausgesprochenen Vereinbarung, die Welt in sich aufzusaugen. Jede Minute neue Eindrücke gewinnend, ohne Angst mit ihnen zu verknüpfen. Etwas hat sich verändert. Nur nicht die Kostbarkeit des Lebens und dass jede Sekunde zählt. In der Zeit, die bleibt. Er hastet zum Hörer: „Hallo?!"

52 Personen gefällt das · 14 Kommentare · 3mal geteilt

292 | 26. Juni 21.12 Uhr

Zwirbler hört. Nichts. So ein „Hallo" ist ja nur eine angewöhnte Nebensächlichkeit unserer Kommunikation, abgeleitet aus einer ehemals instabilen Kopplung. Überflüssig, aber erwartet.
Will der Anrufer ein Gespräch oder bloß die Reaktion seines Abhebens? Die ausbleibende Antwort auf sein harsches „Wer ist da?"

lässt ihn jedenfalls an einer falschen Verbindung zweifeln. Er nickt stumm und plötzlich weiß er, zu wem er spricht.

48 Personen gefällt das · 28 Kommentare · 4mal geteilt

293 | 28. Juni 21.18 Uhr

Zwirbler liebt nicht viel, aber Worte durchaus. Allein vom anderen Ende der Leitung kommen diesmal keine. Anderseits unterscheidet sich der Mensch vom Tier, weil er mehr als das Offensichtliche zu sehen vermag, weil er ahnen kann, was dahinter steckt.
Der stumme Bruno. Seit Geburt ohne Stimme, ruft er regelmäßig Freunde an, weil er gerne anderen zuhört. Und in einem hat er recht: Solange man selbst redet, erfährt man nichts.

72 Personen gefällt das · 22 Kommentare · 6mal geteilt

294 | 30. Juni 20.25 Uhr

Zwirbler schätzt die klare Rollenverteilung: Er redet, Bruno ist ganz Ohr. Er fasst die letzten Vorkommnisse zusammen und wird dabei kein einziges Mal unterbrochen. Passiert uns selten. Eigentlich sollte jeder einen stummen Freund haben, um ab und zu gehört zu werden. Dabei stört ihn nicht einmal, dass Bruno während des Telefonats seine Lieblingsscheibe hört: die Doppel-CD des Berliner Taubstummenchors. Leise. Sehr leise.

69 Personen gefällt das · 14 Kommentare · 3mal geteilt

295 | 2. Juli 21.42 Uhr

Zwirbler erachtet Sprache als Badminton-Spiel. Worte, federleicht wie Schnee, fliegen zwischen den Spielern hin und her. Manchmal trifft man, aber häufiger verfehlt man sie. Bruno ist mit seinem Unvermögen im Vorteil: Er spielt ohne Schläger.
Das ist gut, weil nichts stört, weil es die Geschichte verändert, er dem Stimmlosen aus dem Bauch zuspielen muss. Er redet, wartet und der ehemals beste Freund klopft. Morsezeichen.

66 Personen gefällt das · 18 Kommentare · 4mal geteilt

296 | 5. Juli 21.13 Uhr

Zwirbler spürt, wie Emotionen aufkommen. Sachte Erinnerungen an Nähe, an eine gemeinsame Zeit vor dem Unfall mit dem Sprachlosen, der mit Augen, Herz und Klopfzeichen spricht. Lang, kurz, lang; kurz, lang, zweimal kurz; zweimal kurz … was war das nochmal? Unser Gedächtnis ist ein recht widerspenstiges Biest, wenn es Wissen preisgeben soll. Ein Knacken in der Leitung bringt Bruno zum Schweigen und ein Freizeichen an sein Ohr.

69 Personen gefällt das · 11 Kommentare · 3mal geteilt

297 | 7. Juli 22.20 Uhr

Zwirbler, verflucht! Er schmeißt den Hörer hin, springt auf, stürmt zur Tür. Es gibt einen Punkt, den er übersehen hat. Der ihm erst jetzt, Bruno sei Dank, auf- und einfällt. Danni wird nicht nach Hause kommen, sie wird es nicht wagen. Und wer weiß, wann sie auf Facebook postet, also die Kommunikation der Zufälligkeit bedient.
Aber die gemorsten Zeichen, die gelegte Spur: KLI … Die Klinik ist der kleinste gemeinsame Nenner.

62 Personen gefällt das · 8 Kommentare · 3mal geteilt

298 | 10. Juli 22.45 Uhr

Zwirbler macht sich auf zur Klinik. Die Stufen hinunterhastend sind noch die Worte des Gedichtes in ihm, boxen sich klitschnass verschwitzt zur klipp und klaren Einsicht hoch. Sie wollen das Kind … und wenn sie es mit Gewalt aus seiner Schwester reißen. Das also war der Grund für Dannis Abtreibung: Sie hätte das Kind nicht behalten dürfen, es war nur ein Objekt. Oder wollte ihn damit jemand auf eine falsche Fährte führen?

53 Personen gefällt das · 7 Kommentare · 2mal geteilt

299 | 13. Juli 22.06 Uhr

Zwirbler ist durch und durch blind. Nicht im dramatischen Sinne, wie Danni es bald sein würde. Nein, nicht den Verlust des Augenlichts betreffend, sondern im Sinne der Emotionalität.
Wofür also sollte ihn Bruno irreführen? Das erledigt er ganz gut selbst. Wahrnehmung, ohne entscheiden zu können. Was soll´s: Wir erkennen eine Falle soundso erst als solche, nachdem wir unter eigenem Beifall reingetappt sind. Bravo, Vollidiot!

58 Personen gefällt das · 11 Kommentare · 3mal geteilt

300 | 15. Juli 17.28 Uhr

Zwirbler geht es damit wie dem Affen, der durch das Loch greift und die Banane mit geballter Faust nicht wieder herausbekommt. Auf den Jäger warten als einzige Hoffnung. Er vernimmt das gleichmäßige Tackern seiner Schritte und hinter den Türen Geschrei. Streitende Liebende, die sich ihre Einsamkeit an den Kopf werfen. Mehr Tennis als Federball, der Anfang eines Endes.
Bevor er die Flügeltür erreicht, rennt er in ein Paket …

40 Personen gefällt das · 7 Kommentare · 2mal geteilt

301 | 17. Juli 22.01 Uhr

Zwirbler hütet sich zu glauben, dass jedes Paket für ihn bestimmt ist. Auch wenn kein Absender, dafür ein roter Aufkleber warnend auf dem Karton prangt. Doch auf der Pirsch, mit Zweifel am Zufall im Herzen, stolpert auch er in die Neugier und er reißt ihn staunend auf: Eine Doors-CD (nichts für Bruno), High-Heels (Größe 39, Danni passend), Handschellen (mit Plüsch bezogen). Die Post bringt allen was. Manchen ihr Schicksal.

58 Personen gefällt das · 14 Kommentare · 3mal geteilt

302 | 19. Juli 23.21 Uhr

Zwirbler hat den Alabama-Song soundso ständig im Kopf, mit hohen Schuhen kann er mangels Übung schlecht ins Ungewisse laufen,

aber die Handschellen nimmt er an sich. Selbst ohne Schlüssel werden sie ihre Chance auf Verwendung bekommen.
Er ahnt nicht, dass inzwischen jemand unsanft erwacht, zwischen den Zeilen atmet, sich aus der Vergessenheit schält, ihn aufspüren will. Obwohl angekündigte Revolutionen selten stattfinden.

52 Personen gefällt das · 11 Kommentare · 4mal geteilt

303 | 21. Juli 18.27 Uhr

Zwirbler wird beobachtet. Aus einem stehenden Truck gegenüber fotografiert jemand, wie er die schwingenden Flügeltüren aufstößt, vom Wal der Menschenmasse verschluckt wird. Ein Mann mit wenig Wurzeln, auf einer Suche, die ohne bedrohliche Hinweise einfacher wäre, weil man nicht jedem der aufdringlichen Accessoires Glauben schenken darf, manche sogar vom Ziel ablenken. Nur zu entscheiden, welche das sind, das ist die Krux.

53 Personen gefällt das · 14 Kommentare · 3mal geteilt

304 | 23. Juli 21.25 Uhr

Zwirbler vernimmt nicht, wie der Motor des dunkelgrünen Unimogs gestartet wird, mit tiefem Bass nach Treibstoff gurgelt, sich schwerfällig in Bewegung setzt, um ihm mit Abstand zu folgen. Vorbei an den wenigen Auslagen, durch das Rotlichtviertel, das an die Hauptstraße von Ulan-Bator erinnert. Würde er sich besinnen, würde er die Kraft eines Bären in sich spüren, so aber flieht er vor einer Realität, die er noch nicht kennt.

52 Personen gefällt das · 8 Kommentare · 2mal geteilt

305 | 26. Juli 20.41 Uhr

Zwirbler ist es gegeben, sich im Kreis zu bewegen und doch bleiernen Schritts vorwärts zu kommen. Mit Inspiration betrachtet wird jeglicher Kreis zur Spirale, die nach oben, zum Unverhofften führt. Oder geradewegs in die Hölle. Nicht weil er kann oder will, sondern weil er durch das Unauffindbare getrieben wird.

Durch die Stadt, in der sich niemals etwas ändert, außer den Fassaden, den Toten und den Rocklängen der Huren.

49 Personen gefällt das · 16 Kommentare · 4mal geteilt

306 | 29. Juli 21.37 Uhr

Zwirbler wird auf seinem Irrlauf Richtung Klinik jäh angestoßen, ein unangekündigtes Attentat aus dem Hauseingang links, stichig wie ein vertrockneter Kaktus: „Hey, soll ich Dir die Zukunft aus Deinem Saft lesen?“, pikst ein aufgedunsener Frauenkörper auf hohen Schuhen. Er versucht einen Bogen um sie, wie um vieles: „Danke, das … nun … klingt gut. Aber nichtmal mit dem Gesicht nach unten, ich habe einfach zu wenig davon.“

56 Personen gefällt das · 9 Kommentare · 1mal geteilt

307 | 1. August 22.43 Uhr

Zwirbler fällt der Groschen seiner Zweideutigkeit langsam. Die Gegenwart hat genau drei Sekunden, danach wird alles zur Vergangenheit und alles davor liegt in der Zukunft. Von dieser meint er, wenig zu haben. Seine Zeitachse ist ein wenig verschoben und so sieht er den Mann (Ende 50, stämmig, Halbglatze, laufend um das Return-On-Investment seiner zweibeinigen Ware besorgt), der golden behängt auf ihn zuwankt, etwas zu spät.

63 Personen gefällt das · 14 Kommentare · 2mal geteilt

308 | 4. August 22.36 Uhr

Zwirbler berechnet seine beschränkten taktischen Möglichkeiten. Für ein Ausweichen reicht seine Zeit nicht, der Mann ist zu nahe. Pauli, verrät ein Anhänger auf der Goldkette, reibt wohlig seinen warmen Wanst und das Fehlen von sofortiger Gewalt überrascht. Paulis eloquente Zunge schlägt dennoch ein, wie eine Granate: „Dieser Ort bietet Dir vieles. Sex, Drogen, Geld und Blut. Aber keine Antworten auf nicht gestellte Fragen.“

56 Personen gefällt das · 17 Kommentare · 3mal geteilt

309 | 7. August 22.34 Uhr

Zwirbler beißt in den sauren Apfel einer Konversation, die er nicht umgehen kann: „Pauli, es gibt wenige Fragen, die mich treiben, außer die nach meiner Schwester Danni."
Der Freier lacht auf: „Ich heiße nicht Paul. Allein mein Herz, das gehört ihm. Genau wie Dannis Schulden. Irgendwie haben wir alle zu bezahlen, auch ich. Jeden Tag könnte ich explodieren, nur der Ausblick auf die Nacht und ihre Sünden hindert mich daran."

53 Personen gefällt das · 14 Kommentare · 5mal geteilt

310 | 9. August 22.16 Uhr

Zwirbler ist ebenso kein Heiliger, er denkt nur eine Spur zu lange über die Sünde nach und nimmt sich damit die Gelegenheit nachzufragen. Der Mann ist bereits spurlos aus dem fahlen Schein der Laterne verschwunden, auf der ein zerfetztes Plakat für eine Erotik-Revue wirbt. Er liest das Plakat, geht rasch weiter.
Eine Wahl trifft man innerhalb weniger Sekunden, den Rest der Zeit schlägt man sich dann mit ihren Folgen herum.

60 Personen gefällt das · 11 Kommentare · 3mal geteilt

311 | 12. August 22.55 Uhr

Zwirbler muss unweigerlich an die dramatische Konsequenz von Dannis Entscheidung denken. Schmerz und Gefahr. Und er darf sich mit den Folgen herumschlagen, muss ständig handeln, obwohl ihm das zuwider ist. Sein Schicksal benimmt sich dabei wie ein schwabbeliger Krake: Kaum ergreift er einen der acht Arme, schlingt sich ein anderer um seinen Hals, um ihn in ein Meer voller Abgründe hinunterzuziehen. Danke, kleine Schwester.

57 Personen gefällt das · 8 Kommentare · 3mal geteilt

312 | 15. August 22.14 Uhr

Zwirbler sollte es besser wissen. Sollte wissen, dass ein Leben ohne Handlung niemals vorgesehen war. Tut er aber nicht. Denn neben all der Sorge im Herzen spürt er das erste Mal so etwas wie Wut auf Danni keimen. Während das Rotlichtviertel mit seinen menschlichen Kraken in der Dunkelheit versinkt, taucht in ihm das Bild des letzten Treffens auf: Ihr Lachen als gescheitertes Bemühen der Welt freundlich entgegenzutreten.

58 Personen gefällt das · 12 Kommentare · 6mal geteilt

313 | 18. August 21.55 Uhr

Zwirbler, wer zum Henker bist Du, dass Dir Wut zusteht, während sie leidet?", zwingt er sich zum Wegdenken und verinnerlicht den komprimierten Film aus Dannis Gesichtern.
Übrig bleibt die Frage, wie er zur Klinik kommt. Das Bahnfahren ist ihm vergrämt, zu viele mutige Tote säumen die Bahnsteige. Zum Glück gibt es Dinge, die nur in der Nacht wahr sind, und so obliegt ihm das Unglaubliche, als ein Wagen aus dem Garagentor fährt.

43 Personen gefällt das · 8 Kommentare · 2mal geteilt

314 | 20. August 22.24 Uhr

Zwirbler nimmt die Situation als gegebenen Status eines Lebens, das für einen handelt, selbst wenn man sich dem Handeln verweigert. Ein limefarbenes Cabrio mit blauer Unterbodenbeleuchtung rollt röhrend aus der Garage, zieht mit geballter Reizüberflutung alle Aufmerksamkeit auf sich. Dabei erzählen die Schriftzeichen an der Seite des Porsches von der banalen Gier das Leben schnell, voll und ganz in sich aufzusaugen: 私の狂った人生

58 Personen gefällt das · 22 Kommentare · 4mal geteilt

315 | 23. August 22.24 Uhr

Zwirbler kann die Zeichen zwar nicht übersetzen, aber als die attraktive Japanerin am Steuer lächelt und ihr „La vida loca!" gar das Brüllen des Motors übertönt, weiß er intuitiv: Das trifft auf ihn mehr als auf andere zu und er muss schneller sein, um seine

Schwester retten zu können.
Meist sind es die Kleinigkeiten, ein Wort, eine Geste, die entscheiden, wie es mit uns weitergeht. Sie nickt und er öffnet die Beifahrertür.

69 Personen gefällt das · 14 Kommentare · 4mal geteilt

316 | 25. August 22.21 Uhr

Zwirbler wird sich später nicht mehr genau an den ausschlaggebenden Gedanken dieses Moments erinnern können, obschon er beim Einsteigen in den dröhnenden Wahnsinn ahnt, dass dies hier nicht nur eine Mitfahrgelegenheit ist.
Und spätestens als er fragt, ob sie ihn zur Klinik fahren kann und sie lapidar antwortet: „Frauen mögen keine Fragen“, wird ihm bewusst: Wenn man neue Wege geht, nimmt man immer ein gewisses Risiko in Kauf.

66 Personen gefällt das · 17 Kommentare · 6mal geteilt

317 | 28. August 20.02 Uhr

Zwirbler scheint, dass die Japanerin seinen Gedanken lesen kann: „Das Leben hat einiges an Verrücktheiten auf Lager. Du kannst es wagen Dich dem Unbekannten und seinen Folgen zu stellen oder davonlaufen“, spricht sie in sein Gewissen und drückt das Gaspedal bis zum Anschlag durch.
Bevor jedoch der Wagen über die Straße fegt, dreht sie den Wetterbericht im Radio leiser, um ihn nicht mit anderen Absonderlichkeiten abzulenken.

49 Personen gefällt das · 9 Kommentare · 2mal geteilt

318 | 31. August 21.38 Uhr

Zwirbler überlegt, wohin er jetzt sein Interesse fokussieren soll. Sie kuppelt, gibt Gas, mit so einer Bestimmtheit, dass es nicht bloß die scharfen Kurven sind, die sein Herz rasen lassen. Der graue Kasten hinter ihnen blitzt auf dem regennassen Asphalt und sein

Blick nutzt die Gelegenheit, um sie abzufahren.
Fragt sich, was so schwer daran ist, jemandem „gefällt mir“ zu sagen, und wieso es einfacher ist, stumm zu nicken.
74 Personen gefällt das · 18 Kommentare · 6mal geteilt

319 I 2. September 22.26 Uhr
Zwirbler findet keine Antwort für sich, nickt daher nur. Was ihm gefällt, hat meist einen kleinen Makel. Auch sie. Eine T-förmige Narbe am Bauch, sichtbar dank des knappen weißen Tops. Nicht sofort erkennbar und doch vorhanden, um an die Schönheit zu erinnern.
Wie ein Riss im weichen Lehmboden ihrer straffen Haut schlängelt sich die Linie des verkehrten T über den Nabel hinauf, endet erst unter der Brustfalte.
59 Personen gefällt das · 11 Kommentare · 2mal geteilt

320 I 5. September 22.22 Uhr
Zwirbler will das jetzt nicht mit einer Frage versauen, auf die er möglicherweise nur eine verzweifelte Ausflucht oder gekonnte Finte geliefert bekommt.
Allein Wunden und Augen sind Münder, die niemals lügen. So kreisen Neugier und Gedanken um die Ursache der vernarbten Furche, die er ohne mündliche Erkundigung zu finden sucht.
Er vermutet: Da hat jemand mit grober Absicht geschnitten, etwas herausgenommen.
64 Personen gefällt das · 27 Kommentare · 6mal geteilt

321 I 8. September 22.13 Uhr
Zwirbler betrachtet ausgiebig ihr Mal und ihren Körper, verrennt sich dabei in das zähe Ziehen von Erinnerungen, die gar nicht seine sind. Eigentlich müsste er schon längst woanders sein. So wie die dunklen Gewitterwolken und das Unheil, das bald auf ihn zukommt.

Die Japanerin reißt den grellen Sportwagen in die Kurve, kontert seinen Blick: „Du weißt: Wenn eine Hand die andere wäscht, werden dabei alle ein wenig schmutzig."
62 Personen gefällt das · 18 Kommentare · 3mal geteilt

322 | 11. September 21.56 Uhr
Zwirbler weiß das nicht, er kennt keine Politiker, liest zu wenig Zeitung.
Wer sich wohl an ihr die Hände schmutzig gemacht, sie derart für das Leben gezeichnet hat? „Ist nicht so schlimm, wie es aussieht", schmunzelt die Frau am Steuer und das ist ihre zweite Lüge in ihrer ersten Begegnung. Das jedoch merkt er nicht, für ihn zählt jetzt nur: Vorankommen. Am Abgrund hoffend, dass das Schicksal ihn nicht den Hang hinabstößt.
44 Personen gefällt das · 12 Kommentare · 2mal geteilt

323 | 13. September 22.31 Uhr
Zwirbler und die Entdeckung der Langsamkeit. Sie hat einige auffällige Vorzüge, behutsame Schritte Richtung Kluft lassen das Meer des Ungewissen weiter in der Zukunft liegen. Aber nicht hier, nicht heute und nicht bei dieser Geschwindigkeit. Der Fahrtwind pfeift gierig durch seine Finger, lenkt ihn ab, lässt ihn den Gedanken kürzer festhalten, als ihm lieb ist.
Frau, Porsche und das Leben im Ganzen sind zu schnell unterwegs.
46 Personen gefällt das · 14 Kommentare · 3mal geteilt

324 | 15. September 22.31 Uhr
Zwirbler hat gelernt, die unsinnigsten Ideen ernst zu nehmen. Selbst seine eigenen.
„Wie sieht die Erde aus, wenn ich auf einem Lichtstrahl sitze?", versetzte sich Einstein in die Rolle des Voyeurs. Immerhin Ausgangspunkt der Relativitätstheorie.

Seine verpixelten Erkenntnisse reduzieren sich indes auf die unendlichen Weiten einer inneren Unschärfe und bringen ihn zur These: Die Zeit vergeht, wenn man gerade nicht hinschaut.
49 Personen gefällt das · 15 Kommentare · 3mal geteilt

325 | 18. September 21.43 Uhr
Zwirbler scheißt so gut es geht auf das Universum und dessen reale Illusion des Moments. Das beruht auf Gegenseitigkeit: Die Welt dreht sich weiter, ohne ihn zu fragen.
High von der Zentrifugalkraft steuert die Fahrerin den Wagen an die Grenzen der Physik, späht immer wieder auf ihre Uhr und es kümmert sie wenig, ob ihm das Tempo genehm für seine Betrachtungen ist.
Da, der Wegweiser zur Klinik – er wähnt sich fast am Ziel.
52 Personen gefällt das · 16 Kommentare · 2mal geteilt

326 | 21. September 19.22 Uhr
Zwirbler dringt der Geruch von Verbranntem durch die Nase und dreht eine Runde in seinem Kopf. Obgleich nur die Kohäsionsreibung der Reifen, erinnert es ihn an die Gefahr, in der er sich von Anfang an befindet. Insofern er wüsste, welcher Anfang zählt: Der Unfall, Dannis Anruf oder seine Geburt.
„Gleich da", sagt sie, und wenn Raum und Zeit nicht so verflucht penetrant existieren würden, würde er sie jetzt gerne flachlegen.
41 Personen gefällt das · 18 Kommentare · 1mal geteilt

327 | 25. September 21.12 Uhr
Zwirbler verkneift es sich, fügt sich der Sinnlichkeit im passiven Zustand. Das erweist sich als scharfsinnig, so muss sie ihre knallroten Krallen nicht in seine Dreifaltigkeit bohren.
Die Kunst der Frauen liegt darin, den Männern weismachen zu können, sie jenseits der Fortpflanzung zu brauchen.
Darauf verstand sich auch seine Mutter: Dem Vater, alternder

Kampfjetpilot, den Himmel zu Hause zu bieten. Trotz eines Geheimnisses.

63 Personen gefällt das · 14 Kommentare · 2mal geteilt

328 | 27. September 23.01 Uhr

Zwirbler schwant bis heute nicht, welche deutlich spürbare Dunkelheit zwischen seinen Eltern stand in diesen wort- und endlosen Minuten und Stunden. Ergo würde er seine Eltern als vieles bezeichnen, nur nicht als Liebende. Sein Vater flog so hoch, wie kaum ein Mensch zuvor, aber im häuslichen Ambiente darauf angesprochen, sagte er profan: „Ich stehe bloß in reziproker Abhängigkeit vom Himmel, wie der Vatikan von der Hölle."

68 Personen gefällt das · 14 Kommentare · 3mal geteilt

329 | 30. September 22.07 Uhr

Zwirbler bekommt noch mit, wie die Frau mit Blick auf die Uhr auf die Bremsen tritt, vernimmt noch ein triumphierendes: „Neuer Rekord." Dann wird er aus seinen Erinnerungen direkt in die Windschutzscheibe katapultiert. Ehe ein blutiges Netz seine Sicht behindert und gleich darauf seine Lichter ausgehen, denkt er kurz daran, wie klug es gewesen wäre, sich anzuschnallen. Oder gar nicht erst zu einer Frau ins Auto zu steigen.

50 Personen gefällt das · 13 Kommentare · 4mal geteilt

330 | 3. Oktober 21.58 Uhr

Zwirbler hätte auch sagen können, dass er fahren, dass er dies bereifte Narrenschiff mit seinen ungezähmten 350 PS lenken will. Hätte, wollte, wäre. Hat er aber nicht. Derart trifft die Konsequenz der Unterlassung ihn jedes Mal wie ein Hammer aus dem Hinterhalt. Und für gewöhnlich wird er von Frauen geschwungen. Obzwar Männer besser im Betrügen der Welt sind, haben Frauen mehr Spaß an der Überraschung, die sie verursachen.

52 Personen gefällt das · 17 Kommentare · 4mal geteilt

331 | 6. Oktober 22.33 Uhr

Zwirbler, wach auf!“, dringt ihre Stimme näher. „Wir können gehen.“ Er ist sich da nicht sicher, abgesehen davon scheint die Ohnmacht verlockender. Gleichwohl folgt er, rappelt sich auf, wischt sich eine Menge Blut aus dem Gesicht und sieht ... in ein zufriedenes Grinsen; „Damit haben wir einen guten Grund in die Klinik zu kommen.”

Die japanische Kurvenkünstlerin hat ihn absichtlich in die Scheibe knallen lassen. Cleveres Biest.

47 Personen gefällt das · 12 Kommentare · 2mal geteilt

332 | 8. Oktober 22.36 Uhr

Zwirbler tut so cool wie ihm möglich, ist indes ungeachtet der Schmerzen ziemlich beeindruckt. Kreativität ist nicht die Reproduktion, nicht die Verdoppelung der Realität, sondern die Erschaffung einer neuen. Die Frau hat dies mit einer schlichten Vollbremsung geschafft.

Sie steigt aus, kommt flink um den Wagen, öffnet ihm die Tür. Das ernste Spiel mitspielend, Hand ans blutende Antlitz haltend, lässt er sich führen.

48 Personen gefällt das · 12 Kommentare · 3mal geteilt

333 | 11. Oktober 21.54 Uhr

Zwirbler überkommt nach dem Aussteigen Übelkeit. Sie attackiert heimtückisch, bringt ihn nah ans Übergeben. „Nicht auch das noch“, schießt es durch seinen Kopf und nur mit Glück kann er im Magen behalten, was dorthin gehört.

Wenn Schmerz und Übelkeit lediglich übertriebene Illusionen des Gehirns sind, wieso bringen sie dann unsere Beine zum Wackeln? Er stützt sich auf die Frau und sie passieren den Eingang der Notaufnahme.

46 Personen gefällt das · 11 Kommentare · 2mal geteilt

334 | 14. Oktober 20.06 Uhr

Zwirbler kann auf die Frage nicht antworten. „Wer hat nun gebremst, der Wagen oder die Frau?", wiederholt der Stationsarzt die Blessuren untersuchend.
„Meine Bestimmung ist fremdgeleitet", entfährt es ihm, als wäre dies eine Antwort und sein Blick schweift suchend zum Fenster, auf das gegenüberliegende Gebäude. Irgendeine Bank – Geld, Blut oder Samen – wir horten alles, in der irren Hoffnung die Zukunft berechenbar zu machen.

48 Personen gefällt das · 9 Kommentare · 2mal geteilt

335 | 17. Oktober 21.51 Uhr

Zwirbler, fehlgeleitet durch seinen Blick aus dem Fenster, bemerkt nicht, wie der Arzt eine Spritze aus einer verborgenen Nische des Medizinschrankes holt.
Abgelenkt durch sich selbst, kann er nicht zeitgerecht dem heimlich helfenden Bugsieren der jungen Frau folgen und manövriert sich so in eine denkbar ungünstige Position.
Der Verschluss ploppt auf, der Arzt lächelt und die Nadel gleitet weich durch seine Haut.

44 Personen gefällt das · 17 Kommentare · 2mal geteilt

336 | 20. Oktober 22.21 Uhr

Zwirbler registriert den Einstich erst, nachdem er bereits injiziert wurde. Keiner sagt ihm, was in der Spritze ist: Gift, Betäubungs- oder Heilmittel.
Für Ärzte vielleicht alles das gleiche Zeug, für ihn nicht, er würde es gerne wissen.
Versucht ist er jedenfalls, versucht der Frau die Schuld zu geben. Wen wundert's? Frauen bringen Männer mit einem einzigen Kuss zum Schweigen, zum Lügen und manche zum Töten.

56 Personen gefällt das · 26 Kommentare · 7mal geteilt

337 I 23. Oktober 22.07 Uhr

Zwirbler fühlt, wie sich die Flüssigkeit Stück für Stück vorarbeitet, Besitz von seinen Venen ergreift. Faszinierend, wie etwas Fremdes ohne Widerstand von unserem Körper aufgenommen wird. Dabei ist die Wirkung des Mittels noch immer nicht klar. Warm ist es, nicht unangenehm, beinahe wohlig. Gerne würde er fragen, aber ein: „Verzeihung, haben Sie mir soeben Gift gespritzt, Sie verdammte Drecksau?“, erscheint ihm nicht würdig.

42 Personen gefällt das · 11 Kommentare · 2mal geteilt

338 I 26. Oktober 21.47 Uhr

Zwirbler hadert mit stockenden Gedanken in Sekunden ahnungsloser Stille. Während das lautlose Grinsen des Arztes zu einem hämischen Lachen heranwächst, tritt ein Effekt ein, mit dem er nicht gerechnet hat. Bisher trübe Farben blenden mit voller Stärke, plötzlich sind seine Sinne geschärft, selbst im Licht wirbelnde Staubpartikel nimmt er deutlich wahr. Aber da ist noch etwas: Er kann sich nicht mehr bewegen.

52 Personen gefällt das · 13 Kommentare · 4mal geteilt

339 I 29. Oktober 11.20 Uhr

Zwirbler beunruhigt, dass er selbst seine Augen nicht mehr schließen kann. Er blinzelt, sie springen sofort wieder auf. Machtlosigkeit über die ausführenden Funktionen seines Körpers, während er Details in aller Schärfe erfasst. Gelähmt und vergebens sucht er die Japanerin mit der T-förmigen Narbe, als der Arzt sich – noch immer lachend – zur Tür dreht. Mit vollem Busen unter weißem Kittel erscheint Krankenschwester Inge.

58 Personen gefällt das · 19 Kommentare · 4mal geteilt

340 I 1. November 21.53 Uhr

Zwirbler treten Perlen von Angstschweiß auf die Stirn, er versucht die Arme vom Körper zu strecken, schafft jedoch keinerlei Bewegung, nichtmal langsamste. Umso schneller begreift die eintretende Inge die Situation, sieht, dass er Hilfe braucht. Sie nickt dem Arzt grüßend im Vorbeigehen zu, tritt zum Gelähmten, legt ihre kühlende Hand besorgt auf seine Stirn. Vermisst, ja das ist das richtige Wort, irgendwie hat er Inge vermisst.

59 Personen gefällt das · 12 Kommentare · 3mal geteilt

341 | 3. November 20.18 Uhr

Zwirbler lässt sich für einen Moment in die Geborgenheit fallen. Eine Frauenhand auf unserer heißen Stirn und schlagartig sind wir wieder hilfloses Kind, mit all den verloren geglaubten Erinnerungen, die der Worte entbehren und unsere Angst nehmen. Ihr Zwinkern, heimliches Band zwischen ihnen, gibt ihm zu verstehen: „Alles ist in Ordnung, ich bin auf Deiner Seite."
Was auch fortan mit ihm geschehen wird, Inge hat einen Plan.

55 Personen gefällt das · 15 Kommentare · 2mal geteilt

342 | 6. November 21.02 Uhr

Zwirbler forscht in seinen Erinnerungen und kommt zum Schluss, dass sie solch ein Bild gar nicht abgespeichert haben können, es nur per Aufruf für den Augenblick zusammengesetzt wurde. Seine Mutter hat ihm nie die Hand auf die Stirn gelegt.
Ein Gefühl, als hätte man ihm mit der Injektion auch Blut abgenommen, als seine leeren Augen auf das smaragdgrüne Funkeln Inges treffen. Es sind die Zwischenräume, aus denen wir bestehen.

49 Personen gefällt das · 11 Kommentare · 3mal geteilt

343 | 8. November 21.39 Uhr

Zwirblers Bewusstsein ist noch immer surreal erweitert und er kann sich nach wie vor nicht bewegen. Mit hängenden Armen sitzt er auf dem Krankenbett, starrt geradeaus und das klingt genauso „strange", wie es sich anfühlt. Nicht anders, als die Politik Europas: Alles sehen, aber vollkommen handlungsunfähig.

Stand somit 1:0 für den Arzt. Aber nun kommt Inge ins Spiel, dreht sich zum Arzt und beginnt ihre Bluse aufzuknöpfen.

52 Personen gefällt das · 12 Kommentare · 5mal geteilt

344 | 11. November 20.03 Uhr

Zwirbler hält Augen für das Wichtigste, aber wenn sich Blusen öffnen, legt er Vorurteile schnell ab. Zumindest seine Gedanken sind nicht gelähmt und sein bestes Stück scheint ebenfalls intakt. Obwohl Inge mehr Freundin als Liebhaberin ist, missbilligt er, dass sie nicht ihn, sondern den Arzt verführt, und wünscht sich sie würde lieber sprechen. Doch ihr Wimpernaufschlag und Busen bedürfen keiner Worte, um verstanden zu werden.

55 Personen gefällt das · 17 Kommentare · 4mal geteilt

345 | 13. November 22.54 Uhr

Zwirbler hat selbstredend ein Faible für das Surreale. Derweil Inge den leichten Stoff über die Schulter gleiten lässt und die Szene seine bewegungslose Sehnsucht anstachelt, wird er gewahr, dass die erogenen Zonen des Mannes nicht am eigenen, sondern am Körper der Frau liegen. Die Verführung zeigt Ergebnis, der Doktor schiebt irritiert eine Hand in den Kittel, fummelt am Stethoskop herum. Plötzlich klopft jemand an die Tür.

53 Personen gefällt das · 18 Kommentare · 3mal geteilt

346 | 16. November 20.30 Uhr

Zwirbler ist Zaungast seines eigenen Lebens. Darin unterscheidet er sich kaum von anderen: Wir wollen zusehen, aber nicht zahlen. Selbst wenn jemand an der Gefahr des Todes zerbricht, fällt uns Eingreifen schwer. Bei ihm kommt dazu, dass er nicht kann, auch wenn er wollen würde. Also bleibt Zuschauen: Ivan kommt zur Tür herein, und als der Arzt zu einer Frage ansetzt, springt die vergessen geglaubte Japanerin aus der Ecke.

42 Personen gefällt das · 11 Kommentare · 1mal geteilt

347 | 19. November 21.38 Uhr

Zwirbler überrascht die jähe Aktivität der groben Kurvenkünstlerin. Sie brät dem Arzt noch im Sprung eins mit der Nachtschüssel über, woraufhin dieser wie ein Sack in sich zusammensinkt.
Zwei Frauen mit Hang zum subversiven Handeln – und schon ist die skurrile Realität mit einem Paukenschlag dekonstruiert. Brüste und ein Nachttopf. So einfach.
Ivan steht in seinem eleganten schwarzen Anzug im Türrahmen und nickt zufrieden.

44 Personen gefällt das · 12 Kommentare · 2mal geteilt

348 | 22. November 22.28 Uhr

Zwirbler fragt sich, was zum Teufel mit der Welt los ist, dass Männer bloß lethargisch starren und nicken, während aktive Frauen unsere einzige Hoffnung geworden sind.
Inge knöpft lächelnd ihre Bluse zu – mission accomplished. Das war also alles kunstvoll geplant. Kluge Frau.
„Steh auf!", ruft sie ihm zu und erst da erblickt er, was sie an einer dünnen Kette zwischen den Brüsten trägt: einen silberglänzenden USB-Dongle.

52 Personen gefällt das · 19 Kommentare · 4mal geteilt

349 | 25. November 22.30 Uhr

Zwirbler möchte dem Befehl gern folgen, nur wie soll er bitte aufstehen, wenn er gelähmt ist?
Vielleicht beinhalten Pläne triebhafter Damen immer manipulative Demütigungen.
Dazu passt, dass der aus der Versenkung aufgetauchte Ivan kurz verschwindet, um gleich darauf einen Rollstuhl ins Zimmer zu schieben. Die beiden starken Frauen heben ihn vom Bett, in den rollenden Stuhl.
Na bestens, jetzt sieht er aus, wie er sich fühlt.

56 Personen gefällt das · 8 Kommentare · 2mal geteilt

350 | 28. November 19.13 Uhr

Zwirbler wird etwas bang bei der Erkennung seiner selbst. Manchmal bewegt man sich fort, ohne sich zu bewegen. Selbst im Rollstuhl. Dennoch, als er von Ivan den Gang hinuntergeschoben wird, flankiert von den zwei Frauen an seiner Seite, empfindet er einen Hauch von Zärtlichkeit und sich als den mächtigsten Krüppel der Welt. Sein Schicksal hängt wohl von den beiden ab. Der Mann darf schieben und warten, wie es weitergeht.

42 Personen gefällt das · 11 Kommentare · 2mal geteilt

351 | 1. Dezember 19.30 Uhr

Zwirbler im Rollstuhl ähnelt nicht nur körperlich einer kafkaesken Figur. Er fühlt sich, hat Empfindungen, kann aber die gelähmten Arme und Beine nicht bewegen. Ergo stützt sich seine unbeholfene Macht auf die beiden schreitenden Säulen neben ihm und deren suspekte Motivation. Ein schwer auszugleichendes Defizit bei der Suche nach seiner Schwester. Abrupt hebt Inge die Hand, ihre Geste lässt die Gruppe ruckartig innehalten.

46 Personen gefällt das · 9 Kommentare · 3mal geteilt

352 | 4. Dezember 21.47 Uhr

Zwirbler verblüfft weniger, dass dieses Zeichen der Pirsch verstanden wird, als dessen synchrones Befolgen. Die Abhängigkeiten der Drei bleiben für ihn undurchschaubar. Zwei Ärzte, die sich vor Lachen nicht einkriegen, verschwinden in einen OP und er wird sanft, noch immer nicht wissend wohin, weitergeschoben.
Danni fehlt ihm, sie wüsste bestimmt, was zu tun ist. Allein Gesuchte kann man schwer nach ihrer eigenen Spur fragen.

63 Personen gefällt das · 17 Kommentare · 4mal geteilt

353 | 6. Dezember 21.38 Uhr

Zwirbler entdeckt auf seiner Reise durch den Dschungel der Zeichen – trotz eingeschränkter Mobilität – durchaus hinterlassene

Spuren der Schwester. Sobald er sie jedoch verfolgen will, muss er wieder einen Tiefschlag einstecken und derweil verrinnen sie unaufhaltsam, wie Tinte auf Löschpapier. Er könnte wetten, die Spuren bleiben, sogar genau vor seinen Augen, nur erkennen kann er sie nicht mehr. Andere aber können das.

52 Personen gefällt das · 5 Kommentare · 2mal geteilt

354 I 9. Dezember 18.56 Uhr

Zwirbler übt sich erhobenen Kopfes in Geduld, indes er durch den Flur vor die Klinik geschoben wird. Seine Begleiter haben ihre Rollen bereits zugeteilt bekommen, er drückt sich die Daumen, dass er seine bald erkennt.

Draußen, vor der Anfahrt für Infektionskranke, bleibt die groteske Partie stehen. Inge, die Krankenschwester mit künstlichen Nägeln, steckt ihm eine Zigarette in den Mund, zündet sie an. Ist er nun Dr. Seltsam?

64 Personen gefällt das · 17 Kommentare · 4mal geteilt

355 I 12. Dezember 19.21 Uhr

Zwirbler verspürt ein Zucken im rechten Arm. Hilft die frische Luft oder gar das Nikotin gegen die Lähmung? Der Sinn der Zigarette wird ihm klar, als ein hagerer Wachmann aus der Tür tritt und die Gruppe im Vorbeigehen mustert. Rauchende sind unauffällig, der uniformierte Wächter geht nickend weiter, die Tarnung funktioniert. Inge mit ihren feuerfesten Plastikkrallen beherrscht eine Kunst der Frauen blendend: die Täuschung.

53 Personen gefällt das · 9 Kommentare · 2mal geteilt

356 I 14. Dezember 20.30 Uhr

Zwirbler wird noch Zeit gegeben den Gedanken zu ordnen. Bewegungslos sitzt er inmitten der stummen, zwielichtigen Stehenden und beobachtet.

Frauen zu verstehen ist wie das Erlernen einer fremden Sprache:

Am Anfang ist man ratlos, bald schafft man es, einzelne Worte, kleine Gesten zu deuten, und wenn man glaubt, sie zu verstehen, kommt eine Formulierung, die einem bewusst macht, dass man das Geheimnis niemals ganz lüften wird.

76 Personen gefällt das · 16 Kommentare · 6mal geteilt

357 | 17. Dezember 22.24 Uhr

Zwirbler erwägt, ob es sich verkehrt genauso verhält, ob also Frauen Männer auch überraschend geheimnisvoll finden. Ob man sich überhaupt ohne Worte besser verstehen würde, weil Augen immer die Wahrheit sagen. Wäre Gebärdensprache das richtige Instrument, um Klarheit zu schaffen?
Nein, Männer sind Bauern, sie werden Feld für Feld über das Schachbrett gezogen. Am Ende bekommt man die Dame wieder, doch der Bauer ist verloren.

53 Personen gefällt das · 16 Kommentare · 4mal geteilt

358 | 20. Dezember 22.15 Uhr

Zwirbler zieht den Rauch tief in die Lunge. Obwohl der Wachmann längst weg ist, verharrt die Gruppe wartend vor der Klinik. Die Erklärung biegt sogleich um die Ecke: Der Mann mit tiefen Ringen unter den Augen sieht aus, als hätte er letzte Nacht nicht nur in den Spiegel seiner Seele geblickt. Er kommt auf sie zu, keiner spricht, leise Schritte auf Kies in der Dunkelheit … Bäng! Bäng! Zwei Schüsse peitschen durch die Stille.

49 Personen gefällt das · 11 Kommentare · 3mal geteilt

359 | 23. Dezember 19.56 Uhr

Zwirbler ist der Einzige, der nicht zusammenzuckt. Er würde ja gern, Angst hat er, allein seine körperliche Lähmung erlaubt diese Regung nicht. Wie ein Berichterstatter inmitten des Krieges sitzt er in seiner Rauchwolke. Dabei offenbaren sich ihm zwei Dinge: Einerseits ist da wieder dieser Geruch nach Weihnachten, den er gar

nicht mag, und andererseits liegt ein Mann am Boden.
Ob das nun ein Lichtblick ist, wird sich weisen.
50 Personen gefällt das · 15 Kommentare · 2mal geteilt

360 | 26. Dezember 22.50 Uhr
Zwirbler argwöhnt, dass er in dem Trubel vielleicht nicht alles mitbekommen hat. Da waren zwei Schüsse im Dunkeln, nun liegt ein Mann reglos am Boden.
Ein Mann, der vielleicht etwas sagen wollte. Etwas, was ihm geholfen hätte seine Schwester zu finden.
Der schale Geruch von Weihnachten, ebenso schnell verflogen, wie aufgetaucht, erinnert ihn an verbrannte Kekse und an ein Fest, welches für einige längst gar keines mehr ist.
55 Personen gefällt das · 26 Kommentare · 4mal geteilt

361 | 29. Dezember 22.11 Uhr
Zwirbler dämmert, dass er etwas eigen ist, Angst hat er nur vor dem Punkt, an dem ihm das klar wird.
Während Japanerin, Inge und Ivan auf den unbekannten Toten am Kiesweg starren, grübelt er über ein zur schlechten Erinnerung gewordenes Fest und dessen Bedeutung. Weil man sich von Sentimentalitäten erst verabschiedet, wenn es ans Eingemachte geht. Und weil die Feier einer Geburt immer ein wenig vom Tod überschattet wird.
52 Personen gefällt das · 12 Kommentare · 2mal geteilt

362 | 2. Jänner 22.10 Uhr
Zwirbler hängt zwar regungslos in seinem Rollstuhl, innerlich ist er umso mehr bewegt. Er hat noch nie einen Erschossenen gesehen, den Kreislauf von Leben und Tod selten so unmittelbar mitbekommen. Unglaublich, was zwei kleine Löcher im Rücken eines Mannes für eine Auswirkung haben. Der Kies färbt sich bereits rot, der Gärtner wird nicht erfreut sein.

Ivan geht auf den Leblosen zu, die beiden Frauen beginnen leise zu weinen.

40 Personen gefällt das · 11 Kommentare · 3mal geteilt

363 | 5. Jänner 21.15 Uhr

Zwirbler erstaunt immer wieder, wie sehr das Jetzt und Hier von unserer Vergangenheit beeinflusst wird, wie sich sogar die Bilder gleichen. Tränen der Frauen, ein Mann am Boden und einer, der sich beugt, um den Körper zu untersuchen. Wie das harmlose Spiel aus Kindertagen. Nur, dass der Mann glaubhafter tot ist.
Ivan hebt den Kopf des Entseelten und stellt mit Erleichterung fest: „Jonathan Khartier … Ramon Dedels Assistent."

56 Personen gefällt das · 20 Kommentare · 2mal geteilt

364 | 8. Jänner 21.20 Uhr

Zwirbler und Ivan haben im Moment der Identitätsfeststellung etwas gemeinsam: Auch er nimmt den Namen mit einem erleichterten Aufatmen zur Kenntnis.
Das Akzeptieren des Todes fällt leichter, wenn es um jemanden geht, der uns nicht wichtig ist, der unser Leben bisher nicht gekreuzt hat.
Aber kein Licht ohne Schatten. Auf bestimmte Weise sind wir alle verbunden und selbst seelenlose Tote können unserer Vergangenheit schaden.

55 Personen gefällt das · 17 Kommentare · 5mal geteilt

365 | 10. Jänner 22.01 Uhr

Zwirbler bekommt eine Gänsehaut, als die Schatten in der stärker werdenden Dunkelheit schwinden. Ein Gefühl der Beklemmung hebt die ursprüngliche Erleichterung auf, im Angesicht des Todes unterliegt jede Vernunft schlussendlich der Angst. Selbst wenn es ein Fremder ist, der von zwei Kugeln dahingestreckt vor ihm liegt.

Ivan lässt den leblosen Kopf sanft zurückgleiten, richtet sich auf. „Und … was jetzt?“, fragt sein Blick.
42 Personen gefällt das · 9 Kommentare · 3mal geteilt

366 I 13. Jänner 21.19 Uhr
Zwirbler – als habe er alle Zeit der Welt – schwirren zig Möglichkeiten zur Entsorgung durch den Kopf.
Ivan könnte sicher irgendeinen Sergej anrufen und die Leiche in den Fluss, Hades der verlorenen Seelen, werfen. Oder die Organe einzeln verkaufen. Tote hat sie viele gesehen, so kommt die scheinbar vernunftgesteuerte Lösung von Inge. „Auf keinen Fall Polizei … in die Pathologie“, setzt sie sich Tränen trocknend in Bewegung.
49 Personen gefällt das · 15 Kommentare · 1mal geteilt

367 I 15. Jänner 22.03 Uhr
Zwirbler ist der Geruch des Todes beinahe vertraut, der Anblick jedoch noch fremd. Als Ivan die Leiche umdreht, fällt ihm das Wort „Respektlosigkeit“ ein. Gibt es eine perversere Missachtung des Lebens, als eines auszulöschen?
Die Herausforderung, kühles Blut im warmen Herzen zu bewahren, lässt nahezu praktische Probleme verblassen. Zum Beispiel wie der Tote unbemerkt in das Kühlhaus der nahen Pathologie zu schaffen ist.
48 Personen gefällt das · 8 Kommentare · 2mal geteilt

368 I 17. Jänner 21.44 Uhr
Zwirbler rechnet mit vielem, unter anderem mit der unterstellten Erfahrung von Ivan in diesen „Sachen“. Dass aber Ivan die Leiche hochhebt, zu ihm schleppt und auf seinen Schoß setzt – damit hat er nicht gerechnet.
Hätte er nicht einfach eine unauffällige Trage nehmen können? Der Russe zuckt mit der Schulter, zieht ein Bettlaken unter dem

Rollstuhl hervor und deckt die beiden zu. Als könnte dem toten Khartier kalt werden.

44 Personen gefällt das · 16 Kommentare · 6mal geteilt

369 | 21. Jänner 21.48 Uhr

Zwirbler, mit abgebrannter Zigarette im Mund und Leiche am Schoß, läuft es eisig über den Rücken. Derart betrachtet hat die aufgezwungene Nähe einen Vorteil für zarte Gemüter: Man spürt das Blut in den Adern.
Zu wenig weiß er über diesen Mann, noch viel weniger über dessen Erinnerungen und Geheimnisse. Er ahnt nur, dass der Tote etwas mit seiner Schwester zu tun hat und dass er selbst leblos noch Probleme verursachen könnte.

44 Personen gefällt das · 10 Kommentare · 2mal geteilt

370 | 24. Jänner 20.24 Uhr

Zwirbler beschleicht manchmal die Vermutung, dass die Toten leben, uns weiterhin Signale geben. Gelegentlich berührt der Tod gerne noch einmal das Leben, reibt sich daran wie das Yin am Yang.
Danni und die klingende Wärme ihrer Stimme bräuchte er jetzt, nicht das ausgekühlte Individuum auf sich. Bevor sich irgendwer daran macht, die beiden in die Pathologie zu bringen, klingelt ein Telefon … in der Hosentasche des Toten.

47 Personen gefällt das · 19 Kommentare · 5mal geteilt

371 | 26. Jänner 22.30 Uhr

Zwirbler findet es etwas schräg, dass so viele stumm um ihn herum stehen und doch keiner das vibrierende Mobiltelefon abhebt. Selbst wenn nichts so ist, wie es zunächst scheint, will er doch wissen, wer anruft; wer über den Toten in Kontakt treten will. Obwohl seine Oberschenkel schon kribbeln, kann er sich nicht genug bewegen, um selbst dran zu gehen.

Sein Glück hängt zwar oft vom Whisky ab, diesmal aber von einem Anruf.

56 Personen gefällt das · 13 Kommentare · 3mal geteilt

372 | 29. Jänner 21.32 Uhr

Zwirbler ist nicht der Einzige, der etwas vergessen hat. Das Leben, wie die Kunst, ist Überraschung und selten eintreffende Vorhersage. Erst deutet er das Klingeln als vorab eingestellten Alarm, der den Toten an etwas erinnern soll. Aber als Ivan das smarte Telefon mit einem „Ja?" abhebt und ob der Antwort erschrocken auf ihn, dann in die Dunkelheit blickt, wird ihm klar: Der Anruf ist für ihn … und der Anrufer der Schütze.

59 Personen gefällt das · 19 Kommentare · 4mal geteilt

373 | 1. Februar 21.30 Uhr

Zwirbler weiß nicht, was gesprochen wird und ob Ivans Deutschkenntnisse zum Verständnis reichen. Er mutmaßt, dass der Tod wie ein alter Bekannter im Hintergrund lauert, nur auf ein Zeichen wartend, wann er auftauchen und auf den Zug springen soll. Ein roter Punkt wandert suchend den Boden entlang. Will der Schütze durch das Fadenkreuz kontrollieren, ob das Opfer wirklich tot ist? Oder berechnet er gerade eine neue Flugbahn?

60 Personen gefällt das · 13 Kommentare · 3mal geteilt

374 | 4. Februar 22.06 Uhr

Zwirbler spürt, wie der Wind durch die Gassen jagt, ihm kalt ins Gesicht schlägt. Vorerst wird er nicht erfahren, ob der Schütze ihm Geleitschutz aus dem Hinterhalt gibt oder ein neues Opfer für den schnellen Tod aus dem Schatten sucht. Da gibt es ein Zucken, eine erschrockene Regung in Ivans Gesicht, er lässt das Telefon fallen, sprintet mit dem Instinkt eines Wildtieres auf ihn zu und schreit: „Rein mit ihm! Sofort!"

63 Personen gefällt das · 11 Kommentare · 4mal geteilt

375 | 7. Februar 21.51 Uhr

Zwirbler im Rollstuhl ist der Realität wehrlos ausgeliefert. Noch. Sein Atem schnell, sein Puls unregelmäßig, sein Handlungsspielraum eingeschränkt – muss er sich auf andere Konstanten verlassen. Ivan aber ist verdammt schwer zu durchschauen: Ist der monströse Russe ein kaltblütiger Beschützer oder ein warmherziger Prädator? Jedenfalls schiebt er ihn wie von Sinnen Richtung Klinik und flüstert: „Wir haben nicht viel Zeit …"

42 Personen gefällt das · 8 Kommentare · 2mal geteilt

376 | 11. Februar 22.01 Uhr

Zwirbler wird von Ivan in die rettende Wärme der Klinik gerollt. Gefolgt von den beiden Frauen, an der Geburtenstation vorbei, weckt der Schrei eines Neugeborenen den Gedanken: Trotz aller Hoffnung passiert im Nebenraum nichts anderes, als in jeder weiteren Sekunde unseres Lebens danach. Schönheit und Schmerzen. Die Reise zum Tod beginnt mit unserem ersten Atemzug. Ab dann versuchen wir nichts anderes, als ihm zu entrinnen.

56 Personen gefällt das · 17 Kommentare · 3mal geteilt

377 | 14. Februar 21.43 Uhr

Zwirbler entspringt ein schallendes Lachen. Welch unfreiwillige Gemeinsamkeit: Am Anfang und am Ende unseres Lebens wartet immer ein Auto am Ausgang, um uns liegend abzuholen.
Dazwischen nehmen der Überlebenstrieb und die Angst alleine zu sterben den größten Raum unserer westlichen Existenz ein. Wir versuchen den Schmerz zu vermeiden, aber erst dadurch, dass wir ihn durchleben, wissen wir zu schätzen, wenn er nachlässt.

59 Personen gefällt das · 13 Kommentare · 2mal geteilt

378 | 17. Februar 21.57 Uhr

Zwirbler sollte wissen, dass man seelische Schmerzen nicht meiden kann, nicht vor ihnen weglaufen kann (er schon gar nicht).

Dass Leiden die Tropfen im Fluss des Lebens sind, die das Gleichgewicht halten. Und dass auf Hass eigentlich Liebe folgen sollte. Trotz all der Wissenschaft, Häusern und Geld bleibt unser einziger Luxus die Vergänglichkeit der Gefühle. Aber was ist mit der Leiche, die auf ihm sitzt? Da regt sich etwas.

63 Personen gefällt das · 21 Kommentare · 3mal geteilt

379 | 20. Februar 22.28 Uhr

Zwirbler hat das Pech, ein Seiltänzer zu sein, der den Schwindel nicht erträgt. Hoch oben schwanken seine Gefühle zu Gedanken; die verteilten Rollen vertauschen sich manisch ohne sein Zutun. „Khartier bewegt sich", haucht er. Ivan weigert sich, das ernst zu nehmen: „Nur eine Erektion, relativ natürlicher Lauf der Dinge … Hör zu, wenn es in der Pathologie genügend Kühlschränke gibt, bist Du die Leiche mit Sicherheit bald los."

42 Personen gefällt das · 14 Kommentare · 4mal geteilt

380 | 23. Februar 21.45 Uhr

Zwirbler wundert der postmortale Blutstau im Gemächt des Toten. Hmm, er hat zwar von dieser Art Leichenstarre bei einem beträchtlichen Prozentsatz Gestorbener gelesen, sie aber bisher nie für wahr gehalten.
Kann es sein, dass die erregten Geister der Unterwelt den Wellengang verursachen? Dass sie bereits lustvoll tanzen, am dünnen Seil der Instabilität namens Leben ziehen, um den Neuankömmling bald voller Demut zu begrüßen?

44 Personen gefällt das · 12 Kommentare · 3mal geteilt

381 | 26. Februar 21.40 Uhr

Zwirbler kann nicht abschätzen, was vom Tage übrig bleibt. Ob Khartier ins Meer der Toten hinabgezogen oder doch an die brandende Küste, in die Schönheit des Lebens zurückgeworfen wird. Auch wenn Leben nichts anderes als eine logische Konsequenz physikalischer Grundvoraussetzungen ist, sollte man die intellektuelle Weisheit haben, die Toten genauso zu respektieren wie die Lebenden. Man kann nie wissen, wann sie wiederkommen.

39 Personen gefällt das · 15 Kommentare · 2mal geteilt

382 | 29. Februar 18.08 Uhr

Zwirbler verfügt trotz eines gewissen Alters über recht beschränkte Weisheit. Infrage stellend, was uns bleibt, bleibt einem meist wenig übrig.

Vielleicht nur das Jetzt. Irgendwer meinte einmal: „Wenn die Jugend wüsste; wenn das Alter könnte." Genau zwischen diesen beiden ist er gefangen. So, wie Khartier in der Zwischenwelt zwischen endlosem Jenseits und kurzem Diesseits, zwei nahen und doch komplett verschiedenen Orten.

38 Personen gefällt das · 14 Kommentare · 2mal geteilt

383 | 2. März 22.41 Uhr

Zwirbler schwirren viele Gedanken gleich Schollen aus dünnem Eis durch den Kopf. Er sollte glücklich sein, welche zu haben. Es ist ein schmaler Grat, der uns verbindet und von den Hinübergegangenen trennt: Gedanken … und Freunde. Aber die Freiheit der Wahl ist auch ein Gefängnis, man kann nie allen Sternen am Himmel gleichzeitig folgen. Also starrt er schweigend ins Leere – bis eine mollige Putzfrau die Gesellschaft aufhält.

39 Personen gefällt das · 13 Kommentare · 2mal geteilt

384 | 5. März 19.12 Uhr

Zwirbler traut inzwischen Frauen im Allgemeinen und dieser im Besonderen einiges zu. Leicht eingeschränkt in den koordinierten Bewegungen sind die weiblichen Rundungen der Reinigungskraft umso sinnlicher präsent.

Sie hält schlechter Laune ein Hindernis in Form einer Tür und dadurch die komische Gruppe auf. „Ich mach hier nur meinen

Job …", zischt sie bodenwischend. „Von wegen Chancen, Freiheit und der Traum vom vielen Geld!"

48 Personen gefällt das · 14 Kommentare · 3mal geteilt

385 | 8. März 19.50 Uhr

Zwirbler würde ihr jetzt gerne sagen, dass wir so leben sollten, dass unsere Träume Wirklichkeit werden. Nur dafür ist er der Falsche. Er kennt die Fata Morgana der Stellenanzeigen gut, die uns die Phantasie einer Karriere implantieren – auch er ist so zum Verpixler geworden.
Mehr Pflicht als Freiheit, gepaart mit wenig Geld.
Die putzende Dame schiebt den Eimer zur Seite, gibt Flur und die Tür zur Pathologie frei: „So, rein."

49 Personen gefällt das · 12 Kommentare · 2mal geteilt

386 | 11. März 19.18 Uhr

Zwirbler mag meist Zweideutigkeiten, wunderschön sind sie. Solange wir nicht die Entscheidung einer Wahl treffen, ist jedes Schicksal vermeidbar.
Bei seiner Arbeit sind Geld und erfolgreiche Karriere bei Weitem nicht alles. Dafür darf er Pixel verschieben, unkenntlich machen, Realitäten verundeutlichen. Die Absicht der Putzfrau bleibt Geheimnis: Meint sie den Boden als sauberen oder soll die Gruppe mit der Leiche hineingehen?

45 Personen gefällt das · 11 Kommentare · 3mal geteilt

387 | 14. März 21.39 Uhr

Zwirbler wird harsch, an der unmotivierten Putzfrau vorbei, in die Pathologie gerollt. Damit nimmt ihm Ivan die Entscheidung einer Deutung ab: „Khartier stinkt schon … er muss in einen Kühlschrank."
Viele Menschen glauben sich, gefangen in Emotionen enger Beziehungen, als freie Wesen mit Kontrolle über ihr Leben.

Insofern hat er selbst gelähmt einen gedanklichen Vorsprung, er weiß zumindest dass und von wem er geschoben wird.

42 Personen gefällt das · 17 Kommentare · 4mal geteilt

388 | 17. März 22.21 Uhr

Zwirbler drängt sich der Vergleich mit einem Casino auf. Unsere Karten werden bereits bei der Geburt ausgeteilt und wir denken, dass wir Black Jack mit ihnen spielen. Aber es ist eine Patience. Wir ordnen die Karten bloß hin und her. Motiviert, aber nicht wissend, ob sie perfekt aufgeht.
Der stechende Geruch der Pathologie ist wie zu starkes Parfüm, er will schnell raus. Zunächst muss er jedoch die seltsame Fracht loswerden.

41 Personen gefällt das · 10 Kommentare · 2mal geteilt

389 | 21. März 20.56 Uhr

Zwirbler in seiner Situation ist es nicht gegeben zu handeln. Als Voyeur am Rande des Spielfelds kann er nicht anders, als der Partie selbstvergessen wie ein Kind zuzusehen.
Dabei lernt er, dass einige das Spiel zu ernst nehmen, den Duft des Verlierens gar nicht lieben, nicht fair wegstecken können.
Und sich daher entscheiden, von Zeit zu Zeit etwas zu schummeln. Am Ende aber erwischt es einen immer und die Bank gewinnt.

56 Personen gefällt das · 19 Kommentare · 4mal geteilt

390 | 24. März 21.24 Uhr

Zwirbler kennt den Moment des „Rien ne va plus“, in dem man keine Einsätze mehr tätigen kann, bereits alles riskiert hat. Auf die Folter gespannt zwischen Abgrund und dem märchenhaften Wunsch, die Bank im Spiel zu sein. Knapp bevor sich entscheidet, ob es Lächeln oder Tränen geben wird.
Ein Ende kann aber auch ein Beginn sein und so zieht Ivan eine

tiefgekühlte Bahre heraus, befreit ihn von Khartier, hievt die Leiche hinauf.

43 Personen gefällt das · 11 Kommentare · 2mal geteilt

391 | 27. März 18.26 Uhr

Zwirbler überrascht, dass seine Beine zu prickeln beginnen, nachdem das Gewicht des Toten weg ist. Das zeugt zwar nicht unbedingt von einer plötzlich rosigen Zukunft, aber mit der Tiefkühltruhe öffnet sich damit auch die nächste Türe in seinem Leben. Die Beine nach so langer Zeit wieder zu fühlen, ist wie ein kleiner Neubeginn. Nur beim Verlassen des Raumes ist ihm, als würde er eine Bewegung Khartiers im Augenwinkel sehen.

59 Personen gefällt das · 11 Kommentare · 2mal geteilt

392 | 30. März 22.20 Uhr

Zwirbler lässt das Prickeln keine Ruhe, er möchte seine Beine probieren, ein paar Schritte gehen. Ivan versteht ohne ein Wort, als er aus dem Rollstuhl aufsteht, ist er sofort neben ihm. Das ist auch besser so, denn nur weil man etwas fühlt, hat man noch lange nicht die Kontrolle darüber. Die brachialen Hände des Russen fangen seinen Fall sanft auf. „Das Salsa-Tanzen sollten wir verschieben …“, schlägt die Japanerin vor.

53 Personen gefällt das · 13 Kommentare · 3mal geteilt

393 | 2. April 19.14 Uhr

Zwirbler regt das Gesagte an, er würde gerne tanzen. Vielleicht weil wir damit genau die Emotionen ausdrücken können, bei denen unsere Worte schlichtweg versagen. Aber nicht unbedingt mit Ivan, dessen markanter Adamsapfel auf und ab pulsiert.
Wenn es uns nicht ständig nerven würde, könnten wir uns fast daran gewöhnen: Irgendwo gibt es immer ein Telefon, das gerade läutet. Einen Anrufer, der uns gemahnt zu handeln. Auch hier.

42 Personen gefällt das · 16 Kommentare · 3mal geteilt

394 | 5. April 22.24 Uhr

Zwirbler ignoriert einfach das Telefon. Ivan schafft das nicht. Vermeintlich nützliche Information ist der sichere Hafen im Gewitter unseres Treibens. Obwohl es oft ratsam wäre, der Vernunft zuzuhören, die rote Taste zu drücken.
Aber die Angst, etwas zu verpassen, verführt, steuert auch Ivan und gewinnt. Er hebt ab, lauscht nervös und dabei bewegt sich sein Apfel ständig, bis er ihm das Handy hinhält: „Für Dich … Du bist es."

45 Personen gefällt das · 15 Kommentare · 4mal geteilt

395 | 10. April 19.01 Uhr

Zwirbler sprachlos, braucht einige Zeit, um das Paradoxon verstehen: Wie kann er sich selbst anrufen?
Eine gewisse Zweiheit ist durchaus charakteristisch für ihn, aber wie soll so etwas ohne technische Tricksereien möglich sein? Eine banale Verzerrung mit dem Muster seiner Stimme? Ein Klon? Oder ruft er sich gerade selbst aus der Zukunft an?
Das ganze Leben ist ja eine Zeitreise, nur die Richtung, die scheint nicht änderbar.

49 Personen gefällt das · 16 Kommentare · 2mal geteilt

396 | 14. April 21.48 Uhr

Zwirbler würde gerne bequem bleiben, sich und die Realität verleugnen. Ivan aber lacht lauthals auf: „Ein Spaß … oder ein Teufel!" und drückt ihm das Telefon ans Ohr.
„Idiot – das ist keine Komödie! Ihr müsst sofort weg!" Die Stimme am Ende des Apparats kommt ihm vor wie seine eigene. Nur irgendetwas ist anders. Wie im Theater, in dem ein innerer Monolog von mehreren gesprochen wird, und so den Zauber der Phantasie anregt.

44 Personen gefällt das · 12 Kommentare · 2mal geteilt

397 | 18. April 21.31 Uhr

Zwirbler eine Bewusstseinsspaltung zu attestieren wäre hier einfach. Aber falsch. Dennoch ist ihm nicht klar, wer der Anrufer mit ähnlicher Stimme ist.
Nur Kinder und der Teufel kennen keine Grenzen des Moments. Kinder mit ihrer Magie, mit der es ihnen im Spiel gelingt, sich selbst anzurufen. Der Teufel mit dunkler Absicht im Nebel zu bleiben, wenn seine Zeit gekommen ist. Was soll's, er fragt einfach: „Mit wem spreche ich?"

52 Personen gefällt das · 16 Kommentare · 5mal geteilt

398 | 22. April 20.21 Uhr

Zwirbler stellt damit eine Frage, deren Antwort er kennen müsste. Doch allein weil wir müssten, tun wir noch nicht zwangsläufig. Vermutlich, weil wir manch Antwort eigentlich gar nicht hören wollen. Schon gar nicht von uns selbst, von der eigenen Stimme. Trotzdem löst der Dialog gleichwohl eine Kettenreaktion in seinem Denken aus.
„Du sprichst mit jemandem, der nie schläft, Dir hilft Nebel zu lüften und ein Rätsel zu lösen."

56 Personen gefällt das · 15 Kommentare · 7mal geteilt

399 | 25. April 20.33 Uhr

Zwirbler fällt es wie Schuppen von den Augen und damit hat er – klopfenden Herzens – die Antwort parat: Der Geist, der nie schläft, ist weniger Kind als Beelzebub. Auch wenn er gerade die Hilfe eines Vertrauten vortäuscht.
Der Mann am anderen Ende der Leitung stößt den ersten Dominostein um: „Selbst wenn wir in Worten reden, denken wir in Bildern. Nicht jede Kette schmückt einen Frauenhals und manch Hinweis ist eine Perle."

45 Personen gefällt das · 12 Kommentare · 4mal geteilt

400 I 28. April 20.23 Uhr

Zwirbler assoziiert meist sonderbar, diesmal aber richtig. Er loggt sich gedanklich in Facebook ein, baut das Profilbild seiner Schwester Pixel um Pixel im Kopf nach und vergleicht es mit dem Foto an der Wand ihrer Wohnung. Oft sieht man etwas hundertmal, bevor man es zum allerersten Mal wirklich sieht. In Gedanken fährt er den Rücken entlang, springt zum Hals zurück … die Perlenkette … sie fehlt. Das muss der Hinweis sein!

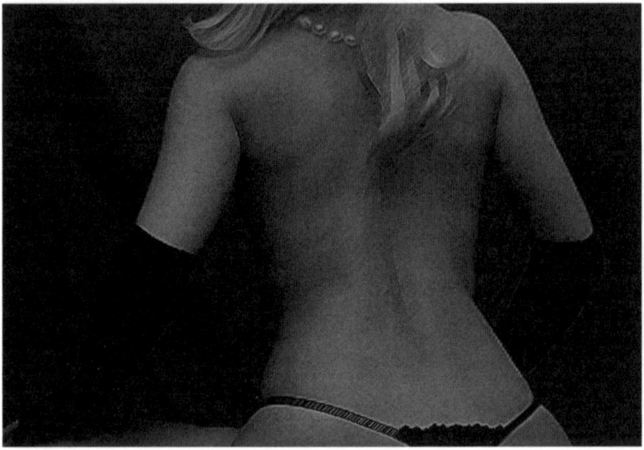

69 Personen gefällt das · 27 Kommentare · 9mal geteilt

401 I 2. Mai 20.38 Uhr

Zwirbler hört, wie der Anrufer zufrieden auflegt. Folglich ist die Lösung des Rätsels der Beginn, die Vorderseite eines neuen. Was haben die Perlen mit dem in seiner Schwester jetzt nicht mehr lebenden Kind zu tun?

Wenn das Fehlen der Kette nicht nur Illusion ist, muss sie ein nachträgliches Geschenk sein. Eines, das ein dunkles Geheimnis verraten kann. Um das zu verifizieren, muss er zur Wohnung … oder er braucht einen PC.

56 Personen gefällt das · 12 Kommentare · 2mal geteilt

402 | 5. Mai 20.25 Uhr

Zwirbler blickt sinnierend auf Ivan, der keine Antwort hat, sondern eine Frage: „Was ist Dein erster Gedanke?“ Sein erster Gedanke? Leben ist Überraschung: Manch Geschenk ist Zeichen einer geheimnisvollen Liebe – manch eines aber gibt man aus Trauer. Perlen … Tränen des Ozeans.
Der unbekannte Bekannte meinte, dass Worte nicht alles ausdrücken, die Welt sich oft vor unseren Sinnen versteckt. Ein Smartphone wäre nun hilfreich.

52 Personen gefällt das · 15 Kommentare · 4mal geteilt

403 | 7. Mai 21.23 Uhr

Zwirbler werden vom lauen Wind zig Möglichkeiten durch das offene Fenster getragen. Dannis Verschwinden kann mit dem schlechten Gewissen – oder der Enttäuschung – eines Mannes zu tun haben; das Geschenk eine Antwort sein.
Ivan, ahnend, dass Sprache Quell der Missverständnisse ist, deutet hilfsbereit als Gedankenanstoß auf das gerade benutzte Telefon. Er ruft beschämt Facebook auf, zoomt das Bild der Kette heran: eine Gravur …

58 Personen gefällt das · 24 Kommentare · 2mal geteilt

404 | 10. Mai 21.01 Uhr

Zwirbler ertappt sich beim Gedanken, dass wahr ist, was wir sehen wollen … oder gerade benötigen.
Die dunkle Erfindung Facebook macht ihn kreativ, schließlich findet er hier alles, was er braucht.
Ein Bild mit geheimnisvoller Information, ein Foto als Spur, die sein Leben nachhaltig bestimmt.
Und bei der Suche nach der verschwundenen Schwester helfen wird. Er sieht genauer hin, zwei Buchstaben sind da eingraviert: K und … Z.

52 Personen gefällt das · 26 Kommentare · 7mal geteilt

405 | 13. Mai 20.40 Uhr

Zwirbler ist noch nicht ganz klar, was er damit anfangen soll.
Er rät mal: K wie keine, Z wie Zukunft? Kinderlose Zukunft?
Das ungeborene Kind, zahnlos.
Oder gar ein Kaffeehaus in Zürich?
Zu viele Variationen unbegrenzter Möglichkeiten, er braucht einen Anhaltspunkt, kramt in der Vergangenheit:
Keine Zugeständnisse wollten sie eingehen.
Kraft der Zeit, die ihnen bleibt …
Sein Blick fällt auf eine Anzeige am Rand der Seite.

53 Personen gefällt das · 25 Kommentare · 4mal geteilt

406 | 16. Mai 21.26 Uhr

Zwirbler rätselt. Trotz unbegrenzter Möglichkeiten haben wir von Natur aus nur begrenzte Zeit. Auch Danni. Und damit er, um das Rätsel zu lösen. Steht KZ für Zahlen, für einen Code oder für zwei Namen?
Vielleicht geht die Sache weit intensiver in die Vergangenheit zurück, als er glaubt. Und vielleicht liegt die Lösung gar nicht im Bewussten. In der Anzeige sieht er ein Zeichen, welches er schon einmal gesehen hat. Aber wo?

51 Personen gefällt das · 20 Kommentare · 3mal geteilt

407 | 19. Mai 19.19 Uhr

Zwirbler blendet alles aus, versucht ein wenig den Kopf zu leeren. Nur dieses Zeichen, das bleibt. Er kann die Augen nicht davon lassen, verliert sich darin, wie in einem Labyrinth.
Als würde er Memory spielen und nur das passende Paar zum fernöstlichen Symbol für seine Aufdeckung, also für einen Ausweg brauchen.
Schlussendlich liest er doch die Zeilen zur Anzeige: „Was ist das erste Lebewesen, dem Sie heute begegnet sind?“

49 Personen gefällt das · 24 Kommentare · 2mal geteilt

408 | 22. Mai 21.24 Uhr

Zwirbler denkt kurz nach und an einen normalen Morgen. Wem begegnet man zuerst? Seiner Katze, seinen Pflanzen, dem Nachbarn, dem Troll von Postboten, …
Während Ivan in tiefem Bariton etwas vom unaufhaltsamen Lauf der Dinge gurgelt, klickt er auf das Inserat mit dem Zeichen, öffnet damit eine Website: „Sehen Sie in den Spiegel! Sie sind der Erste, dem Sie heute und jemals begegnet sind (außer Sie haben einen Zwilling ;-)“

道

58 Personen gefällt das · 15 Kommentare · 3mal geteilt

409 | 26. Mai 20.01 Uhr

Zwirbler, das ist es! – hört er seinen Herzschlag. Das Zeichen Dào. Auf dem Paket, als Tattoo auf dem Rücken der Kellnerin und was die Frau in der Bar gesagt hat: Menschen sind Wegweiser unseres Lebens. Oft weisen wir uns selbst den Weg, sind so das Spiegelbild der Antwort.
Sich selbst zu begegnen, bedeutet dem eigenen dunklen Schatten der Vergangenheit zu begegnen.
Woraus bestehen wir? Aus Vor- und Nachname. KZ ist ein Name.

52 Personen gefällt das · 11 Kommentare · 2mal geteilt

410 | 29. Mai 21.45 Uhr

Zwirbler irrt in seiner zu vergebenden Unvollkommenheit. Nicht ein Name, sondern zwei. Dào ist nur ein Teil: der zweite, die Gemeinsamkeit bezeichnend.
Der Nachname.
Die Gegenwart wirft ihr Licht manchmal im Zickzack ins Universum und braucht Umwege, um uns zu finden.

Von Scheuklappen befreit, erkennt er nun in sich die Gewissheit der Lösung: Es gibt demnach noch jemanden mit seinem Geburtsnamen. Nur mit welchem Vornamen? K …

63 Personen gefällt das · 15 Kommentare · 7mal geteilt

411 | 1. Juni 15.49 Uhr

Zwirbler, Kasimir? Konrad? Oder Kevin? Klingt wie von Geburt an geächtet.
Klemens? Kurt? Klingt wie ein Ex-Pornostar aus den USA. Ein Mann ist es wohl, sonst wäre die Antwort zu naheliegend genial. Über 143 männliche Vornamen mit K, hinter jedem steckt eine interessante Person mit Gemeinsamkeiten und Unterschieden. Wenn die Lösung im Vordergrund steht, sehen wir dann Wesentliches erst, wenn wir uns in Wellen darauf zubewegen?

52 Personen gefällt das · 13 Kommentare · 4mal geteilt

412 | 5. Juni 20.58 Uhr

Zwirbler, Ka? Dass ein toter Pharao seiner Schwester eine Kette schenkt, wirkt selbst ihm etwas absurd. Aber mit Querdenken

rudert er sich an das scheinbar Unlösbare durch Entfernen der Oberflächlichkeit heran.
Wenn nomen est omen stimmt, ist der Name ein Zeichen. Also einfach nur K. Und wenn ein Name viel über den Träger aussagt, muss K. ein Mann ohne Identität sein. Aber mit der rätselhaften Macht, sein Denken zu bestimmen.

49 Personen gefällt das · 17 Kommentare · 4mal geteilt

413 | 9. Juni 17.37 Uhr

Zwirbler ahnt drei Dinge. Dieser Mensch kennt ihn, agiert im Verborgenen und spielt eine wichtige Rolle in seinem Leben. Mehr noch, ist auf eine seltsame Art sogar ein Teil von ihm. Dieses Individuum ohne erkennbare Identität bildet die Brücke zwischen ihm und seiner vermissten Schwester. Und nicht erst seit seiner dubiosen Nachricht am Telefon.
Er kann nicht umhin, irgendwie mag er K., diesen Wächter, der sich nicht zeigt.

48 Personen gefällt das · 13 Kommentare · 3mal geteilt

414 | 12. Juni 21.29 Uhr

Zwirbler könnte weiterraten, welche Abkürzung sich hinter K. verbirgt, lässt aber den Buchstaben – als Spur zwischen den Welten – einfach als Namen stehen.
Vor lauter Sorge um Danni hat er beinahe auch seine Begleiter vergessen: Das Zusammengehörigkeitsgefühl ist stärker mit Menschen, die uns nahe, aber nicht in der Nähe sind.
„Ivan, weise ihm den Weg", sagt Inge, die Frau mit der besonderen Rolle, und nimmt ihn an der Hand.

49 Personen gefällt das · 14 Kommentare · 3mal geteilt

415 | 16. Juni 21.13 Uhr

Zwirbler vermag nicht abzuschätzen, wie viele Stunden vergangen sind, wie lange sie schon im Gang der Klinik stehen.

Inges zärtliche Berührung mit ihrer Entschlossenheit und Zielstrebigkeit ermahnt ihn, dass es Zeit ist, den richtigen Ort zu finden. Starke Frauen können lange schweigen, aber dann einen kleinen Schubser geben, der uns durch die Nebelwand bringt.
Ivan nickt, geht voraus und bleibt vor einer großen Tür stehen.
49 Personen gefällt das · 13 Kommentare · 3mal geteilt

416 | 19. Juni 21.52 Uhr
Zwirbler hofft, dass es raus aus der Klinik geht, dass sie durch die Pforte in ein Paradies treten, das den Halt eines dünnen Schutzmantels namens Optimismus birgt.
Aber noch bevor Ivan die knarzende Klinke drückt und die Kühle der Nacht aus dem Raum entweicht, ist ein Winseln zu hören. Unser Gedächtnis fügt die Bruchteile des Gehörten zum Ganzen des Gesehenen zusammen. Im OP liegt ein Mann, die Hände fest ans Bett gefesselt.
51 Personen gefällt das · 26 Kommentare · 6mal geteilt

417 | 23. Juni 21.54 Uhr
Zwirbler befürchtet, dass es weder freien Willen noch Zufälle, nur deren Illusion gibt. Ihre Schritte hallen in die Totenstille, nur das Winseln ist lauter.
Inges Fingernägel bohren sich ermahnend in sein Fleisch: Dies ist kein Traum.
Ist das K., der da festgehalten wird? Angst und Grausamkeiten wie illegaler Organhandel steigen in ihm auf. In menschliche Abgründe sehen zu müssen, kann schmerzhafte Nebenwirkungen haben.
67 Personen gefällt das · 21 Kommentare · 4mal geteilt

418 | 28. Juni 20.09 Uhr
Zwirbler hat dabei am ehesten vor sich selbst Angst. Vor den eigenen Tiefen und Träumen. Erträglich wird das Dunkel seiner selbst erst in Begleitung einer Frau … oder einer Flasche Whisky.

Beides positive Energien für das Kopfkino, beides Trost für seine innere Stimme, damit sie nicht mehr so real wirkt.
Die Frage aber bleibt, ob sie den Mann befreien sollen. Vielleicht ist er der Feind, und daher gut, dass er gefesselt ist.
62 Personen gefällt das · 22 Kommentare · 4mal geteilt

419 | 1. Juli 20.28 Uhr
Zwirbler ist nicht alleine im Zweifel, auch die anderen wanken. Wenn der Mann aus Schutz gefesselt ist, wieso scheint die Klinik dann wie ausgestorben? Irgendwas stimmt hier nicht. Vor allem, da etwas intravenös in die Arme des Gefesselten tropft.
Oft sind wir uns selbst Feind. Den Nächsten lieben, wie uns selbst, hieße ihn fester zu fesseln. Andererseits kann man seinen Feind auch besiegen, indem man ihn zum Freund macht.
51 Personen gefällt das · 14 Kommentare · 2mal geteilt

420 | 5. Juli 21.14 Uhr
Zwirbler hindert sich meist selbst daran, das Richtige zu tun, denkt zu viel, wird seinem Namen allzu gerecht.
Für einen Moment ist die Moral seines Herzens stärker als die Dämonen seiner Angst. Und am Ende alles Denken nur eine Verzögerung des Unausweichlichen: Er befreit den Mann, hängt die Infusion ab.
Im Nachhinein wird er sein intuitives Handeln wie eine Entscheidung empfinden. Ob sie richtig war, wird er gleich sehen.
52 Personen gefällt das · 15 Kommentare · 3mal geteilt

421 | 9. Juli 21.27 Uhr
Zwirbler – Bravo, Du heroischer Nerd!“, faucht Inge.
Der Befreite erlangt sein Bewusstsein wieder, stützt sich taumelnd auf das Fenstersims und starrt stumm auf die billige Neonreklame am Hotel gegenüber. Dann atmet er kurz aus, nimmt Schwung und springt.

Inge schüttelt den Kopf: „Dein moralisches Ego war sein Todeskuss. Der war gefesselt, um sich nicht zu verletzen!"
Scheiße. Aber was wäre das Leben ohne Erfahrungswerte?
59 Personen gefällt das · 17 Kommentare · 4mal geteilt

422 | 13. Juli 20.17 Uhr

Zwirbler beugt sich aus dem Fenster, braucht auch hierfür recht lang. Zu seiner Überraschung liegt der Mann unverletzt am Boden: Erdgeschosse machen es Lebensmüden schwer. Hat er, der soeben die unerträgliche Leichtigkeit des Seins verlassen wollte, ihn angerufen? Aber wie hätte er, gefesselt wie ein wildes Tier?
Die unangenehm leuchtende Reklame gegenüber stört seine Augen: Hotel K …
Der Rest der Buchstaben liegt im Dunklen.
55 Personen gefällt das · 15 Kommentare · 2mal geteilt

423 | 17. Juli 21.27 Uhr

Zwirbler tut, was er lange nicht mehr getan hat: Er lacht. Tränen. Das ist das Einzige, was er dem unheimlichen Kabarett des Lebens derzeit entgegenzusetzen hat. Lichtes Lachen eines dunklen Ritters.
Der Mann am Boden blickt verwundert, rappelt sich hoch, humpelt Richtung Hotel. War der gar nicht des Lebens müde, sondern bloß auf der Suche nach einem guten Whisky?
Er würde ihm gerne folgen, aber Inge drängt: „Wir müssen weiter!"
53 Personen gefällt das · 19 Kommentare · 4mal geteilt

424 | 21. Juli 21.34 Uhr

Zwirbler kratzt sich am Sack und überlegt, sich der Frau zu widersetzen. Er erwägt das aqua vitae, gemeinhin als Whisky bekannt, mit dem Davonhumpelnden gemeinsam zu verherrlichen und kurzes Glück im Rausch des Lebenswassers zu suchen.
Doch er ist kein Kämpfer.

Also ist es kein Wunder, dass sich in ihm ein wenig errötende Scham und sehr viel Erleichterung regt, als Inge ihn wegzerrt: „Weiter, verdammt … an den richtigen Ort!"

62 Personen gefällt das · 18 Kommentare · 6mal geteilt

425 | 26. Juli 21.51 Uhr

Zwirbler hat die Geleise seines Schicksals seit Langem falsch gestellt. Wie viele moderne Humanoide ist er Zuschauer im eigenen Leben – nur ohne Popcorn. Der richtige Ort liegt demnach auch für ihn irgendwo im Nirgendwo. Hauptsache man ist in Bewegung, running nowhere fast.
Inges weibliche Intuition jedoch ist zu keinem Kompromiss bereit, und während der Mann unten im Hotel Korylus verschwindet, stößt sie die nächste Tür auf.

53 Personen gefällt das · 16 Kommentare · 3mal geteilt

426 | 31. Juli 21.47 Uhr

Zwirbler ist noch nicht so weit die Geleise anders zu legen, er wäre lieber Jack Daniels genießend im Hotel. Inge kümmert das wenig: Die schwere Metalltür gibt nach, zuerst strömt eisgekühlte frische Luft heraus, dann typischer Desinfektionsgeruch.
Das Klappern ihrer hohen Stöckel ist ein Echo seines Herzschlags im stillen Raum. Und seine Gedanken die flüchtigen Fetzen auf einem Weg, der das Ziel ist: „Und jetzt?" „Vertrau mir."

44 Personen gefällt das · 8 Kommentare · 2mal geteilt

427 | 7. August 21.54 Uhr

Zwirbler vertraut nicht mal sich selbst, geschweige anderen. Die Aufforderung lässt seine Alarmglocken schrillen, die Vorsicht nicht außer Acht zu lassen.
Ein „Vertrau mir!" impliziert die Verführung zu etwas, was wir gar nicht wollen. Außerdem ist die Schlange per se weiblich und Inge hat ihm bisher nur gefährliche Abenteuer gebracht.

Sie wirft ihm ein Lächeln und einen weißen Kittel zu: „Anziehen!" Hat er eine Alternative?

49 Personen gefällt das · 16 Kommentare · 3mal geteilt

428 | 12. August 21.33 Uhr

Zwirbler wittert eine Falle. Je verführerischer das Lächeln einer Frau, desto spannender die Gefahr, die sich dahinter verbirgt. Unmöglich ihrem Bann zu entkommen, ihr zu widersprechen: Er zieht den Kittel an.
Manche macht Weiß sexy, er aber sieht aus, wie einer, dessen Wahnvorstellungen mit Riemen und Schnallen am Ausbrechen gehindert werden müssen.
Er tastet etwas in der Tasche des Mantels: ein Stethoskop und … Essstäbchen.

52 Personen gefällt das · 15 Kommentare · 2mal geteilt

429 | 16. August 20.13 Uhr

Zwirbler lässt die Essstäbchen durch seine Finger gleiten, deren Gravierung fällt ihm nicht auf, er macht sich mehr Gedanken über den Verwendungszweck des Stethoskops. Mangels anderer Ideen hängt er es sich um den Hals.
Erstaunlich wie Kleidung und Accessoires unsere Persönlichkeit ändern. Weißer Kittel und Stethoskop; schon wirkt er wie ein Arzt.
Mit lächelnden Augen streicht Inge ihr Haar zurück und bedeutet ihm zu folgen.

53 Personen gefällt das · 10 Kommentare · 2mal geteilt

430 | 20. August 22.12 Uhr

Zwirbler wird radikal entwaffnet. Glanz wie Seide und der Duft winddurchwehter Blumen lassen in ihm den Wunsch aufkommen, ihre Haare zu streicheln. Er besteht nur aus Augen, Nase und Mund. Aber das ist nicht Sinn ihres Plans, nicht ihr Ziel. Inge strahlt glücklich für sich alleine, nicht für ihn.

Während sie über den langen Flur gehen, fragt er sich, ob er gerade anfängt, sich in sie zu verlieben. Und ob es heute Sushi gibt.
58 Personen gefällt das · 19 Kommentare · 4mal geteilt

431 | 24. August 21.47 Uhr
Zwirbler und Verlieben? Nein, vor solch naiver Gefühlsduselei wähnt er sich gefeit.
Für ihn ist das so wahrscheinlich wie Leidenschaft für schlabbrigen toten Fisch, der gerade den Privilegierten der Privatstation serviert wird. Sein Magen knurrt, doch eher würde er Eingeweide essen, als diese bizarre japanische Speise. Mit Stäbchen sollte man stricken, nicht essen.
Irgendwo knallt eine Tür, reißt seine Gedanken ins Hier.
52 Personen gefällt das · 15 Kommentare · 2mal geteilt

432 | 30. August 20.09 Uhr
Zwirbler denkt sich manchmal, dass er nicht dauerhaft in diese Welt gehört. Weil er immer wie ein Blitz in sein eigenes Universum einschlägt. Vielleicht hat sich Inge vorgenommen seine Erdung zu sein, damit die Sicherungen halten, damit er das Beste aus sich herausholt.
Das Problem mit Vorsätzen aber ist, dass sie in der Theorie funktionieren, selten in der Praxis.
Eine alte Frau flitzt hastig Pizza essend aus der Kantine.
54 Personen gefällt das · 22 Kommentare · 4mal geteilt

433 | 3. September 21.47 Uhr
Zwirbler ist verlockt, der Essengeruchs-Fährte zu folgen. Wenn der Hunger grollt, ist´s schwer, sich aufs Wesentliche zu konzentrieren. Unsere physiologischen Bedürfnisse lassen wenig Raum für Intellekt.
Noch was grollt in ihm: Wut auf die Frau, die jetzt vorbeigeht und fein verdauend einen fahren lässt.

Ein Blick auf die kalte Pizza verrät, dass diese wohl genauso alt wie die Frau ist. Sie grüßt ihn, den Arzt, und errötet.

58 Personen gefällt das · 18 Kommentare · 2mal geteilt

434 | 7. September 21.42 Uhr

Zwirbler als Doktor zu verkleiden, das war Inges Plan. Und der geht auf, leuchtet ihm ein. Den Überblick fast verlierend, schwankt er zwischen Suche fortsetzen und Hunger stillen; entschließt sich dann für beides. Er sieht der alten Diva mit dem roten Kopf tief in die Augen. Grüßt dann höflich, nimmt ihr die nach Zwiebel riechende Pizza aus der Hand und schlingt sie sabbernd hinunter. Nicht besonders sexy. Aber satt ist er.

47 Personen gefällt das · 12 Kommentare · 2mal geteilt

435 | 10. September 22.11 Uhr

Zwirbler mag seinen tierischen Hunger gestillt haben, sein Herz aber nicht. Obwohl ihm kurz in den Sinn kommt, dass Danni alles nur erfunden hat, um ihm seine mangelnde Fürsorge der letzten Jahre heimzuzahlen, nagt Sorge um die Schwester daran.
Inge blickt vorwurfsvoll und leicht beschämt stellt er fest, dass sein Magen schmerzt. Die zügellose Gier eines Mc Moments wertet selbst einen gut gebauten Mann im weißen Kittel ab.

56 Personen gefällt das · 15 Kommentare · 2mal geteilt

436 | 15. September 21.50 Uhr

Zwirbler merkt an Inges Blick, dass sie ihn dorthin wünscht, wo der Pfeffer wächst. Auch er würde die Klinik lieber verlassen, draußen Wind und Sonne spüren – oder noch besser: in ein Kloster. Fernab von Liebe, Zärtlichkeit … und Sehnsucht.
Andererseits kann es sein, dass er genau hier mehr über den Verbleib seiner Schwester erfahren wird. Sein irritierendes Bauchgefühl zeigt nur, dass er diesen Konflikt nicht verdauen kann.

54 Personen gefällt das · 11 Kommentare · 2mal geteilt

437 | 20. September 20.54 Uhr

Zwirbler ignoriert ihren Blick und sie gelangen ans Ende des Ganges. Jetzt erst erkennt er, dass dieser Trakt der Klinik ein ehemaliges Kloster ist. So gesehen ist er bereits dort, wohin er sich wünscht. Nicht nur ihm geht es so: Der beliebteste Zufluchtsort jeder Sinnkrise ist die Hoffnung.
Ein süßlicher Geruch hüllt sie ein. Zwei Türen, zwei Aufschriften: „Rein“ und „Unrein“. Zwei Möglichkeiten, zwei Pfade. No risk, no fun.

69 Personen gefällt das · 23 Kommentare · 4mal geteilt

438 | 25. September 19.55 Uhr

Zwirbler ist nicht der Typ, der gerne wählt. Das Risiko schon gar nicht.
Er könnte seinem Gefühl vertrauen, allein er hat keines. Fraglich, ob es überhaupt einen „richtigen“ Pfad gibt. Oder nur zwei unterschiedlich lange Wege, am Ende zum gleichen Ziel führend.
Er inhaliert den süßen Duft; nein, „Rein“ passt nicht zu seinem bisherigen Leben. Sanft drückt er die Klinke der Tür „Unrein“ nach unten – und hört ein leises „Oje.“

52 Personen gefällt das · 16 Kommentare · 2mal geteilt

439 | 29. September 19.35 Uhr

Zwirbler tritt zögernd in den dunklen Raum, ein Schwall warmfeuchter Luft strömt ihm entgegen. Grässlicher Geruch, alle Nuancen von Schweiß und anderen Ausscheidungen. Hinter ihm lacht Inge spöttisch.
Er tastet nach dem Lichtschalter und erst das diffuse Licht macht ihm klar: Er steht in der Wäschekammer der Klinik. „Unrein“ meint die dreckige Wäsche.
Peinlich berührt schließt er die Tür, sie führt zur falschen Geschichte.

53 Personen gefällt das · 17 Kommentare · 2mal geteilt

440 | 3. Oktober 21.35 Uhr

Zwirbler hält inne, denkt nach. Inge stichelt: „Was hast Du geglaubt dort zu finden? Leichen unter Dreckwäsche?“ In dieser Irrenanstalt gibt es sicher einen Pool; gute Methode, um Inge loszuwerden.
Die andere, fragile Tür lässt reine Wäsche vermuten. Dahinter aber altes Gemäuer, modriges Kellergewölbe: ein langer Geheimgang. Wer nie zu richtiger Zeit am richtigen Platz ist, übersieht, dass die richtige Tür längst offen steht.

49 Personen gefällt das · 14 Kommentare · 2mal geteilt

441 | 7. Oktober 19.48 Uhr

Zwirbler kann ambivalenten Frauen und schmalen Gängen selten widerstehen. Soll er Verstand oder Herz nachgeben? Inge nervt manchmal, hat aber Reize. Und könnte ihn zu Danni bringen. Er nimmt ihre Hand, zieht sie in das kalte Verlies. Nicht gerade der Ort, an dem man fröhlich lachend plaudert. Doch Unterschlupf bietet es, für infizierte Ratten und jene, die das Dunkle suchen. An den feuchten Steinen ein Bild, ein Haselstrauch.

78 Personen gefällt das · 33 Kommentare · 6mal geteilt

442 | 12. Oktober 21.19 Uhr

Zwirbler erstarrt. Die Hasel, Symbol der Fruchtbarkeit, soll das Böse abwehren; Wünschelruten daraus das verborgene Gute finden. Hazel, so hätte das Kind seiner Schwester geheißen.
Das Bild ist eine Spur, um Danni im Irrgarten seiner Reise zu finden. Einer Reise, die definitiv von jemand anderem geschrieben wird.
Sein Inneres bebt, er kann seinen Atem in der dunklen Kälte des Ganges sehen. „Nimm die Hand weg!“, flüstert Inge.

72 Personen gefällt das · 17 Kommentare · 2mal geteilt

443 | 17. Oktober 21.27 Uhr

Zwirbler sucht ihre Wärme, küsst sie, genießt den tollen Moment, drückt ihre Hüften an sich. Er hat etwas befriedigenden Spaß verdient.
Doch Inges geweitete Pupillen holen ihn in die kalte Realität zurück. Es gibt da ein kleines Problem: Das vorhin, das war nicht seine Hand.
Der nebelhafte Umriss einer Gestalt erscheint im niedrigen Gang. Und wer oder was auch immer die Kreatur aus dem Dunklen ist … sie sollten jetzt rennen.

54 Personen gefällt das · 14 Kommentare · 2mal geteilt

444 | 21. Oktober 21.10 Uhr

Zwirbler rennt, spürt noch den zu kurzen Geschmack ihrer heißen Lippen auf dem Mund. Jeder Laufschritt lässt den magischen Moment verblassen und seine Furcht wachsen.
Hinter ihnen ein unmenschliches Gurgeln, an den Wänden riesige Spiegel, darin ein unproportioniertes Wesen, seltsam gebückt, den rechten Arm schwenkend. Täuschen ihn die vielen Spiegel oder kommt die Gestalt näher? Nichts ist stärker als die Angst vor der Angst.

62 Personen gefällt das · 17 Kommentare · 6mal geteilt

445 | 25. Oktober 18.53 Uhr

Zwirbler sieht laufend in den Spiegel, erkennt sich plötzlich nicht mehr. Rennt er aus Angst vor sich selbst, vor dem eigenen Leben? Angst ist ein schlechter Berater, doch hören wir zu oft auf sie. Aber wie lange kann man vor sich davonlaufen?
Er bleibt abrupt stehen, dreht sich um, kollidiert mit Inge. Innehaltend wartet er auf das Unvermeidliche.
Was auch immer hinter ihm ist, es atmet schwer, wird langsamer – und stinkt.

47 Personen gefällt das · 25 Kommentare · 4mal geteilt

446 | 31. Oktober 20.12 Uhr

Zwirbler zerlegt die drei Bestandteile des Odeurs: Inges Atem; irgendwas wie Hundehaufen und Angstschweiß. Letzteres stammt von ihm, er benötigt dringend ein Bad.
Wenn Angst ein Kompass ist, dann deutet dieser stark in Richtung Weglaufen. Nur erkennt er die Angemessenheit der Feigheit nicht, setzt sich der Gefahr aus, stellt sich ihr. Nicht aus Ehrgefühl, mehr aus Wut.
Manchmal müssen wir aufeinanderprallen, um uns zu spüren.

59 Personen gefällt das · 17 Kommentare · 3mal geteilt

447 | 6. November 20.13 Uhr

Zwirbler steht jetzt vor der Wahl.
Die Angst vor dem Tod hält uns mehr vom Leben als vom Sterben ab. Er entscheidet sich für Angriff. Ohne zu wissen, wer der Feind ist.
Je näher die Gestalt kommt, desto stärker steigt eine allumfassende Eiseskälte in ihm auf, lässt sein Herz beben. Er achtet nun auf die leisen Töne, die Stimme, die in seinen Schläfen pocht und sagt: Etwas lauert auf ihn in der Dunkelheit dieses engen Ganges.

52 Personen gefällt das · 15 Kommentare · 2mal geteilt

448 | 11. November 20.23 Uhr

Zwirbler besteht nur aus einem flauen Gefühl in der Magengrube, einem stark klopfenden Herzen und dem Atmen, das ausbleibt. Grauen ist es, was ihn erfasst. Weil er nicht ahnt, wer der Feind ist; weil etwas unheilvoll Unbekanntes sich anschickt den Raum seines Seins zu betreten.
Aber das Adrenalin in ihm gibt unerwarteten Mut und so setzt er alles auf eine Karte.
„Wer bist Du?", schreit er zitternd in das steinige Labyrinth.

50 Personen gefällt das · 23 Kommentare · 4mal geteilt

449 | 15. November 18.52 Uhr

Zwirbler Zwirbler und der Teufel, die werden mal ganz eng. Ein Team wie Pech und Schwefel.
Lohn für seinen Schrei ist ein Hall, die Frage wirft ihn auf sich selbst zurück: „Du? Du!"
Dabei klingt das Echo seiner kratzigen Stimme erstaunlich ruhig, angenehm. Wie die einfache Melodie eines Kinderliedes.
Kann er das, was er im stockfinsteren Gang vermutet, mit dem Bekennen zur Farbe Angst vertreiben? Genügt dafür die Kraft der Phantasie?

51 Personen gefällt das · 21 Kommentare · 3mal geteilt

450 | 20. November 19.15 Uhr

Zwirbler wagt einen Schritt nach vorne. Die Ratio sagt ihm, da muss etwas Furchterregendes in den dunklen Gemäuern sein. Der Zweifel aber fragt, ob die Phantasie mit ihren Flügeln stark genug ist, alles zu überwinden.
Sicher ist er sich nur in seiner Unsicherheit. Und dass alles durch unsere Interpretation gefärbt wird, bloß die Intuition entscheidet zwischen Gut und Böse. Wobei selbst das Gute die Hölle auf Erden sein kann.

56 Personen gefällt das · 17 Kommentare · 4mal geteilt

451 | 24. November 20.04 Uhr

Zwirbler vibriert. Das Klingeln des Mobiltelefons in seiner Tasche durchbricht die Stille der Mauern, verjagt das Etwas im Dunklen. Womit ihm der vorgeschriebene Standpunkt abrupt gewechselt wird. Wer hätte gedacht, dass der Leibhaftige Reißaus vor einem Klingelton nimmt.
Oder holt er gerade Luft und aus? Wie der Blitz einen drohenden Sturm ankündigt, eine Runde aussetzt, um dann mit der vollen Wucht des Donners zuzuschlagen.

53 Personen gefällt das · 14 Kommentare · 2mal geteilt

452 | 28. November 22.03 Uhr

Zwirbler konstatiert: Die Bee Gees vertreiben jeden Albtraum, drängen jedes feige Monster in die Geisterbahn zurück. „Stayin' Alive" als Klingelton ist wie ein Aufputschmittel auf Tranquilizern. „Unbekannter Teilnehmer", schreibt das Display und das gilt irgendwie auch für sein Leben. Nackt im Spiegelkabinett stehen. Jedes Gespräch kann eine Nachricht von oder über Danni sein – oder eine falsche Fährte. Er hebt trotzdem ab.

56 Personen gefällt das · 18 Kommentare · 2mal geteilt

453 | 2. Dezember 21.53 Uhr

Zwirbler nimmt das Gespräch mit einem vorsichtig gefragten „Hallo?" entgegen. Kurz blanke Stille in der Leitung, dann folgt Musik. „Sag mal, wo bist Du?" Marc Salzbergs vertraute Stimme beruhigt seinen Puls.
„In einem finsteren Gang unter der Klinik … ist das Iggy Pop im Hintergrund?"
„Ja, The Passenger … ich sitz' mir den Hintern in einer Kneipe wund … Gut so, geh weiter, da muss irgendwo das Labor dieses Scharlatans sein."

58 Personen gefällt das · 15 Kommentare · 3mal geteilt

454 | 6. Dezember 21.34 Uhr

Zwirbler setzt an, aber Marc unterbricht wirsch: „Halt die Fresse, wenn Du mit mir sprichst. Ich hab' mal tiefer gegoogelt, die Oberfläche zerkratzt und ein paar Pläne gehackt. Manches ist wichtig genug, verschwiegen zu werden. Du musst nach unten, in die Kanalisation."
Man mag jemanden wegen der vielen Dinge, die er richtig, nicht wegen der Kleinigkeiten, die er falsch macht. Marc ist eine Grindsau. Aber eine sehr nützliche.

57 Personen gefällt das · 11 Kommentare · 2mal geteilt

455 | 10. Dezember 18.24 Uhr

Zwirbler versteht nicht. Warum gerade in die Kanalisation? Als hätte Salzberg die stumme Frage gehört: „Selbst Bruce Willis muss zu Weihnachten im Feinripp durch enge Rohre robben, tief nach unten, wo es dunkel ist."
Inge sieht ihm nicht ins Gesicht – das wäre ein Rückschlag, sie versteht, macht sich nützlich, schiebt die relativ schwere Platte weg, geht in den Fäkalien-Gestank voraus.
Ein rötliches Licht glimmt … da ist was.

56 Personen gefällt das · 18 Kommentare · 2mal geteilt

456 | 14. Dezember 16.40 Uhr

Zwirbler folgt der starken Frau, die dem Stinken des Kanals mit Mut und dem Duft ihres Parfüms begegnet. Beim Hinabsteigen zeichnet sich ein Bild in seinen angeschlagenen Verstand: Kifft da unten jemand oder raucht Luzifer Zigarillos?
Die kleinen Gluthaufen täuschen, markieren einen Weg durch den Tunnel. Hoffentlich keine Einbahn. Wenn sich jemand an die Nacht verkauft, sieht man im Dunkeln mehr vom Leben, als einem lieb ist.

50 Personen gefällt das · 18 Kommentare · 5mal geteilt

457 | 19. Dezember 21.45 Uhr

Zwirbler zieht den Hut vor Inges Stärke, taucht unterwürfig in diese Abhängigkeit ein.
„Riecht es dezent nach Chlor?“ Er hat ganz das Handy am Ohr und Marc in der Leitung vergessen.

Inge reicht ihm ein parfümiertes Tuch, übertüncht den Gestank, den er von irgendwoher kennt. Die olfaktorischen Brotkrumen wecken Sympathie für den Teufel, der mit der Geduld eines Wolfes in vielerlei Gestalten an unmöglichsten Plätzen lauert.

44 Personen gefällt das · 17 Kommentare · 4mal geteilt

458 | 23. Dezember 19.47 Uhr

Zwirbler und Inge werden von Salzberg wie Laborratten durch das Labyrinth der engen Gänge ferngeleitet. „Chlor allein riecht ja nicht, aber in Verbindung mit menschlichen Ausscheidungen … Nun, Schwimmbeckenpinkeln ist für uns alle kein Fremdwort. Kleiner Vorteil: Wo es stinkt, da ist es meist warm."
Der unterirdische Kanalkomplex hat ein eindeutiges Gefälle, 150 Meter vor ihnen eine größere Kammer, ein weiß gekachelter Raum.

49 Personen gefällt das · 15 Kommentare · 2mal geteilt

459 | 28. Dezember 22.38 Uhr

Zwirbler stoppt, als klar wird, weshalb ihm das Geruchs-Potpourri bekannt vorkommt, wonach das riecht. Ein wenig süßlich nach Weihnachten und Keksen.
Wessen Neugier siegt, wer in Wikipedia sucht, dem sticht ins Auge, wofür Chlor hauptsächlich verwendet wird. Oder – abhängig von der Situation – verwendet werden kann.
Im hohen Raum medizinische Präparate, Regale voller Gläser, schwebend in geleeartiger Brühe seltsame Gebilde.

53 Personen gefällt das · 19 Kommentare · 4mal geteilt

460 | 2. Jänner 21.34 Uhr

Zwirbler ahnt, wo sie gelandet sind. Flach atmend erkennt er, was die Gläser auf den morschen Brettern des Laboratoriums beinhalten. Winzige Körperwelten, konservierte Objekte von Versuchen unter Tage.

Als würden sie ihn anstarren: Embryos in unterschiedlichen Entwicklungsphasen, schwimmend in dreckbrauner Brühe, mit Furchen und Schatten.
Der menschliche Geist folgt eigenwilligen, suspekten Pfaden, die man ihm nicht zutraut.
47 Personen gefällt das · 28 Kommentare · 6mal geteilt

461 | 6. Jänner 21.46 Uhr
Zwirbler gefriert das Blut bei diesem Panoptikum der Grausamkeit im unterirdischen Narrentum. Kalte kleine Körper, geborene Ungeborene, festgefroren im Zustand des Entstehens.
Oft sind es Menschen mit höchsten moralischen Ansprüchen, die das scheinbar Undenkbare tun. Und so Abscheuliches leisten.
Zitternd greift er nach einem Glas, um den leblosen Inhalt genauer zu betrachten. Auf dem Klebeetikett ein einziger Buchstabe: K.
63 Personen gefällt das · 25 Kommentare · 4mal geteilt

462 | 9. Jänner 21.37 Uhr
Zwirbler hat viel mit dem Tod und dem 11. Buchstaben des Alphabets zu schaffen. Weil ihn beide begleiten. Oder verfolgen.
Karte, Kirche, Kaeso, Kind … kann K als Form, als Symbol gedeutet werden?
Man muss das Ganze sehen, um Ordnung im Chaos der Details zu erkennen. Alle Etiketten: K, M, K … K steht hier nicht für den unbekannten Reisebegleiter seiner Geschichte.
Knabe, Mädchen, Knabe! Trotz der Kälte beginnt er zu schwitzen.
52 Personen gefällt das · 14 Kommentare · 4mal geteilt

463 | 14. Jänner 21.58 Uhr
Zwirbler schreckt die perfekte Unvollkommenheit der Wesen. Zu klein für richtige Namen aus Müttern gerissen, meterhoch gestapelt, nur mit zwei Buchstaben durchnummeriert. Mehr Angst als das Rätsel seiner Irrfahrt macht ihm dessen mögliche Lösung.

Im Nebenraum flackert Licht und die Neugier treibt ihn trotz beißendem Angstschweiß hin. Der karge Boden der Kammer ist mit Blut getränkt, scharfkantiges Metall ragt aus den Wänden.

58 Personen gefällt das · 19 Kommentare · 5mal geteilt

464 | 18. Jänner 21.30 Uhr

Zwirbler ist weit außerhalb seiner Komfortzone. Um an Höhe zu gewinnen, müssen wir sie verlassen, ab und an sogar Grausliches schauen: Vom Gestank des Verderblichen angezogen umschwirren Fliegen kleine Inseln, Fleischfetzen.
Noch grauenhafter ist es jedoch, sich vorzustellen, was hier geschehen ist. In dieser Kammer hat sich ein Gott in Weiß an Fertilität versucht. Und hat Mütter voller Hoffnung zu einsamen Opfern gemacht.

59 Personen gefällt das · 14 Kommentare · 5mal geteilt

465 | 23. Jänner 21.52 Uhr

Zwirbler würde gerne in die Vergangenheit dieses widerlichen Ortes reisen. Dann würde er Dr. Dedel und dessen unbarmherzigen Assistenten Khartier bei der Arbeit mit einem Skalpell ertappen. Und könnte versuchen deren leichte Beute – Frauen wie seine Schwester – zu retten.
Aber alles, was er denkt, ist falsch. Wie immer. Nur nicht das Wesentliche: sein Gefühl. Das ist schon weiter, als er ahnt … da ist noch jemand wie er.

48 Personen gefällt das · 15 Kommentare · 4mal geteilt

466 | 27. Jänner 22.36 Uhr

Zwirbler fühlt die starke Schulter der Frau an seiner Seite. Sie ist seine bessere innere Stimme, deutet die Spuren im Halbdunkel, die zur Schwester führen werden; stellt die richtigen Fragen.
„Könnte es sein, dass Du einen Zwillingsbruder hast, von dem Du nichts weißt?“, reißt ihn Inge aus der Gedankenwelt.

Damit wird ihm klar, dass intuitive Genialität weiblich ist und Gefühle nie irren. Sein Weg bekommt ein weiteres Ziel.

58 Personen gefällt das · 14 Kommentare · 3mal geteilt

467 | 31. Jänner 20.47 Uhr

Zwirbler wäre nicht Zwirbler, wenn er nicht sofort an den eigenen Gedanken zweifeln würde. Vielleicht ist ein Gefühl nichts anderes als ein etwas schöner verpackter Irrtum. Sich auf ein Ziel zu konzentrieren ist schon viel für ihn – geschweige denn zwei gleichzeitig.

Will ihn Inge nur aufs Kreuz legen? Er kann es nicht beweisen; weiß bei ihr nie, ob er beeindruckt oder verwirrt sein soll. „Wo holst Du diese Idee her?", zaudert er.

52 Personen gefällt das · 11 Kommentare · 2mal geteilt

468 | 5. Februar 18.54 Uhr

Zwirbler fällt das Atmen schwer und das liegt nicht nur an den feuchten Gemäuern. Eher daran, dass er sich plötzlich so allein fühlt – obwohl sie mindestens zu zweit hier unten sind. Zweifel ist zwar die intelligentere Mutter der Porzellankiste, aber das Schicksal zwingt ihn, sich auf jemanden zu verlassen, dem er nicht ganz traut.

Diese Inge überrascht ihn immer wieder: „Es sind die Fragmente, die mich das ahnen lassen."

46 Personen gefällt das · 14 Kommentare · 2mal geteilt

469 | 10. Februar 21.37 Uhr

Zwirbler macht einen Schritt zurück, als müsste er Distanz gewinnen, um sie besser zu verstehen. Er mustert ihre Augen, ihre Lippen – ihre Gegenwart ist ein dünner Faden, den er nicht unter Kontrolle hat.

Er sehnt sich nach Sonne, Licht und Wind; nach einem Ort, wo er an einem friedfertigen Rausch arbeiten kann.

Hinweise für seine Suche indes wird ihm dieses unterirdische Labor geben … und Ivan, der aus dem Dunklen auftaucht.

48 Personen gefällt das · 15 Kommentare · 2mal geteilt

470 | 13. Februar 23.15 Uhr

Zwirbler fragt sich, was es mit Ivan auf sich hat. Oben im Gang war er knapp hinter ihnen. Wenn Ivan nicht der Schattenmann, sondern nur kurz real pinkeln war, muss noch jemand im Tunnel sein.

Ivan rückwärts … ein Palindrom mit funkelnden Augen, mehr wissend, als denkend. Ein Navi denkt nicht, weist nur den richtigen Weg: Ivan hebt die Hand, zeigt auf das Zitat an der Wand: „Hic locus est ubi mors gaudet succurrere vitae."

48 Personen gefällt das · 10 Kommentare · 2mal geteilt

471 | 18. Februar 18.23 Uhr

Zwirbler sollte den Zusammenhang enträtseln, die ganze Geschichte hat damit zu tun. Leider reicht sein Asterix-Latein nicht für dieses Zitat.

Inge tappt weniger im Dunklen, die Übersetzung des makabren Anatomie-Leitspruchs ploppt aus ihr heraus. Ihr silbernes Lachen perlt durch die Gänge unter der Erde und jedes Wort trifft ihn wie ein scharfes Hagelkorn: „Hier ist der Ort, an dem der Tod sich freut, dem Leben zu helfen."

61 Personen gefällt das · 24 Kommentare · 2mal geteilt

472 | 23. Februar 21.58 Uhr

Zwirbler Zwirbler erfasst ein schrecklicher Gedanke. Hier wurde seine Schwester den teuflischen Versuchen ausgesetzt; hat das Kaleidoskop aller Emotionen erlebt.

Von blinder Hoffnung bis zur bitteren Tabula rasa, dass diese nie erfüllt wird. Keine Kläranlage der Welt kann einmal verschmutzte Seelen retten.

Mit dem Handy beleuchtet er Wände, die von Spuren ihres Leidens zeugen … eine eisenbeschlagene Tür, er probiert … abgeschlossen.

54 Personen gefällt das · 19 Kommentare · 2mal geteilt

473 | 28. Februar 22.28 Uhr

Zwirbler weiß: Zu jeder Tür gibt es einen Schlüssel. Wäre er MacGyver, würde er Inges Haarnadel benützen und … Happy-End in der Komfortzone. Doch die Mauern tragen den Geruch schmerzhafter Erinnerungen, hinter der eisernen Tür gibt es das Geheimnis zu lösen, den diabolischen Pakt dunkler Mächte aufzudecken. Das Warum? zu finden.
Ivan untersucht die Tür, schüttelt den Kopf, murmelt triumphierend: „Ei, ei … das dachte ich mir."

62 Personen gefällt das · 17 Kommentare · 2mal geteilt

474 | 4. März 21.23 Uhr

Zwirbler beobachtet, wie Ivan einen quadratischen Gegenstand aus der Tasche zieht und ans Schloss hält. Ein Magnet, dazu ein mächtiger Seitwärts-Kick; die rostigen Beschläge splittern: „La strada è aperta … tritt ein."
Vor ihnen die Steinstufen einer Wendeltreppe, wenig Tageslicht durch schmale Fenster. Tropfgeräusche begleiten ihren Aufstieg. Oben, in der Mitte des stillgelegten Wasserturms, wölbt sich eine dicke Eisenkugel.

41 Personen gefällt das · 13 Kommentare · 3mal geteilt

475 | 9. März 18.26 Uhr

Zwirbler riecht etwas, sieht genau hin: Klebt da Blut an der Kugel, die an schweren Schiffstauen von der Decke hängt? Die Spur eines Fluchtversuchs? Womöglich wurde hier nicht nur Wasser in der Dunkelheit gefangen gehalten.
Im Turmzimmer Bücher- und Aktenberge, ein Schaukelstuhl.

Was das bedeutet, wird er bald erfahren. Er hat sich mit der Tatsache versöhnt, dass er nicht jeden Fortschritt seines Weges gleich deuten kann.

43 Personen gefällt das · 14 Kommentare · 4mal geteilt

476 | 14. März 22.33 Uhr

Zwirbler zieht Akten aus den Bergen, öffnet sie, findet Beschreibungen grausamer Versuche, überfliegt Wortfetzen wie „duldend", „jammert", „schneller Tod".
Lateinische Bücher über Hexenverfolgung neben Grimms Märchen und Descartes. Welche Ratschläge sich wohl jemand in dieser geheimnisvollen Bibliothek geholt hat?
Kalt ist es hier, weit kälter als draußen. Er stutzt: Der Schaukelstuhl sieht aus, wie der seines toten Vaters.

39 Personen gefällt das · 18 Kommentare · 2mal geteilt

477 | 18. März 22.24 Uhr

Zwirbler wähnt sich in einer Edgar Allan Poe Geschichte. Der Stuhl wippt, als wäre der Geist des Verstorbenen hier. Auch wenn ihn nur sein Gehirn oder der Wind narrt, erfasst ihn unruhige Beklommenheit. Ihm wird klar, welche Ausstrahlung von seinem Vater, Kampfjetpilot mit Intellekt, über dessen Tod hinausgehend ausgeht.
„Ich lebe in reziproker Abhängigkeit vom Himmel, wie der Vatikan von der Hölle", war des Vaters Metapher. Ein Gebet.

47 Personen gefällt das · 14 Kommentare · 4mal geteilt

478 | 23. März 23.34 Uhr

Zwirbler setzt sich in den Stuhl und kippt in seine Erinnerung. Der Vater, ständig im Einsatz zwischen Erde und Himmel, war mehr dem Motto seiner Staffel *Per aspera ad astra* als der Familie treu.
Er hingegen steuert nicht mal sein eigenes Leben, geschweige denn einen Jet und das Einzige, was er anbetet, ist Whisky.

Das Smartphone reißt ihn aus der Träumerei, eine SMS von Salzberg: „Raue Pfade führen zu den Sternen, mein Freund!"

56 Personen gefällt das · 23 Kommentare · 5mal geteilt

479 | 27. März 22.57 Uhr

Zwirbler erinnert das an die regenbogenesque Traurigkeit seiner Mutter. Die Abwesenheit des passionierten Ehemanns war nicht der einzige Grund ihres geduldigen Vermissens.
Die Wege des Lebens sind rau, man muss Spuren hinterlassen, um sichtbar zu bleiben.
Wissen braucht Geduld.
Und den Hinweis einer bestimmten Akte, auf die sein Blick fällt. Auf dem Deckblatt ein aufgehender Stern, wie aus dem illustrierten Kleinen Prinzen.

53 Personen gefällt das · 19 Kommentare · 4mal geteilt

480 | 2. April 22.32 Uhr

Zwirbler schlägt mit zitternden Händen die erste Seite auf, das Blatt dicht beschrieben mit der krakeligen Schrift seines Vaters: „Als Du geboren wurdest, war ein regnerischer Tag. Der Himmel weinte, weil er einen Stern verloren hatte. Die Kräfte der Natur waren derart in Bewegung und aufgewühlt. Aber die Aktien standen nicht gut für Dich. So nah Du mir anfangs warst, so weit trug Dich das infernale Schicksal von mir fort."

58 Personen gefällt das · 24 Kommentare · 2mal geteilt

481 | 7. April 22.19 Uhr

Zwirbler blättert die vergilbte Seite, spürt Tränen auf seiner Wange und Inges Hand auf der Schulter. Er wird Kraft brauchen für das, was er liest.
„Ich konnte nicht bei Dir sein, doch immer wieder kehren meine Gedanken wie Nebelschleier zu Dir zurück. Unser zerbrechliches Dasein zerbröselt in unseren Händen, wenn wir geliebte Men-

schen verlieren. Aber wenn Mächtigeres im Spiel ist, müssen wir entscheiden und Opfer bringen."

57 Personen gefällt das · 17 Kommentare · 4mal geteilt

482 I 11. April 22.54 Uhr

Zwirbler schluckt das berührte Beben hinunter, liest weiter: „Solange wir leben, hört das mit den Opfern nie auf. Denn eine Entscheidung ist immer ein Verzicht auf das Nicht-Gewählte. So ist dann manchmal jede Wahl, die man treffen kann, die falsche. Ich habe mich – wankenden Schrittes – gegen Dich entschieden. Stets fern, bist Du dennoch immer Teil meines Ichs geblieben. Erst der Verlust der Liebe macht sie für uns wichtig."

45 Personen gefällt das · 18 Kommentare · 3mal geteilt

483 I 16. April 19.21 Uhr

Zwirbler wundert sich über die Zeilen, sie klingen nicht nach dem reflektierten Vater. Aber das ist eindeutig dessen Tintenschrift: „Sohn, ich wünsche mir oft, eine andere Wahl wäre möglich gewesen. Wie Du auf mich verzichten musstest, musste ich es noch mehr auf Dich. Dennoch empfinde ich keine Reue. So viel Liebe hast Du erfahren – vergebens. Ich musste Dich entfernen. Der Schmerz, den Du anderen zufügst, zerstört zu viel."

47 Personen gefällt das · 19 Kommentare · 4mal geteilt

484 I 20. April 23.05 Uhr

Zwirbler lässt das harte Wort hellhörig werden. Was meinte der Vater mit „entfernen"? Dieses Geheimnis soll gleich zutage treten. „Ich weiß, Du kannst nichts dafür. Aber das Böse ist in Dir, breitet sich wie ein Krake aus. Auch wenn ich Deiner Mutter unverzeihlich wehtat, meine innere Stimme sprach nur diese Lösung. Dich aus unserer Nähe zu bringen, aus unserem Leben zu löschen. Bevor ich mich an Dir schuldig gemacht hätte."

56 Personen gefällt das · 21 Kommentare · 4mal geteilt

485 | 24. April 22.44 Uhr

Zwirbler ist drauf und dran das Schreiben wütend in der Luft zu zerfetzen. Es gibt keine Rechtfertigung für das Verhalten des Vaters. Kein Kind ist von Grund auf böse.
Hass ist ein Samenkorn, gesät durch Erlebtes, genährt durch Schande.
Moment mal! Seine Erinnerungsfetzen verraten das entschlossene Zusammen der Familie: „Wenn das Leben bitter ist, kämpfen wir gemeinsam."
Diese „Entfernung" … die bezieht sich gar nicht auf ihn.

54 Personen gefällt das · 15 Kommentare · 2mal geteilt

486 | 28. April 23.38 Uhr

Zwirbler hält in seinem Zorn inne. Diese Worte sind nicht an ihn gerichtet. Es war nicht seine Seele, die von Geburt an böse war, die der Vater so sehr verabscheute: „Dein Bruder, am selben Tag wie Du geboren, Dein unschuldiges Spiegelbild mit saphirgrünen Augen … er dagegen stimmt mich milde dem Chaos des Lebens gegenüber.
Vielleicht kommt eine Zeit, eine Zukunft, wenn die Trennung ein Ende und ihr wieder zusammen findet."

52 Personen gefällt das · 14 Kommentare · 2mal geteilt

487 | 2. Mai 23.08 Uhr

Zwirbler und ein Bruder? Überrumpelt von der plötzlichen Offenbarung versucht er Erinnerungen wachzurütteln, den Groschen zum Fallen zu bringen. Er hat keine Bilder zu einem Zwilling, aber wenn er sich in die Arme seiner Mutter denkt, ist da ein Déjà-vu. Vage, schmerzhaft, wie die qualvollen Zeilen:
„Was passieren musste, war Schicksal. Von mir gewolltes Schicksal. Man darf sich nicht von einem Kind am Leben hindern lassen."

47 Personen gefällt das · 23 Kommentare · 2mal geteilt

488 | 7. Mai 20.21 Uhr

Zwirbler war also nicht allein auf die Welt gekommen. Wissen ist ein Damoklesschwert, meist hängt es schon lang als seidene Ahnung über uns.
Während wir denken, es sei unbedingte Pflicht, uns um unsere Kinder zu kümmern, wurden in anderen Kulturen Zwillinge als widernatürlich getrennt. Weil einer angeblich Böses in sich trägt. Es heißt, dass man als Zwilling dem anderen eine Eigenschaft schuldet. Schuldschein mit Schatten.

44 Personen gefällt das · 18 Kommentare · 4mal geteilt

489 | 12. Mai 17.52 Uhr

Zwirbler ahnt nicht mehr bloß, nein, er weiß: Der Vater brachte nicht nur Glück in die Familie. Er nahm auch. Nahm den Faden Hoffnung, indem er den missfallenen Spross, sein zweites Ich, herzlos wie ein Richter abtrennte.
Ihm ist, als würde er diesen Zwillingsbruder kennen. Wie aus einem Traum oder Delirium.
Inges Hand ruht noch auf seiner Schulter, sie liest mit, scheint nicht überrascht: „Du weißt, wer es ist, nicht wahr?“

56 Personen gefällt das · 15 Kommentare · 4mal geteilt

490 | 16. Mai 22.32 Uhr

Zwirbler schüttelt ihre Hand ab.
Wütend, weil Inge mehr weiß als er, weil scheinbar immer alle mehr wissen als er, weil er sich nicht auf die ganze Wahrheit einlassen will, die in ihm brodelt: „Nein!“
Doch die Frau lichtet unbarmherzig seinen Erinnerungsnebel: „Denk nach! Dein Vater, Pilot, will schützen: Dein Schattenbruder sollte nie wieder Schaden anrichten … der Flug nach Uruguay … der Nervenzusammenbruch Deiner Mutter …“

59 Personen gefällt das · 17 Kommentare · 5mal geteilt

491 | 21. Mai 22.06 Uhr

Zwirbler dreht sich abrupt zu ihr um: „Ja, verdammt, ja, ich erinnere mich!“

Antike Tragödien und sein Leben haben etwas gemeinsam. Der Chor im Hintergrund holt die Leichen der Familie aus dem Keller. Und der Protagonist muss dann die Folgen tragen. Gefährlich aber werden Worte erst, wenn man sie ernst nimmt. In dem Fall stellt Inges Hinweis jeden Arztroman in den Schatten: Der Sadist Dr. Dedel ist nicht nur sein Zwilling …

57 Personen gefällt das · 19 Kommentare · 4mal geteilt

492 | 24. Mai 21.36 Uhr

Zwirbler würde den nun folgenden Gedanken gern schnell zur Seite legen, bevor ihm schlecht wird: Sein Zwilling war der Geliebte seiner Schwester.

Das war, was vertuscht werden musste.

Inge stellt einen Trost bereit: „Unser Herz ist nicht niet- und nagelfest, es fliegt jedem zu, der es mit Liebe lockt.“

Die schützenden Worte Inges reichen ihm nicht, er braucht zur Bestätigung die Recherche Salzbergs. Und mehr als einen Whisky.

55 Personen gefällt das · 15 Kommentare · 2mal geteilt

493 | 29. Mai 22.52 Uhr

Zwirbler greift zum Hörer – aka Smartphone. Salzberg anzusetzen hat zwar das Risiko, dass der besser Verborgenes hervorzerrt. Doch unsere Wahrnehmung der Wahrheit ist immer von der Bestätigung vertrauter Freunde abhängig.

Marc ist mit der Antwort und einem widerlichen Geräusch zur Stelle, bevor er überhaupt die Frage denkt: „Ich habe mich in die Archive von Montevideo eingehackt. Gefunden habe ich Diverses, sogar Perverses.“

56 Personen gefällt das · 21 Kommentare · 4mal geteilt

494 | 2. Juni 22.12 Uhr

Zwirbler ist baff, dass Salzberg – ein Mann der sich mit Eseln vergnügt – etwas als pervers bezeichnet.
„In den Unterlagen des Waisenhauses taucht ein Kurt Zwirbler auf. Beim Studium der Neurochirurgie und Gynäkologie nennt er sich dann Ramon Dedel. Holländisches Adelsgeschlecht, ein Wappen wie multiple Persönlichkeiten“, ächzt die Grindsau. „Dein Zwilling war nicht nur als Kind böse. Er experimentierte an lebenden Menschen.“

53 Personen gefällt das · 19 Kommentare · 6mal geteilt

495 | 6. Juni 22.23 Uhr

Zwirbler tanzen Bilder im Kopf, noch bevor die Worte sein Ohr erreichen.
Erinnerungen an eine Wiese, Spiele im Baumhaus, ein Junge, der Fliegen zerlegt, sich am Ergebnis weidet … sein Zwilling.
Den zoophilen Salzberg beschäftigt mehr das Wappen – und dessen Optionen: „3 Lilien, 3 Geschwister im Kreis. Könnte der Schlüssel sein.“

Da fällt ihm das Profilbild seiner Schwester auf Facebook ein. Die Gravur in der Perlenkette: KZ.

51 Personen gefällt das · 21 Kommentare · 4mal geteilt

496 | 10. Juni 22.26 Uhr

Zwirbler ist versucht, das Offensichtliche zu vergessen. Dann könnte KZ für KinderZimmer oder KindheitsZauber stehen. Aber es steht für Kurt Zwirbler, seinen Zwilling. Und das wird Unglück bringen.

Keine Ahnung, wie er in dieses verfängliche Netz geraten ist. Permanent steht seine Welt Kopf, während sein Gemüt gleichgültig, fast abwesend bleibt.

Bei all unserem Tun ist nie klar, ob wir dem Ziel oder dem Wahnsinn näher sind.

49 Personen gefällt das · 14 Kommentare · 3mal geteilt

497 | 14. Juni 18.26 Uhr

Zwirbler kommt zum Schluss, dass jeder Mensch auf irgendeine Art verrückt ist. Liebe, Laster und Leiden liegen so nah beieinander, dass die Intensität des Lebens selbst unsere groteske Vorstellung davon übersteigt.

Dass er jetzt einen Zwillingsbruder hat, macht es noch komplizierter. Je mehr Information, desto schwieriger zu entscheiden, was am schnellsten zum Ziel führt. Wie ein Navi, das mehrere mögliche Routen vorschlägt.

52 Personen gefällt das · 16 Kommentare · 3mal geteilt

498 | 19. Juni 22.36 Uhr

Zwirbler könnte ein gemütliches Leben führen und entspannt mit einem Whisky loungen – wäre da nicht dieser Wettlauf gegen die Abgründe des milden Wahnsinns. Nicht nur des eigenen.

Geschwister sind eine geschenkte Bürde, man hat sie lebenslang an der Backe. Blut ist so verflucht anhänglich.

Inge beantwortet seine Zweifel: „Wenn man der inneren Weggabelung seines Herzens nicht trauen kann, muss man halt querfeldein rennen."

49 Personen gefällt das · 17 Kommentare · 4mal geteilt

499 | 24. Juni 22.37 Uhr

Zwirbler senkt die Augen: „Ohne Wegweiser könnte ich mich verlaufen."
Er hat oft das Gefühl, dass ihm etwas fehlt. Zum Beispiel Inges Zuversicht: „Dann bleibt die Strategie des Durchwurstelns. Manchmal führen ja gerade verschiedene Wege dazu, sich auf einer gemeinsamen Straße zu begegnen. Am schwierigsten ist es, die zu finden, die uns nahe stehen. Da hilft Entfernung … und das hier."
Sie reicht ihm lächelnd einen USB-Dongle.

52 Personen gefällt das · 15 Kommentare · 5mal geteilt

500 | 27. Juni 16.43 Uhr

Zwirbler ist ein Saboteur. Ein Verräter der eigenen Unwissenheit – und damit seines Glücks. Selig sind die Unwissenden. Soll er der Versuchung widerstehen, den glänzenden Dongle nicht nehmen? Doch die Neugier leuchtet wie ein Stern, verspricht Antworten auf seine Fragen, seine Unruhe, seine Suche.
Wir bekommen nicht immer das, was wir uns wünschen. Haben wollen wir es trotzdem. Er schnappt den Dongle – braucht einen Laptop.

47 Personen gefällt das · 19 Kommentare · 4mal geteilt

501 | 1. Juli 21.12 Uhr

Zwirbler zweifelt sogleich, ob es überhaupt seine Entscheidung war, den Dongle zu nehmen. Oder die menschliche Natur, die mit allen Mitteln ihre Erwartungen erfüllen will.
Ivan legt ihm ein Notebook auf den Tisch: „Du darfst meine Hand dafür ein andermal waschen."

Er hat Angst. Vor den geheimnisvollen Details der versteckten Dateien, vor den Erschütterungen der Wahrheit. Dennoch führt sein Herz zitternd den Dongle in den PC.

48 Personen gefällt das · 15 Kommentare · 4mal geteilt

502 | 6. Juli 1.37 Uhr

Zwirbler kann seine nervös pochende Neugier nicht zurückhalten. Jede Horizonterweiterung ist ein Abenteuer, eine neue Welt, die uns gelüstet, wie ein Urlaubsflirt. Ein Klicken und die Präsentation – weiße Schrift auf blauem Grund – poppt auf. Musik, dann geheime Fotos seiner Schwester.
Seine Beine geben nach. Knapp, bevor er voller Wucht auf den Boden klatscht, ihn die Erde mit ihrer Dunkelheit aufsaugt, fängt Ivan ihn auf.

49 Personen gefällt das · 16 Kommentare · 3mal geteilt

503 | 12. Juli 21.19 Uhr

Zwirbler ist, wenn es hart auf hart kommt, ein Schisser. Klar geht ihm die bizarre Präsentation unter die Haut, unser Empfindlichkeitspegel ist bei Familienmitgliedern generell niedriger. Vor allem, wenn sie in Lack und Leder abgebildet sind. Dann erschließt sich die Wahrheit etwas heftiger. Ivan beugt sich, hilft ihm hoch: „Es ist nicht gut, dass Du das siehst."
Als ob er eine Wahl hätte. Da ist etwas, was er sehen muss.

54 Personen gefällt das · 18 Kommentare · 4mal geteilt

504 | 16. Juli 22.48 Uhr

Zwirbler meint etwas anderes, was ihm weiche Knie macht. Die Abbildung fasziniert und verstört ihn durchaus.
Aber es gibt Schlimmeres, als seine Schwester als lüsterne Domina verkleidet zu sehen. Je älter man wird, desto mehr liebt man ja das Anstößige.
Es ist die weitaus unbequemere Wahrheit eines Details, die seinen

empfindlichen Dämmerzustand ungemein stört. Er betrachtet das Foto genauer … da ist etwas mit ihren Augen.

57 Personen gefällt das · 21 Kommentare · 4mal geteilt

505 | 21. Juli 22.09 Uhr

Zwirbler zoomt in das Bild namens Experiment-Subjekt-144a.jpg: „Uh, dachte ich mir."
Als professioneller Verpixler erkennt er eine Fotomontage auf Anhieb. Der Körper gehört gar nicht Danni, das einzig Echte ist ihr Kopf. Aber die Montage ist nur Ablenkung. Ihre Augen, für ihn immer schon ein offenes Buch, leuchten hier nicht. Sie starren mehr als sie sehen. Wie ein Raubtier unter Drogen. Mit Splittern von Unsicherheit und … Hass.

59 Personen gefällt das · 14 Kommentare · 4mal geteilt

506 | 26. Juli 22.05 Uhr

Zwirbler schießt zum ersten Mal der grausame Gedanke durch den Kopf, dass sein Suchen & Finden sinnlos ist, die Hilfe zu spät kommt, seine Schwester womöglich längst tot ist. Doch ein Lichtschein in ihren Augen, Spiegel ihrer geplagten Seele, bringt ihn aus der Negativität.
Er greift zur Maus und tief in seine digitale Trickkiste; vergrößert, entpixelt, schärft, … ja, da, klein, ganz klein – ein leichter Schimmer: Hoffnung.

62 Personen gefällt das · 19 Kommentare · 4mal geteilt

507 | 31. Juli 00.29 Uhr

Zwirbler spürt wieder die Hand auf seiner Schulter. Süße, grausame Inge. Ihr Gemüt, ihr Atmen beruhigt. Wenn er es doch schaffen könnte, ihr zu vertrauen.
Der Stille der Vernunft jedoch lässt sich so schwer glauben, weil sie nie grell im Stimmengewirr leuchtet.
„Du hast es verbockt … hast auf dem angenehmen Thron der

Lethargie einfach zugesehen", ruft Ivan sarkastisch. „Und auf dem Foto das Hotel – erkennst Du das nicht?"

54 Personen gefällt das · 17 Kommentare · 2mal geteilt

508 | 5. August 22.53 Uhr

Zwirbler und erkennen? „Schau hin!", höhnt Ivan. Das langt nicht. Es ist meist das Schauen, welches uns behindert klar zu sehen. Fast vergessen, tauchen die Neonbuchstaben nun vor seinem inneren Auge auf ... sie sind daran vorbeigelaufen. Das Hotel Korylus. Hort des Ungemachs, letzte Absteige Lebensmüder. Wo man den Tod gegen einen Whisky an der Hotelbar eintauscht. Nur um sich und dieses miese Stück Leben wieder zu spüren.

62 Personen gefällt das · 17 Kommentare · 2mal geteilt

509 | 10. August 22.39 Uhr

Zwirbler klickt weiter. Das nächste Bild, 144b: Danni in Nahaufnahme, daneben medizinische Werte. Ihre Augen haben bereits einen Schleier. Die kalte Dokumentation ihrer fortschreitenden Erblindung. Im Hintergrund wieder die schmucklose Fassade des Hochhauses, Korylus ... steht für Hasel, Hazel.
„Wir müssen zum Hotel", denkt er laut. Es klingt wie eine Parole, ein Versuch die Verfolgungsjagd endlich zu seinem Spiel zu machen.

63 Personen gefällt das · 22 Kommentare · 2mal geteilt

510 | 16. August 19.25 Uhr

Zwirbler hat keine Ahnung, was ihn im Hotel erwartet. Aber Hotelbars waren eher sein Ding als eine Jagd, bei der ihm die Verfolgten voraus waren. Obwohl Worte an sich unbezahlbar sind, bringt gutes Geld jeden Barkeeper zum Reden. Die versprechen zumindest einen ehrlichen Whisky und damit das Glück des Vergessens. Im Gegensatz zu ihm: Er verspricht nie etwas, kann also nichts halten – sich daher auch keine Vorwürfe einhandeln.

54 Personen gefällt das · 17 Kommentare · 2mal geteilt

511 | 21. August 22.27 Uhr

Zwirbler, der rastlose Feigling, hetzt seine Gefährten die Stufen des Turms hinunter, durch enge Gassen zum Hotel, wo er den Schlüssel zu Fragen seines Herzens erhofft.
Ein Atemzug und sie stehen im Zwielicht der Hotelbar. Die Feuchte der Luft legt sich über all das Unglück, welches passiert ist. „Kann man hier etwas trinken?" Der Barkeeper schmunzelt sanft, liebevoll: „Alles, was als Erinnerung wieder ausgeschieden wird."

58 Personen gefällt das · 24 Kommentare · 2mal geteilt

512 | 25. August 21.26 Uhr

Zwirbler findet das super. Der Barmann hat was. Gute Antworten und eine Menge Alkoholika.
„Ich nehme etwas Hochprozentiges mit W. Und das auf jeden Fall doppelt. Das nimmt Gewicht vom Geist, sourct das Erinnerungsvermögen gehörig aus. Von innen befeuchtet kann ich mir fein selbst aus dem Weg gehen."
Sein Blick fällt in den Spiegel. Darin erkennt er das Wappen des Hotel Korylus – drei Nüsse … und ein weiteres Foto von Danni.

58 Personen gefällt das · 22 Kommentare · 4mal geteilt

513 | 29. August 20.03 Uhr

Zwirbler wünscht sich in diesem Moment, dass seine Schwester da wäre. Dass sie plötzlich in der Bar auftaucht.
Aber es bleibt, wie es ist. Zumindest gibt es hier versteckte Zeichen ihres Verbleibs.
Der Barkeeper hat Getränk und Spruch dazu parat: „Doppeltes W? Wie wäre es mit Büffelgraswodka gemischt mit einem Highland Snake Whisky?"
Er greift über den Tresen, dem Typ an den Kragen: „Das Foto da! Wann wurde das aufgenommen?"

59 Personen gefällt das · 17 Kommentare · 6mal geteilt

514 | 2. September 22.53 Uhr

Zwirbler würgt den Mann mit Grund. Die Zeichen verdichten sich: Büffelgraswodka war seit einer Ostpolen-Reise Dannis Favorit. Sie mochte den dezenten Waldmeistergeschmack. Wie den Reiz des Wissens.

Der Barmann schüttelt seinen Griff ab, stellt eine Flasche mit eingelegten Schlangen auf die Theke: „Ein Whisky aus Laos. Brennt die Gurgel runter. Die Frage ist eher, warum das Foto hier hängt … Sie glauben doch nicht an Zufälle?"

64 Personen gefällt das · 16 Kommentare · 13mal geteilt

515 | 7. September 19.45 Uhr

Zwirbler glaubt schon lange nicht mehr an Zufälle. Aber sehr wohl an schicksalhafte Begegnungen. Und an doppelzüngige Barmänner, die etwas verbergen und Geheimnisse erst lüften, wenn man ihnen ein Wahrheitsserum in Form einiger Scheine rüberschiebt. Der Whisky sieht gut aus, stärker als jedes Champagnergesöff saugt er alles aus der Seele. So ist das mit guten Drogen: Man erkennt immer zu spät, dass es kein Entrinnen gibt.

59 Personen gefällt das · 14 Kommentare · 2mal geteilt

516 | 11. September 21.55 Uhr

Zwirbler trinkt, fährt sich mit pelziger Zunge über die Lippen. Klar, Alkohol ist keine Lösung, aber eine starke Verlockung. In der Nacht geht es ab, doch am folgenden Tag wacht man zur Mittagsstunde auf und fühlt sich, als hätte man den Styx zweimal überquert.
Er entrichtet den Obolus an den Fährmann der Destille und lauscht dessen authentischer Doppelzüngigkeit: „So bin ich gleich besser drauf, kann was zum Foto sagen …“

57 Personen gefällt das · 21 Kommentare · 2mal geteilt

517 | 17. September 21.57 Uhr

Zwirbler erwartet nun etwas, was ihn weiterbringt. Schließlich hat er dafür bezahlt.
Seine Kehle brennt, der Barmann schenkt noch eine Versuchung ein und hält intensiv inne: „Ein Foto ist nie Abbild der Realität. Die Frau strahlt alleine. Daneben aber steht ein Mann, der sie auf die Probe stellt, den Schalter ihres Lebens kippt. Namen werden geändert, Leidenschaften selten. Die sind wie ein Schnupfen, den man nicht loswird.“

55 Personen gefällt das · 14 Kommentare · 2mal geteilt

518 | 22. September 22.03 Uhr

Zwirbler würde nüchtern die fraktale Auskunft über das Foto als neues Rätsel verstehen.
Doch die leichte Benebelung durch hochprozentiges Zeug hilft ihm, die Wahrheit besser zu erörtern.
Wer da siegessicher in den Abendhimmel strahlt, ist unverkennbar Danni. Wer unerkennbar neben ihr steht, das kann er gut ahnen: sein dämonischer Zwilling. Entfernt durch einen bewusst gewählten Ausschnitt der Realität … oder durch Photoshop.

57 Personen gefällt das · 17 Kommentare · 2mal geteilt

519 | 27. September 20.52 Uhr

Zwirbler kann sich schwer an den Gedanken gewöhnen, dass er nicht nur Schwester, sondern auch einen Bruder, noch dazu namens Kurt, hat.
Kann man durch einen Ausschnitt je das Ganze sehen?
Apropos Ausschnitt: Auf dem Bild schimmert eine Kette in Dannis Dekolleté. Die Perlenkette mit der Gravur KZ, Geschenk des Zwillings.
Oft schließen sich mysteriöse Kreise dank einem Barkeeper, der sich ins Zeug legt und ein wenig Spiritus.

52 Personen gefällt das · 11 Kommentare · 4mal geteilt

520 | 4. Oktober 19.56 Uhr

Zwirbler denkt und trinkt einen Schluck. Zwei Dinge, die er gut kann. Sogar gleichzeitig. Spiritus steht lateinisch für Atem wie auch für Geist. Sein Zwilling, ein atmender Geist. Nie sichtbar, doch stets da.
„Wie ein Mafioso hatte er immer ein Glas in der Hand und 'ne Frau an der Seite", folgt der Barkeeper dem Faden seiner Erinnerung.
Der Hedonismus seiner Geschwister war kein Zufall. Beide waren kaputt von zu viel Leben.

58 Personen gefällt das · 13 Kommentare · 4mal geteilt

521 | 10. Oktober 22.16 Uhr

Zwirbler ist klug genug zu wissen, dass diese Lebensform – die Nächte in liquider Umgebung aufs Vorzüglichste zu genießen – nicht Dannis einzige Seite ist. Er weiß, wozu sie imstande war, um sich mit der Harmonie eines neugeborenen Kindes aus ihrem emotionalen Schlaganfall zu retten. Also setzt er zu einem zweiten Versuch an, den nicht mehr ganz taufrischen Barmann in den Griff zu bekommen: „Bewaffne mich mit Information!"

57 Personen gefällt das · 15 Kommentare · 5mal geteilt

522 | 17. Oktober 22.18 Uhr

Zwirbler wurde noch nie etwas geschenkt, also schiebt er schnell einen Geldschein nach.
„Wissen ist Macht und Last zugleich. Verdopple und ich nenne die Puzzleteile: Infos, Orte, Namen“, sagt der Barkeeper dreist.
Er nickt, will zahlen, doch Inge zupft an seinem Ärmel: „Ich trau dem nicht. Der macht uns nur neugierig auf mehr, lässt uns in dieser einsamen Hotelbar saufen und doch verdursten.“ Die Frau hat keine Ahnung, aber …

52 Personen gefällt das · 18 Kommentare · 4mal geteilt

523 | 22. Oktober 19.30 Uhr

Zwirbler hat einen sechsten Sinn. Ausnahmsweise. Meist wirft die Frau weisen Rat ein, nur diesmal vertraut er der besonnenen Krankenschwester nicht.
Vielleicht weil er zu profitunorientiert ist, das Puzzeln oft interessanter findet als das Ergebnis. Ihn die Kunst des Zusammensetzens aus teurem Kneipengeplauder reizt.
„Der Mann hatte leichte Mädchen und eine sinnliche Identität. Aber eine falsche“, grinst der Mann hinter der Bar.

49 Personen gefällt das · 15 Kommentare · 2mal geteilt

524 | 27. Oktober 21.34 Uhr

Zwirbler nippt an seinem Drink, lässt sich die neue Information durch den Kopf gehen. Mit Spekulationen sollte man vorsichtig sein. Der Weg zur Hölle ist voll mit ihnen. Aber Ausnahmen bestätigen Regeln, dieses Puzzle ergibt durchaus Sinn.
Dem achtsamen Barmann konnte Kurt nichts vorgaukeln. Im Klartext: Sein Zwilling Kurt ist Ramon Dedel, der Arzt, der Geliebte der Schwester.
Der Kellner drückt „Play“, leise erklingt Musik.
www.youtube.com/watch?v=pp-wmEKWLSo

68 Personen gefällt das · 17 Kommentare · 7mal geteilt

525 | 2. November 22.04 Uhr

Zwirbler erfasst eine Wende, tiefe Ruhe fährt durch ihn. Das Unmögliche ist möglich, verheißt das Lied in der schönsten Sprache der Welt. Bereits die erste Zeile ein Hinweis auf Danni: „Ma chambre a la forme d'une cage."
Einen weiteren hat der Keeper: „Wer hat schon eine richtige Identität? Manche wechseln Persönlichkeiten im Minutentakt. Wie Dr. Dedel. Aber eines wussten hier alle Frauen mit Sicherheit: Er war unfruchtbar."

54 Personen gefällt das · 14 Kommentare · 4mal geteilt

526 | 7. November 23.02 Uhr

Zwirbler durchdringt die Fragestellung, ob Unfruchtbarkeit per se sexuell anziehend ist. À la: „Lass es uns tun, wir können keinen Fehler zur Evolution beitragen!"
Wieso sonst hat sich seine Schwester, verschämter Engel, mit diesem Chamäleon Dedel eingelassen? Oder basierte ihre leichte Verführbarkeit durch das zuvorkommende Alpha-Männchen auf Empathie?
Die Wahrheit stellt sich manchmal als unangenehm heraus. Und oft andernorts.

49 Personen gefällt das · 23 Kommentare · 4mal geteilt

527 | 12. November 22.43 Uhr

Zwirbler liebt Antworten. Vor allem die im Stillen. Er hat stets geglaubt, dass seine Schwester niemanden braucht. Früh schon hat sie ihre Flügel ausgebreitet, gut alleine können. Doch es gibt immer einen anderen Aspekt, eine andere Wahrheit. Sie hat jemanden gebraucht, der noch nicht da war.
„Ihr infertiles Schicksal hat sie zum Opfer von Dr. Dedels Forschung werden lassen. Sie wollte das Glück eines Kindes. Um jeden Preis."

57 Personen gefällt das · 13 Kommentare · 3mal geteilt

528 | 17. November 21.51 Uhr

Zwirbler gerät ins Grübeln. Was bedeutet hier Glück? Meint Inge damit, dass uns ein Kind zwangsläufig mit Glück segnet? Dann ist die größte Ohrfeige des Schicksals, wenn Frauen, die kein Kind haben können, eines wollen und die eines haben können, keines wollen.
Wie auch immer: Man sollte dem Leben um einen Whisky voraus sein. Er trinkt seinen aus, wendet sich zum Gehen. „Halte die Augen scharf!", ruft ihm der Barkeeper nach.

59 Personen gefällt das · 16 Kommentare · 4mal geteilt

529 | 22. November 22.35 Uhr

Zwirbler steht in der Tür, überlegt noch, einen letzten Drink zu nehmen. Nächte sind bloß die besseren Tage und nach zwei Uhr leuchtet hochprozentig Flüssiges recht verführerisch. Doch für die Jahreszeit reicht es mit dem Alkohol.
Stolpernd verlässt er die Hotelbar, raus in den Dreck verlassener Gassen.
Er greift nach einer Kippe, versucht sie im peitschenden Wind mit Streichhölzern anzuzünden. „Nicht die Finger verbrennen!"

62 Personen gefällt das · 24 Kommentare · 5mal geteilt

530 | 27. November 23.13 Uhr

Zwirbler wurden diese Worte nicht vom Wind zugeraunt. Obwohl alles möglich ist, er ein Tröpfchen zu viel getrunken hat und Sinnestäuschungen selbst nüchtern erliegt.
Er hat Begleitung. Immer schon gehabt. Wie aus dem Nichts ist Inge erneut an seiner Seite. Ihre Stimme ist es, die ihn im Dunklen gemahnt und aus dem Irrgarten der Sackgassen lotsen wird: „Nur weil man mit dem Feuer spielt, wird einem noch nicht warm ums Herz."

61 Personen gefällt das · 17 Kommentare · 4mal geteilt

531 | 2. Dezember 22.19 Uhr

Zwirbler schätzt Inges sanfter Stimme Klang. Er blickt auf seine kalten roten Hände und ist dankbar, dass sie immer zum richtigen Zeitpunkt auftaucht, geheimnisvoll seinen Geist weckt. Ihn ins Licht führt, wenn es kompliziert wird oder er nicht weiter weiß. Das passiert oft. Erschreckende Vorstellung, sie eines Tages im Labyrinth des Lebens nicht mehr an seiner Seite zu haben.
„Das ist wie mit der Liebe …“, schmunzelt sie.

62 Personen gefällt das · 19 Kommentare · 2mal geteilt

532 | 8. Dezember 21.13 Uhr

Zwirbler lacht in sich hinein. Was ist schon Liebe? Das Zittern der Hände? Der Kuss in einem Porno? Oder wenn Regen plötzlich einen Geschmack hat?
Vielleicht ist Liebe die einzige unbekannte Variable in unserer Informationsgesellschaft. Wir haben zwar freie Wahl, von wem wir uns belügen lassen, aber beim Herzen hält unser Verstand keine Wache mehr.
Unendlich, ohne Grenzen soll sie sein. Aber einen Beweis kann niemand liefern.

54 Personen gefällt das · 17 Kommentare · 4mal geteilt

533 | 12. Dezember 22.20 Uhr

Zwirbler erkennt: Oft wäre man ohne Liebe besser dran. Keine Empathie, kein Vergeben, keine Verzierung der Emotionen. Nur selbstgerechter Egoismus. Belügen kann man sich selbst, dazu braucht man niemand anderen.
Doch dass er nicht aufhören kann die Schwester zu suchen, beweist: Auch seine Gefühle sind ein reißender Fluss. Ohne Willen treten sie aus dem Bett.
Er arbeitet noch daran, sich selbst in das richtige Licht zu rücken.

59 Personen gefällt das · 22 Kommentare · 4mal geteilt

534 | 17. Dezember 23.25 Uhr

Zwirbler sieht wenig klar, nur dass Schwächen wichtig im Leben sind. Selbst wenn man nicht die besten Erfahrungen mit ihnen gemacht hat.
Unser Ego ist ein Lego abgrundtief leuchtender Schatten.
Er lässt sich durch das Dunkel treiben, spürt den Wind der Stille, drohenden Sturm. Hinter ihm bremst ein Auto, Tür auf, kräftiges Geräusch von Laufschritten. Inge reißt entsetzt die Augen auf, zerrt an seiner Hand, schreit. Zu spät.

57 Personen gefällt das · 13 Kommentare · 4mal geteilt

535 | 7. Jänner 23.54 Uhr

Zwirbler blinzelt in die Nacht. Wie lange war er weggetreten? Die Vergangenheit hat ihn eingeholt und ihmheftig eins übergebraten, sein Schädel fühlt sich wie der eines lebenden Toten an.
Dicht hinter ihm zwei schnarrende Männerstimmen: „Ihr hättet auf uns hören sollen."
„Die SMS lesen sollen!" Es wäre Zeit, etwas zu tun. Doch eine Zwangsjacke umklammert seine Arme.
Irgendwer neben ihm bekommt Prügel. Schmerzensschreie. Inge.

49 Personen gefällt das · 21 Kommentare · 4mal geteilt

536 | 12. Jänner 21.42 Uhr

Zwirbler liegt mit dem Kopf nach unten, spürt Inge ganz nah in der Finsternis. Ihren Atem, ihre Angst, ihr Krümmen vor Schmerz. Er kann es nicht ausstehen, wenn man Frauen schlägt. Doch um sie zu retten, müsste er zuerst sich befreien. Steckt er in der Zwangsjacke, weil er jemandem gefährlich werden könnte? Weil er zu viel weiß? Oder zu wenig?
Ein Polizeiauto biegt in die Straße ein. Es ist Ivan, der unerwartet Hilfe bringt.

53 Personen gefällt das · 17 Kommentare · 5mal geteilt

537 | 17. Jänner 23.00 Uhr

Zwirbler muss tatenlos zusehen, wie der Russe Ordnung macht. Ivan schwingt sich aus dem Wagen, hastet zu Inge, die beiden Männer nehmen Reißaus, Polizei und Hunde ihnen nach.
Während er sich am Boden wälzt, hämmern seine Herzschläge in sein schlechtes Gewissen. Seine Rolle bei der Rettung aus diesem Überfall hat er sich anders vorgestellt. Weniger harmlos, taffer, heroischer. Aber in der Not sollte man nicht wählerisch sein.

60 Personen gefällt das · 19 Kommentare · 4mal geteilt

538 | 22. Jänner 23.01 Uhr

Zwirbler rappelt sich auf. Es geht jetzt mal nicht um ihn. Auch nicht um Ivan und die berechtigte Frage, was der schon viel getan hat, außer aufzutauchen. Und das zu spät.
Es geht um Inge. Sonst starke Heldin, jetzt geschlagen und zerbrechlich. Mit roten Tränen, die über ihr Gesicht rinnen. „Sie muss ins Krankenhaus“, fängt der Große sie gerade noch auf.
An sich eine gute Devise. Aber Ärzte sind ihm neuerdings etwas suspekt.

53 Personen gefällt das · 17 Kommentare · 2mal geteilt.

539 | 26. Jänner 23.02 Uhr

Zwirbler überkommt etwas Sorge. Dass er Inge verlieren könnte, macht klar, wie machtlos er ist. Ihre Brust hebt sich schwer unter ihrem Atem, als sie flüstert: „Alles wird gut …“ Ein Lächeln trotz der Schmerzen gibt ihm die Hoffnung: Es wäre ein Wunder, aber sie könnte recht haben.
Ungeachtet aller Umwege treibt uns das Leben konsequent an die Orte zurück, die unser Scheitern widerspiegeln. In dem Fall: die verdammte Klinik.

56 Personen gefällt das · 15 Kommentare · 6mal geteilt

540 | 31. Jänner 20.10 Uhr

Zwirbler nimmt, was andere übrig lassen. Zum Beispiel Inges Lächeln, das Kriege beenden könnte. Und vielleicht auch seine Angst. Er wiederholt das kraftspendende „Alles wird gut" ihres schwachen Moments.
„Weißt Du nicht mehr, was Du versprochen hast?" Nein, weiß er nicht und will auch nicht darauf eingehen. Aber einen Teufelskreis kann man nur dort verlassen, wo man ihn betreten hat. Die Klinik ist Mittel zu diesem Zweck.

63 Personen gefällt das · 21 Kommentare · 4mal geteilt

541 | 5. Februar 22.28 Uhr

Zwirbler fürchtet die Klinik nicht nur wegen des Unfalls oder weil er dort Dannis Spur aufgenommen hat. Sondern weil nirgends Anfang und Ende so nah sind. Das gleiche grelle Licht für Neugeborene und für Sterbende. Für den Teufelskreis des Lebens. Wahre Meister leben in dessen Mitte, denn im Kreise laufend kann man sich nicht selbst erkennen. Da helfen Freunde, die uns an den Anfang zurückbringen, um neue Pfade einzuschlagen.

59 Personen gefällt das · 18 Kommentare · 4mal geteilt

542 | 10. Februar 22.35 Uhr

Zwirbler wünscht sich, viele Dinge ungeschehen machen zu können. Er hätte die Schwester nicht alleine lassen sollen, als sie aus der Bahn geworfen wurde. Aber „hätte" ist wie etwas nachtrauern, das nie passiert ist.
Freunde sind auch ein hinderliches Geschenk. Licht & Schatten. Sie erinnern daran, woher wir kommen. Sind da, selbst wenn man sie nicht braucht. Sind sein Impuls, zum Spital zurückzukehren. Ivan winkt einem Taxi.

58 Personen gefällt das · 13 Kommentare · 4mal geteilt

543 I 15. Februar 20.19 Uhr

Zwirbler hilft der blutüberströmten Inge in den Fond des Wagens. „Life will go on“, schnulzt es aus dem Radio und die Taxifahrerin witzelt: „Einmal Krankenhaus?“
Ivan auf dem Beifahrersitz hätte Lust, vehement seine dunkle Seite zu zeigen, bejaht aber nur.
Immer wieder blickt die Fahrerin in den Rückspiegel, fixiert ihn: „Sie kenne ich. Ist schon eine Weile her … aber ich kann mich erinnern. So ein unveränderliches Gesicht.“

59 Personen gefällt das · 23 Kommentare · 5mal geteilt

544 I 20. Februar 23.22 Uhr

Zwirbler fragt sich, wovon es wohl abhängt, dass wir uns an ein Gesicht erinnern. Man vergisst ja so manches. Nur ein zauberhaftes Lächeln oder ein markant hässliches Antlitz hinterlässt bleibenden Eindruck.
„Zentrale, ich fahre zur Klinik in die Bleichstraße 15“, wechselt die Taxichauffeurin auf garstig. „Ich hab’ eine Verletzte, die mir den Wagen vollblutet und zwei scharfe Typen. Den einen kenne ich von einem Unfall.“

62 Personen gefällt das · 17 Kommentare · 4mal geteilt

545 I 27. Februar 22.21 Uhr

Zwirbler ist suspekt, dass die Fahrerin sich an ihn erinnert, er jedoch keinen Schimmer hat, welchen seiner Unfälle sie meint. Er fragt nicht nach, schämt sich, weil sein beschädigter Mandelkern oft wesentliche Erinnerungen löscht. Ihn zum Meister des Vergessens macht.
Inge war stets sein Seil über dem Abgrund. Diesmal braucht sie seine Hilfe.
Vor der Klinik lehnt ein Garstvogel im türkisen Kittel, inhaliert Nikotin. Grinst.

61 Personen gefällt das · 14 Kommentare · 4mal geteilt

546 I 4. März 23.29 Uhr

Zwirbler wäre ohne dieses Seil viel freier. Er könnte sich fallen lassen. Ohne Verantwortung sein Gleichgewicht verlieren und mutlos stürzen. Doch Inges flach geatmete Schmerzen kann er schwer ertragen. Er will sie keinesfalls alleine lassen, will, dass ihr geholfen wird.
Ist der grobklotzige Kerl an der Tür Arzt oder eher Metzger?
2 Möglichkeiten: Den stinkenden Kerl vermeiden und ein anderes Krankenhaus suchen oder: Risiko.

67 Personen gefällt das · 24 Kommentare · 6mal geteilt

547 I 10. März 20.39 Uhr

Zwirbler hört in sich den leisen, aber bestimmten Ruf: „Risiko!" Dabei scheut er das, sucht eher das Normale, das Gewohnte. „No risk - no fun" ging letztens gänzlich ins Auge.
Außer, man empfindet unheimliche Kreaturen in finsteren Gemäuern als „fun".
Aber vielleicht liegt er vollkommen falsch, kann soundso nicht in seiner Angst bleiben, muss Inge helfen. Ist nur eine Marionette, die denkt, dass sie einen freien Willen hat.

65 Personen gefällt das · 22 Kommentare · 4mal geteilt

548 I 16. März 22.57 Uhr

Zwirbler wägt ab. Unser größter Fehler ist die Angst vor Fehlern. Sich ins Unbekannte zu stürzen und seine Komfortzone zu verlassen, ist ein Wagnis. Aber auch eine Chance auf die Wundertüte des Lebens.
Als sie Inge aus dem Taxi heben, ihr Blut auf den Asphalt tropft, werden Äußerlichkeiten und Formalitäten sekundär. Der stämmige Arzt eilt herbei: „Schnell hinein! Ich bin Dr. Seeker. Auf solche besondere Fälle spezialisiert."

67 Personen gefällt das · 19 Kommentare · 6mal geteilt

549 | 21. März 22.08 Uhr

Zwirbler argwöhnt, wieso der Arzt mit dicken Tränensäcken und amerikanischem Akzent hellsieht, dass es sich hier um einen besonderen Fall handelt. Doch er ignoriert das Ziehen in der Magengrube, sein Mitleid und der Wunsch nach kompetenter Hilfe für Inge lässt ihn das Risiko eingehen.
„Von Weitem sieht alles so entfernt aus, kommen näher", lotst der Doktor sie grinsend in die Empfangshalle. „Wir nehmen Schmerz von Freundin."

73 Personen gefällt das · 22 Kommentare · 6mal geteilt

550 | 26. März 22.12 Uhr

Zwirbler und der Russe setzen Inge in einen Rollstuhl. „Schwester Chantalle füllt Formular aus, ich hole Instrument", meint der merkwürdige Mann im Kittel und verschwindet.
Die Schwester aber ist gerade mit dem Lackieren ihrer blutroten Nägel überfordert, deutet auf ein Schild: „Die Zeit heilt alle Wunden. Warten Sie."
Bald taucht der Arzt wieder auf, schwingt eine Knochensäge in der Hand: „Wird gleich alles gut, mein Engel."

78 Personen gefällt das · 21 Kommentare · 4mal geteilt

551 | 1. April 18.22 Uhr

Zwirbler realisiert die groteske Situation erst durch Inges Schockschrei. Was will der Arzt mit der Säge? Die verwertbaren Organe der Patientin entnehmen? Rasch steht er bereit, den Doktor mit einem Blitzgriff zu entwaffnen.
„Oh, tut mir leid. Kleiner Scherz zum Tag", schmunzelt Dr. Seeker, als er die verdutzten Gesichter sieht, und legt die Knochensäge zur Seite.
„Chantalle, Schmerzmittel für die Frau und ab in OP Nummer 9."

74 Personen gefällt das · 19 Kommentare · 5mal geteilt

552 | 5. April 13.58 Uhr

Zwirbler fallen etliche Beschimpfungen für den kratzbürstigen Arzt ein: von Goldfischhirn bis Empathiesau. Doch er hält sich zurück, das würde Inges Genesungschancen nicht gerade optimieren.
„48 Stunden operieren, nähen, zusammenflicken … c'est ma vie", meint der seltsame Dr. Mabuse und stößt die Schwingtür zu OP 9 auf.
Dort liegt schon jemand auf dem Tisch. Man kann nicht erkennen wer, aber dieser Duft … der ist ihm bekannt.

72 Personen gefällt das · 17 Kommentare · 5mal geteilt

553 | 10. April 20.17 Uhr

Zwirbler tippt zuerst auf eine Frau, dann auf den Barkeeper aus dem Hotel.
In verruchten Bars und in Kliniken liegt das Leben immer in der Nähe des Todes. Doch der angenehm herb-süßliche Duft, dieses orientalische Aroma von Haselnüssen, das ist sein Deo. Das Gesicht kann er nicht sehen, aber wer da auf dem OP(fer)tisch liegt, hat seine Haarfarbe, seine Größe.
Wie ein Metzger lacht der Arzt auf: „Familie ist bald vereint …"

74 Personen gefällt das · 27 Kommentare · 6mal geteilt

554 | 16. April 18.51 Uhr

Zwirbler beschleicht ein beklemmendes Gefühl. Ihm ist, als würde er auf sich selbst hinabschauen, selbst dieses reglose Stück Fleisch sein, das auf dem OP-Tisch liegt.
Dr. Seeker zieht ein Foto aus der Hosentasche: „Oh, das gehört jetzt zu den harten Proben, wie auch zu den schönsten Momenten: In der Nähe des Todes fühlen wir das Leben endlich."
Aschfahl blickt er auf das Bild in der Hand des Doktors: Das ist seine Mutter!

79 Personen gefällt das · 22 Kommentare · 4mal geteilt

555 | 22. April 23.46 Uhr

Zwirbler muss das erst mal sacken lassen, die Wendung und seine Gänsehaut verdauen: „Wo haben Sie das Foto her?“
„Na aus meiner Hosentasche. Oder sagen wir, ein guter Freund hat es mir gegeben. Aber das dürfte jetzt Ihre geringste Sorge sein“, beginnt der Arzt hemmungslos zu lachen.
„Ich bin so etwas wie der Kafka der plastischen Chirurgie, ich helfe anderen bei Verwandlungen … Sie können sich denken, warum Sie hier sind?“

76 Personen gefällt das · 17 Kommentare · 5mal geteilt

556 | 27. April 23.24 Uhr

Zwirbler kann das nicht. Verdammt sei der Tag des Unfalls. Der Unfall, bei dem er nicht nur seinen Vater, sondern auch die Fähigkeit verloren hat, Zusammenhänge zu erkennen.
„Ach, quälen Sie sich nicht, das ist mein Ressort“, deutet Dr. Seeker süffisant an: „Eigentlich geht es nur indirekt um ihre Mutter. Sie ist die Gemeinsamkeit, die selbst nach der Metamorphose bleibt. Der Schmetterling soll wissen, dass er mal Raupe war.“

73 Personen gefällt das · 21 Kommentare · 6mal geteilt

557 | 2. Mai 23.01 Uhr

Zwirbler wünscht sich verzweifelt, dass sein Vater am Leben und hier wäre. Der wusste immer Antwort, konnte alles ins Lot bringen, war 100 % sicheres Zuhause, sein Kokon gegen den Rest der Welt.
Jetzt war ihm nicht mal Inge eine Hilfe, die war selbst bedient genug.
Der irre Arzt lächelt morbid, öffnet einen metallenen Kasten. Darin Operationswerkzeug aus glänzendem Eisen: scharfe Skalpelle, Wundspreizer, Bauchdeckenhalter …

63 Personen gefällt das · 23 Kommentare · 7mal geteilt

558 | 10. Mai 23.11 Uhr

Zwirbler riecht Angst. Seine eigene. Die Grausamkeit der Realität übertrifft manchmal jede Horrorszene.
„Diese bescheidenen Werkzeuge sind nicht nur brauchbare Gegenstände, wenn es darum geht, etwas zweizuteilen oder den Dreck aus den Menschen zu schneiden“, meint Dr. Seeker.
„Für 10.000 in bar und ein wenig Anästhesie kann ich damit wahre Meisterarbeit machen, mit ein paar Schnitten ein neues Zuhause für das Selbst zaubern.“

69 Personen gefällt das · 18 Kommentare · 2mal geteilt

559 | 14. Mai 23.53 Uhr

Zwirbler versteht nun, wer das neue plastische Zuhause bekommen soll. Wer durch ein paar Skalpellschnitte und gezogene Fäden seine Spuren in der Welt verwischen und sich ein neues Leben zimmern will: Auf dem OP-Tisch liegt sein verdorbener Bruder! Dessen kaputtes Selbst soll der Doktor durch ein neues Gesicht verschönern.
Ein schmerzverzerrtes Jammern beendet seine Trance und rückt die Gegenwart wieder in den Fokus … Inge.

68 Personen gefällt das · 23 Kommentare · 5mal geteilt

560 | 19. Mai 21.43 Uhr

Zwirbler spürt Inges warme Hand in seiner, und diese Berührung erinnert ihn an ein Leben, von dem er als Kind stets geträumt hatte. Ein Leben ohne den Teufelskreis von Wut und Sorge, eine Welt, in der Inges sanftes „Alles wird gut“ möglich ist.
Vor ihm liegt eine der tiefsten Wunden seiner Vergangenheit, sein Bruder. Auch wenn wir unsere dunkle Seite nie zeigen, sie unter Tränen verbergen, stellen müssen wir uns ihr doch.

69 Personen gefällt das · 24 Kommentare · 4mal geteilt

561 | 23. Mai 23.05 Uhr

Zwirbler hat sich selbst nie weinen sehen, lange schon läuft er vor seiner eigenen dunklen Seite davon.
Da behauptet der Arzt keck: „Die süße Frage lautet: Wieso sollte man einem Unmenschen helfen, der seiner Familie nichts als Qualen und Gram gebracht hat?"
Genau das war auch sein Gedanke: Wieso?
Inge öffnet die Lider, dreht ihren Kopf zur Seite, flüstert: „Du musst ihm nicht helfen … doch er ist Dein Bruder … Du kannst."

67 Personen gefällt das · 20 Kommentare · 6mal geteilt

562 | 28. Mai 22.28 Uhr

Zwirbler fällt auch diese Entscheidung schwer. Er hört seine innere Stimme sagen: „Jeder von uns ist für seine schlechten Taten in der Vergangenheit selbst verantwortlich. Für Unmenschlichkeit gibt es keine Absolution, da ist Schluss mit dem Vergeben."
Unser Kopf wägt strikt ab, unser Herz vermag das nicht, es ist keine moralische Instanz. Worauf soll er in diesem Moment hören?
Für manche Dinge gibt es ja kein nächstes Mal.

68 Personen gefällt das · 15 Kommentare · 5mal geteilt

563 | 2. Juni 22.35 Uhr

Zwirbler hätte gerne die Weisheit, beides zu synchronisieren. Vor allem in Momenten, in denen uns unser Herz um den Verstand bringt.
Vielleicht springt ja ausnahmsweise sein Instinkt helfend ein.
„Hier ist keine Entscheidung verkehrt oder richtig", kommt dem Dr. Seeker mit wenig Taktgefühl zuvor: „Und auch nicht mehr nötig. Deinen Bruder habe bereits ich erlöst. Nicht von, aber mit Schmerzen. Carpe diem, der Tod ist schnell."

63 Personen gefällt das · 21 Kommentare · 4mal geteilt

564 | 7. Juni 23.36 Uhr

Zwirbler schnappt nach Luft, gafft auf den starren Körper am OP-Tisch. Gerade erst hat ihm das Leben eine Entdeckung der Vergangenheit, seinen Zwilling, geschenkt und schon soll er ihn beerdigen?
„War keine Absicht“, zuckt der Arzt mit den Schultern: „Er wollte ein neues Gesicht. Für ein neues Leben ohne Gräueltaten. Das ging ein wenig schief. Selbst ich als Gott in Weiß habe Grenzen, z. B. ist Leichenblässe irreversibel.“

59 Personen gefällt das · 19 Kommentare · 4mal geteilt

565 | 12. Juni 19.32 Uhr

Zwirbler versucht seine Wut in passende Worte zu schreien, doch als er Blut am Kittel des Doktors sieht, schafft er nur ein Krächzen: „Sie … verdammter Mörder …“
„No, no, ganz ruhig. Sie reißen sich zusammen, c'mon, so was passiert. Gott hat grenzenlose Liebe, ich nur ein scharfes Skalpell. Da gewinnt nicht immer das Leben, selbst wenn man mit bester Intention handelt.“
Der Weg zur Hölle ist mit guten Absichten gepflastert.

76 Personen gefällt das · 23 Kommentare · 6mal geteilt

566 | 16. Juni 22.41 Uhr

Zwirbler schnaubt: „Sie können sich die Heuchelei sonst wohin stecken! Jede Nacht warten Tausende in ihren Betten auf Heilung. Ihnen geht es aber nur um Geld und Macht!“ Dr. Seeker bleibt ruhig: „Ich lege Veto ein: Sie begreifen nicht. Dank wäre passend, ich habe Gutes mit dem Messer getan. Ich kann auch anders. Aber, wissen Sie was? Ich mag Sie.“ Das Licht im Raum beginnt zu flackern. „Keine Ahnung wieso, aber ich mag Sie.“

79 Personen gefällt das · 24 Kommentare · 7mal geteilt

567 | 21. Juni 22.11 Uhr

Zwirbler vermag es nicht, den Arzt zu mögen, der das Leben seines Zwillings verkürzt hat. Doch als sich der Grobian in Weiß endlich an die Versorgung von Inges Wunden macht, verspürt er … ja, so etwas wie Dankbarkeit.
Flink wie ein Tausendfüßer hantiert Dr. Seeker mit Tupfer und Nadel: „Treffen wir die Schatten unserer Vergangenheit, denken wir gleich an Flucht. Wir wollen das Helle. Selbst wenn es uns das Augenlicht kostet."

76 Personen gefällt das · 19 Kommentare · 4mal geteilt

568 | 26. Juni 23.24 Uhr

Zwirbler sollte das diabolische Grinsen Sorge bereiten, wenn nicht sogar Angst. Wer so schön mit Worten umgehen kann, hat eine dunkle Seite zu verbergen.
Doch je länger er dem Arzt zusieht, wie der eine Naht nach der anderen beendet, desto mehr beruhigt ihn diese konzentrierte Arbeit. Die Bewegung der blutverschmierten Handschuhe im Zwielicht wirkt wie Hypnose und langsam ergreift etwas Seltsames Besitz von ihm: Vertrauen.

72 Personen gefällt das · 18 Kommentare · 4mal geteilt

569 | 1. Juli 00.25 Uhr

Zwirbler hätte sich bis vor ein paar Stichen nicht vorstellen können, dem Arzt zu vertrauen. Sympathisiert er gar mit diesem Teufel im weißen Kittel? Das Stockholm-Syndrom funktioniert, weil wir selbst in dunklen Seelen helle Seiten sehen wollen.
Stolz deutet Dr. Seeker auf die zugenähte Wunde, die aussieht wie ein seltenes Insekt: „Ha, nice, isn't it?"
Die Wahrheit ist meist nackt, sie hält sich beschämt im Hintergrund auf.

62 Personen gefällt das · 21 Kommentare · 4mal geteilt

570 | 6. Juli 23.29 Uhr

Zwirbler ahnt, dass Zunähen noch keine Garantie für Heilung ist. Wunden platzen unerwartet und dann liegt die nackte Wahrheit offen da.
Der Doktor zückt ein Tütchen, schüttet sich Brausepulver in den Mund: „Sorry, kleine Marotte von mir. Fast so gut wie Bier."
Mit einem Lachen im Gesicht fragt er: „Der Bruder ist ja in Schönheit gestorben, aber wie geht es eigentlich Danni? Ist sie noch immer auf der Suche nach Befruchtung?"

67 Personen gefällt das · 23 Kommentare · 7mal geteilt

571 | 10. Juli 22.33 Uhr

Zwirbler kommt durch die konkrete Frage nach seiner Schwester ins Stottern. Woher weiß der Arzt um Danni und ihren Kinderwunsch, der stark genug war, sie in ein Experiment zu treiben?
„Was geht … Sie das an?"
Er wagt nicht auszudenken, was diese unheilvolle Frage andeuten möchte.
Die Brillen des emotionslosen Chirurgen reflektieren das kalte Neonlicht. „You know, was ich an meinem Beruf so liebe?", flüstert er. „Die Macht …"

68 Personen gefällt das · 23 Kommentare · 6mal geteilt

572 | 15. Juli 23.37 Uhr

Zwirbler sieht in den stahlgrauen Augen des Weißkittels, wie man der Gier nach Omnipotenz verfallen kann. Selbstverliebt, wie im Rausch, fährt der fort: „Den ganzen Tag stehe ich im OP … und mein Verstand, mein Geschick, meine Hände … sie entscheiden darüber, wer leben und wer sterben darf." Das ist ganz klar ein Spiel, eine Ablenkung. Wie Pokern.
Wenn man nach der dritten Runde nicht weiß, wer abgezockt wird, ist man es selbst.

59 Personen gefällt das · 17 Kommentare · 2mal geteilt

573 | 20. Juli 19.17 Uhr

Zwirbler lässt sich vom Protz blenden. Das ist die Krux mit der Macht: Würden wir sie merken und handeln, hätten die Unterdrücker sie nicht mehr.
Doch wir sehen nur den Glanz des Casinos.
Und wer mit dem Teufel pokert, kann nicht gewinnen. Der hat immer ein Ass im Ärmel. Der Arzt wendet sich Inge zu: „Ich nehme ihr noch kurz Blut ab – und ihre Würde. Das dauert nicht lange."
Die Offensive soll von etwas ablenken. Nur: wovon?

55 Personen gefällt das · 15 Kommentare · 4mal geteilt

574 | 25. Juli 22.53 Uhr

Zwirbler sieht das nicht so gelassen wie Inge, die den kleinen Stich erträgt. Als ein Blutstropfen auf den Boden fällt, fragt er die OP-Schwester: „Was meint er mit ‚Würde abnehmen'?" Diese wird rot, blickt zu Boden.
„Das werden Sie gleich sehen …", antwortet der selbstgefällige Beelzebub, alle Karten in der Hand behaltend. Der Moment aufkeimender Wut. Hat er doch etwas von seinem toten Zwilling? Gar die Fähigkeit zu töten?

58 Personen gefällt das · 21 Kommentare · 4mal geteilt

575 | 31. Juli 22.18 Uhr

Zwirbler ist, wie jeder Mensch, ein Abgrund. Es schwindelt einem beim Hinabsehen. Seine fauchenden Schatten im Inneren würden das Skalpell ergreifen, auf den Dämon losgehen und das Schwein von Milz oder Augäpfeln befreien. Er könnte sich einfach auf die Umstände berufen.
Aber Wut ist kein guter Berater, er sollte sich lieber mit seiner verschwundenen Schwester beschäftigen. Wer in Gedanken töten kann, kann ja auch Liebe finden.

54 Personen gefällt das · 18 Kommentare · 5mal geteilt

576 | 5. August 22.43 Uhr

Zwirbler wird vom schlechten Gewissen ermahnt, die Situation in die Hand zu nehmen. Wäre es nicht schön, wenn Liebe die einzige Kraft wäre, die unsere Welt bewegt? Dann gäbe es keine Zweifel, also keine Paternoster der Gefühle.
Falls Danni am Leben ist, ist ein Schritt nach vorne besser als zwei zurück: „Wann haben Sie meine Schwester zuletzt gesehen?"
Dr. Seeker leckt sich die Lippen: „Oh, habe ich das nicht bereits gesagt?"

45 Personen gefällt das · 28 Kommentare · 4mal geteilt

577 | 10. August 22.01 Uhr

Zwirbler will gerade seine Emotionalität minimieren, doch die Wirklichkeit ist eine Achterbahnfahrt, die keine Rücksicht auf uns nimmt. Schon gar nicht in OP Nr. 9.
Dr. Seeker antwortet unverblümt: „Bei einem Besuch im Stripclub, buddy. Da gehe ich zur Entspannung hin, das ist mein Schmerzmittel. Ich nehme Platz und finde meine innere Ruhe in all den Schatten. Wenn die Hüllen so beherzt fallen, kennt die Liebe kein Pathos."

55 Personen gefällt das · 23 Kommentare · 2mal geteilt

578 | 24. August 22.12 Uhr

Zwirbler zaudert. Kann er den Doktor allein mit Worten überwältigen und so seine Schwester finden? Mangels anderer Waffen versucht er es: „Danni war im Stripclub?"
„Of course! Die Fleischbeschau von Silikon und Knackärschen ist eine extra ordinäre Ausschweifung", säuselt der Arzt. „Illusion als Versprechen. Ein Pech, dass Befriedigung äußerer Werte nie lange andauert. Wie kurzer Urlaub. Aber man gönnt sich ja sonst nichts."

58 Personen gefällt das · 22 Kommentare · 1mal geteilt

579 | 29. August 20.54 Uhr

Zwirbler schaudert zwar ob der Wortwahl des Weißkittels, doch irgendwas sagt ihm, dass er sich an den Ort käuflicher Nähe bewegen muss. „Also, wo suche ich?", saust über seine Lippen, obwohl er weiß, dass Vertrauen hier ein falscher Ansatz ist.
Der Doc greift in seine Tasche, steckt ihm den Flyer des Stripclubs zu. Aber vielleicht will er nur davon ablenken, dass sich etwas am OP-Tisch bewegt. Dort, wo der tote Bruder liegt.

70 Personen gefällt das · 19 Kommentare · 12mal geteilt

580 | 3. September 22.02 Uhr

Zwirbler entgeht die winzige Regung unter dem Leintuch nicht, dennoch nimmt er zuerst das Flugblatt. Die Verführung zu Ausschweifungen geht vor. Selbst wenn sie auf Papier kommt.
Der Arzt lächelt leise: „Well, dort, wo das Suchen und Sehnen aufhört, dort erst beginnt das Entdecken. Right?"
Er wirft einen Blick auf den Flyer und kann gerade noch den Link auf dem Papier erhaschen: http://goo.gl/fiw9TP, bevor das Licht ausgeht.

79 Personen gefällt das · 19 Kommentare · 11mal geteilt

581 | 9. September 22.58 Uhr

Zwirbler hätte auf den Link gehen sollen oder ihn sich merken können.
Das Problem mit der Zeit ist: Man kann sie nicht zurückscrollen. Daher sollte man Versuchungen gleich nachgeben. Wer weiß, ob sie wiederkommen. Andererseits kann sich hinter jedem Link das Schicksal oder gar das eigene Ende erfüllen.
Das Leintuch raschelt, es folgt ein dumpfer Knall. Gerade als er nach einem Feuerzeug sucht, springt das Notstromaggregat an.

62 Personen gefällt das · 31 Kommentare · 2mal geteilt

582 | 14. September 22.01 Uhr

Zwirbler wurde in der Dunkelheit kurz daran erinnert, wie sich Blindheit anfühlen muss. Wie seine kleine Schwester die Welt immer weniger sieht.
Nun steht er überrascht im Licht: Von den fünf Personen im Raum sind drei verschwunden.
Der boshafte Psycho-Doc hat sich mit der OP-Schwester auf leisen Pfoten davongeschlichen, der tote Bruder liegt nicht mehr auf dem Tisch.
Ein schelmisches Lächeln umspielt Inges Mund: „Zum Rotlicht?"

57 Personen gefällt das · 26 Kommentare · 3mal geteilt

583 | 18. September 22.30 Uhr

Zwirbler muss das Verschwinden des Leichnams nicht verstehen. Könnte er aber. Anscheinend haben Arzt und OP-Schwester den toten Zwilling weggeschafft. Doch wer braucht eine Leiche?
Außer – es war gar keine.
Bevor er an eine Horrorszene denkt, fällt ihm ein, dass es Möglichkeiten gibt, sich tot zu stellen. Dann hätte der Doc gelogen. Was bei Ärzten vorkommen soll.
„Auch die Nacht hat ihre Schönheit. Erst recht im Zwielicht."

51 Personen gefällt das · 21 Kommentare · 3mal geteilt

584 | 24. September 23.30 Uhr

Zwirbler hat einen anderen Blickwinkel. Sei ganzes Leben ist Zwielicht. Irgendwo zwischen Rot und Schwarz. Wenn Schönheit allein im Auge des Betrachters liegt, sollten wir öfters die Lider aufreißen.

Zum Glück wissen verführerische Frauen, dass nicht alle Antworten eine Frage benötigen: „Ich möchte Dir tausend Dinge sagen und tu's nicht aus Tausenden von Gründen. Und nur einer hat was damit zu tun, dass wir hier weg müssen."

48 Personen gefällt das · 12 Kommentare · 3mal geteilt

585 | 29. September 14.28 Uhr

Zwirbler fragt: „Aber wohin müssen wir?"

Da lacht Inge auf (und selbst dabei ist sie entzückend): „Zu einem Ort mit Antworten. Zu einem Ort, an dem Dein Mut zählt. Es wird aufregend, vielleicht sogar gefährlich. Aber das ist das Neue immer. Es reißt uns aus dem Bekannten heraus. Darin liegt seine innere Schönheit. Und die offenbart sich nur den Mutigen. Denjenigen, die nicht in ihrer Angst verharren, sondern etwas tun."

57 Personen gefällt das · 21 Kommentare · 5mal geteilt

586 | 5. Oktober 23.02 Uhr

Zwirbler erkennt, dass Antworten gefährlicher als Fragen sind. Jetzt müsste er nur noch seine Angst wegwerfen.

Mut ist der Berater der Gewinner, die denken nie daran, heil aus etwas rauszukommen. Denn nur das Neue bietet die Möglichkeit zur Veränderung.

Damit tut er sich schwer. Nichts tun, sich treiben lassen, ist die bequemste Komfortzone.

Doch wozu hat man Freunde? Die holen einen da heraus. Ob man will oder nicht.

79 Personen gefällt das · 29 Kommentare · 3mal geteilt

587 | 9. Oktober 22.58 Uhr

Zwirbler vergibt damit Freunden die Rolle, die er nicht erfüllen kann. Allein kann er seine Furcht nicht einfach wie einen Müllsack durch die Hintertür hinaustragen.
Wirklich Leben ist Risiko. Wer Neues probiert, weiß um die zwei Seiten der Medaille. Weiß, dass der Sprung ins Blinde die Möglichkeit beinhaltet Misserfolg zu riskieren. Und sich dabei wehzutun.
„Komm mit", reicht ihm Inge die Hand und zieht ihn aus dem OP-Saal.

52 Personen gefällt das · 22 Kommentare · 2mal geteilt

588 | 14. Oktober 22.38 Uhr

Zwirbler zweifelt: „Welcher Ort wartet schon auf uns?" Inge lächelt: „Sehen wir der schmerzhaften Wahrheit ins Gesicht: keiner. Aber der Stripclub ist eine Spur. Und ohne Handeln, ohne Tun, ist alle Theorie wertlos."
Sie gehen den Gang der Klinik entlang, neben der Psychiatrie vorbei. Inge lässt ein paar Tabletten mitgehen, hält vor einem Postfach inne: „Sieh mal … unter Sonstiges."
Tatsächlich: eine Nachricht, ein Hinweis.

47 Personen gefällt das · 19 Kommentare · 5mal geteilt

589 | 18. Oktober 18.15 Uhr

Zwirbler hätte schon etliche Hinweise sehen können, die meisten lagen ja direkt vor seiner Nase. Doch diese Nachricht ist essenziell für seine Suche: „Trägheit kann den Tod bedeuten. Komm zu Stange 42."
Inge zieht ihn weiter, durch den Gang, am WC vorbei, aus der Klinik, in die dunklen Straßen der Stadt. Plötzlich stehen sie vor einem riesigen Stripclub: Startnext in the air.
Auf der Auslage die Verheißung: „Glück ab 25 €!"

57 Personen gefällt das · 17 Kommentare · 4mal geteilt

590 | 21. Oktober 23.01 Uhr

Zwirbler betritt den verrauchten Club, spaltet die schweren Samtgardinen. Eine fremde Welt, dennoch irgendwie vertraut. Ein wenig wie nach Hause kommen.
Inge zückt 25 Euro und reicht ihm einen Whisky: „Um Dir ein wenig Freude zu schenken in dieser Welt der funkelnden Abenteuer."
An Stange 42 tanzt eine Silhouette im schummrigen Licht.
Die Haare, der Duft des Parfüms. Ist das … seine Schwester?
Das wird er gleich herausfinden. http://zwirbler.com/finale

71 Personen gefällt das · 42 Kommentare · 12mal geteilt

Ab hier wurde der Roman nicht auf Facebook veröffentlicht. Dennoch wird das folgende Finale von den Kommentaren zur letzten Statusmeldung auf Facebook beeinflusst. Dabei wird konsequent weiter die Form der Statusmeldungen und deren Limitierung auf maximal 420 Zeichen eingehalten.

---

591 | 2. November 22.02 Uhr

Zwirbler schüttelt sich kurz, als wäre er aus einem anderen Dasein erwacht. Vielleicht ist es eine Ahnung davon, dass seine Reise hier, an diesem Ort, enden könnte.
Wie, ist noch offen.
Er ist schon so lange auf der Suche, dass er sich gar nicht mehr an ein Leben ohne diese erinnern kann.
Sein Herz fängt an wild zu pochen, schneller mit jedem langsamen Schritt, den er setzt.

Gefällt mir · Kommentieren · Teilen

592 | 3. November 20.13 Uhr

Zwirbler schreitet durch den Club, entlang der tanzenden Frauen an den Stangen, den Blick fest auf die sich im Rhythmus der Musik drehende Silhouette weit hinten gebannt.
Das Parfüm riecht er nicht mehr, dennoch: Die Bewegungen, ja, das könnte durchaus seine Schwester sein, die sich da im Dunklen am Metall rekelt. Könnte.
Das Schicksal jedoch hat kein Drehbuch. Für ihn schon gar nicht.

Gefällt mir · Kommentieren · Teilen

593 | 3. November 20.57 Uhr

Zwirbler sollte eines gelernt haben: Das Leben verläuft nie so, wie wir es uns mal vorgestellt haben.
Bevor er die Frau an Stange 42 erreichen und identifizieren kann, streckt sich ihm ein nacktes Bein entgegen, versperrt seinen Weg.
Am Ende des Beines ein Absatz: hoch, schwarz, scharf.
Die Besitzerin des Schuhs beugt sich zu ihm und haucht: „Egal wie die Frage lautet, Süßer: Ich bin die Antwort."

Gefällt mir · Kommentieren · Teilen

594 | 4. November 18.15 Uhr

Zwirbler ist sichtlich verwirrt. Dieses Hindernis hat er nicht erwartet. Frauen waren ihm auf seiner Reise bisher immer nützlich, selten hinderlich. Der spitze Stöckel dreht sich genussvoll in seine Brust, drückt ihn sanft auf einen Plüschsessel. Das hat etwas Verstörendes und doch zugleich Betörendes an sich. „Ich bin die, die Du heute Nacht suchst. Ronja. Ich raube Herzen für ein oder zwei Stunden. Und jetzt gleich Deines."

Gefällt mir · Kommentieren · Teilen

595 | 5. November 15.23 Uhr

Zwirbler blickt sich Hilfe suchend nach Inge um. Er hat sich daran gewöhnt, sie stets an seiner Seite zu haben.
Inge, die ihn bei seiner Suche geleitet, geschützt und meist sogar für ihn gedacht hat. Doch diesmal lehnt sie an der Bar am anderen Ende des Klubs, nippt bereits an ihrem zweiten 23-jährigen Whisky und sortiert die aus der Klinik geklauten Pillen am Tresen nach ihrer Farbe.

Gefällt mir · Kommentieren · Teilen

596 | 5. November 15.57 Uhr

Zwirbler konstatiert erstaunt: Manchmal sind es diese wenigen Meter, die uns von jemandem mehr trennen, als es jede größere Entfernung vermag. Ein Dutzend Frauen um ihn. Eine Galerie von verlockenden Düften, Körpern und Gesichtern.
Und doch sucht er hier nur eine, während er die andere vermisst. Vielleicht ist da mehr, als er sich bisher eingestanden hat. Und Inge nicht nur eine Begleiterin aus Zufall.

Gefällt mir · Kommentieren · Teilen

597 | 6. November 20.26 Uhr

Zwirbler schafft es nicht aus eigener Kraft, sich von Ronja zu lösen. Eventuell ein Versuch das Unausweichliche zu verzögern.

Die Furcht vor baldiger Klarheit lässt ihn verharren. Wenn er sich bewegt, wird sich herausstellen, ob seine Suche erfolgreich war. Und genau davor hat er Angst.
Denn egal, wie es ausgeht, das Erreichen eines Zieles nimmt uns schlussendlich immer eine Hoffnung. Die gibt es danach einfach nicht mehr.

Gefällt mir · Kommentieren · Teilen

598 | 6. November 21.14 Uhr

Zwirbler kostet den Augenblick der Verzögerung – das Aufrechterhalten des Hoffens – aus. Solange er nicht weitergeht, kann er sich am Gedanken des ‚Dann' festhalten. An all den Möglichkeiten, die ein ‚Später' beinhaltet.
Ronja sieht seinen Blick zuerst zum Tresen und gleich nach hinten, weit in die Dunkelheit wandern: „So hat jeder eine Geschichte zu erzählen, nicht wahr?", lächelt sie. „Vor allem die Suchenden unter uns."

Gefällt mir · Kommentieren · Teilen

599 | 6. November 22.07 Uhr

Zwirbler nickt. Mit Suche kennt er sich aus. Das ist sein Ding. Spätestens seit dem Abend, als er seine Schwester zum letzten Mal sah. Aber vielleicht schon seit viel Längerem.
„Du bist nicht der Einzige, dessen Plan ständig vom Leben umgeschrieben wird. Das ist ein Schicksal, das viele teilen. Eigentlich bin ich Social Media Designerin, gestalte Facebook-Seiten in der Stille der Nacht. Falls Du überhaupt weißt, was das ist."

Gefällt mir · Kommentieren · Teilen

600 | 7. November 19.17 Uhr

Zwirbler ist beinahe überrascht, dass sie keine geborene Stripperin ist. Als würde jemand für einen Beruf geboren werden. Als gäbe es keine Umwege auf Reisen.

Ronja sieht sein Erstaunen, zuckt die Schultern: „Das Leben ist nicht unbedingt meine Party. Aber nachdem ich nun mal eingeladen wurde, kann ich auch tanzen."
Jäh nimmt sie den Fuß von seiner Brust: „Geh'. Weiter. Hole Dir das, was Du schon so lange suchst."
Gefällt mir · Kommentieren · Teilen

601 | 7. November 19.58 Uhr
Zwirbler folgt, erhebt sich.
Wieder ist es eine Frau, die ihn zum Handeln bringt, in diesem Fall zur nächsten Stange treibt. Er schleicht, sachte, auf leisen Sohlen, als fürchte er, die vermeintliche Schwester durch hastige Bewegung zu vertreiben.
Der ihm vertraute Duft.
Ist es der Geruch, der einen Menschen zu dem macht, was er ausstrahlt? Furcht, Leidenschaft, Verbundenheit. Wir strömen aus, was wir fühlen.
Gefällt mir · Kommentieren · Teilen

602 | 7. November 20.24 Uhr
Zwirbler kommt mit dem Riechen das Erinnern. Gedanken an damals. An die Kindheit mit seiner Schwester. An Weihnachten. An Lebkuchen und brennende Kerzen. Lachen und Familie. An eine Zeit, die er im Nachhinein gerne anhalten würde.
Kinder wachsen so schnell zu Erwachsenen heran, als hätten sie es eilig mit dem Sterben.
Man kann einige Dinge zurücknehmen. Nur nicht Worte, die man gesagt hat. Und Zeit, die man versäumt hat.
Gefällt mir · Kommentieren · Teilen

603 | 7. November 21.39 Uhr
Zwirbler sieht dem Licht der Discokugel beim Eintreffen zu, während sie sich zur Musik wiegt. Das Gesicht nicht erkennbar, doch

jeder einzelne Strahl, der über ihren Körper huscht, ist wie ein sanftes Streicheln. Wie Wärme, die durch die Dunkelheit schneidet, sich ihren Weg auf die Haut bahnt, um dann wieder zu entschwinden. Er ist so in diesen Anblick vertieft, dass er zusammenzuckt, als er von der Seite angegrummelt wird.

Gefällt mir · Kommentieren · Teilen

604 I 7. November 23.28 Uhr

Zwirbler will den Mann ignorieren, sich gar nicht erst zu ihm drehen. Doch die Hand auf seiner Schulter reißt ihn aus dem Augenblick: „Wenn du glaubst, Du kannst in dieser Welt leben, ohne ein Teil von ihr zu werden, dann liegst Du mächtig falsch. Ab einem gewissen Alter sind Ausreden und Ausflüchte nicht mehr erlaubt."
„Rudolf" ist in das kleine Metallschild auf dem Hemd eingraviert.
Darunter, ganz klein, eine Zahl. 42.

Gefällt mir · Kommentieren · Teilen

605 I 8. November 00.42 Uhr

Zwirbler kann nicht gleich einordnen, welche Welt dieser Rudolf meint. Wahrscheinlich jede.
Er hätte den Mann im eleganten Anzug für einen Gast gehalten.
Doch das Schild verrät: Der ist hier einer Stange zugeteilt. Dieser Stange.
Aus irgendeinem Grund scheint die 42 nicht nur in unserer Galaxis eine Bedeutung zu haben, sondern auch hier.
Für manche ist so ein Stripclub das ganze bekannte Universum.
Für ihn das Ende.

Gefällt mir · Kommentieren · Teilen

606 I 8. November 13.26 Uhr

„Zwirbler. Sie hat Dich erwartet. Schon lange", sagt der Mann.
Ohne Vorwurf, eher als Feststellung.
Er weiß nicht, woher der besonnene Mann seinen Namen kennt.

Er hat ja kein Namensschild. Nicht einmal einen Vornamen oder Spitznamen.
Rudolf schon: „Hier nennen mich alle ‚Altlemur'. Weil ich auf diese Geschöpfe der Nacht aufpasse. Und nicht mehr der Jüngste bin. Das hat einen großen Vorteil: Ich erinnere mich … und andere."

Gefällt mir · Kommentieren · Teilen

607 | 8. November 17.03 Uhr

Zwirbler versteht nicht.
„Alle machen Fehler. Nicht immer fatale. Doch sie hat einmal zu oft mit dem Teufel getanzt", flüstert Rudolf sorgenvoll.
„Wir müssen im Leben für Erfahrungen bezahlen. Manche bekommen etwas Rabatt. Oder Zahlungsaufschub. Doch die Konsequenzen unserer Taten werden uns stets einholen. Früher oder später kommt jemand und treibt die Schulden ein. Manchmal gerade der, von dem wir es am wenigsten erwarten."

Gefällt mir · Kommentieren · Teilen

608 | 9. November 22.07 Uhr

Zwirbler spürt, wie die Hand von seiner Schulter rutscht, der Mann im Dunklen verschwindet, sich die Rauchwolken hinter ihm schließen und ihn allein lässt.
Alleine mit der tanzenden Schwester an Stange 42, die nun ungeschützt ist.
Die lebt und sich bewegt, als gäbe es kein Morgen.
Die mit ihrem nackten Körper eine Illusion der Ewigkeit in das Zwielicht malt.

Gefällt mir · Kommentieren · Teilen

609 | 9. November 23.24 Uhr

Zwirbler hat Tränen in den Augen, hört sich krächzen: „Danni …"
Sie wirft ihr Haar in den Nacken und das ist unverkennbar.
Engelshaar.

Er atmet durch, als könnte er sich auf das vorbereiten, was ihn nun erwartet.
Sie dreht sich zu ihm … ja, sie ist es. Seine Schwester, sein Ziel, nach dem er so lange gesucht hat.
Er sieht in ihre Augen. Doch sie erwidern seinen Blick nicht. Sie ist blind.
Gefällt mir · Kommentieren · Teilen

610 | 10. November 21.24 Uhr
Zwirbler reicht ihr die Hand, will sie vom Podest holen: „Danni, Kleines … komm, lass uns gehen, lassen wir das alles hinter uns. Alles wird gut!"
Doch das ist eine Lüge.
Sie sieht seine Hand nicht, kann sie nicht nehmen, kann sich nur in die Richtung seiner Stimme drehen.
Schmerzhaft wird ihm klar: Wenn das Stück eine Tragödie ist, kann kein Souffleur der Welt das ändern.
Gefällt mir · Kommentieren · Teilen

611 | 10. November 22.44 Uhr
Zwirbler steht hilflos vor dem Podest, greift verzweifelt ihren Arm.
Sie legt ihre Hand sanft auf seine: „Keine Sorge, hier bin ich sicher. Immer unter Menschen, immer beobachtet. Bis in die kleinste Pore. Dennoch unantastbar. Wer traut sich schon, hier eine Blinde anzugreifen? Hier, wo Rudolf auf mich aufpasst."
Mit einem Lächeln des Glücks fügt sie hinzu: „Und jetzt, wo Du endlich da bist …"
Gefällt mir · Kommentieren · Teilen

612 | 10. November 23.52 Uhr
Zwirbler schließt die Augen, um besser sehen zu können. Um besser zu verstehen. Sie hört seinen Gedanken an der Art, wie er einatmet. Das hat sie immer schon vermocht.

„Wenn ich aufhöre zu tanzen, fange ich an, mein Leben zu spüren. Und das kann ich nicht ertragen. Nicht nach dem, was hinter mir liegt. Und schon gar nicht angesichts dessen, was vor mir liegt. Finsternis ohne Hoffnung."

Gefällt mir · Kommentieren · Teilen

613 | 11. November 14.23 Uhr

Zwirbler war zeitlebens zufrieden in seiner Entscheidungslosigkeit. Damit, sich treiben zu lassen.

Er hat nie daran gezweifelt, war immer vollkommen überzeugt, dass seine Reise seine Schwester zum Ziel hatte. Dass er auf der Suche nach ihr war. Dass es seine fremd geleitete Bestimmung war, sie zu finden.

Dabei ging es nie um sie.

Es ging von Anfang an darum, sich selbst zu finden.

Mehr noch. Sich zu erschaffen.

Gefällt mir · Kommentieren · Teilen

614 | 11. November 20.47 Uhr

Zwirbler sieht. Klar. Endlich.

Er lässt sich nicht mehr auf Diskussionen mit sich selbst ein.

Ohne Entscheidung verkommt alles Wissen zur Wahrscheinlichkeit. Ohne Taten sind Worte leere Hüllen.

Und ohne Leidenschaft ist das Leben nichts als ein lebendiges Verwesen.

Gefällt mir · Kommentieren · Teilen

615 | 12. November 1.28 Uhr

Zwirbler steigt auf das Podest. Zu ihr, die er so lange gesucht hat. Zu seiner Schwester.

Zieht sie an sich. Schlingt die Arme um ihren Hals. Umarmt sie. Will sie nie wieder loslassen. Umklammert sie. Fest. Drückt zu …

Gefällt mir · Kommentieren · Teilen

DANKE

— DAS PROJEKT —

Zwirbler wurde von TG vom 1. Juli 2010 bis 21. Oktober 2014 gemeinsam mit 16.534 Fans auf facebook.com/zwirbler.roman geschrieben. Das Finale, welches nicht auf Facebook zu lesen ist, entstand in den Wochen danach.

Für die Veröffentlichung als Buch, eBook, Hörbuch und auf WC-Papier haben wir eine Crowdfunding Kampagne auf startnext.de/zwirbler gestartet.

Aktuelle Informationen zum Projekt gibt es hier: *www.zwirbler.com*

— UNTERSTÜTZER —

Mit besonderer Unterstützung von: Superbrands

Zwirbler Ambassador: Doris Welkovics

NAMENTLICH AUFSCHEINENDE SUPPORTER

ANONYM, A S, ALEX WIFI, ALEXANDRA SZCZEPANIK, ALLEBASI MOON, ANDRAS WISZKIDENSZKY, ANDREA CUNY DE PIERRON, ANDREA DIERER, ANDREA HEIM, ANDREA KIEFER, ANDREA SCHWARZBACH-RONNER, AXEL GRUNT, BARBARA RIEDL, BERNHARD BAUMGARTNER, BRIGITTE JANCIK, CHRISTIAN PROCHAZKA, CHRISTOPH KNEISSL, CLAUDIA SCHEINECKER, CLEMENS MÜCK, COCO CHANNELHEMD, CYRIL DWORSKY, DANIEL SEYDE, DAVID ROBITSCHEK, DI DR. HEINZ DUSCHANEK, DIETER RATZESBERGER, DINA ELMANI-ZANKA, DORIS WELKOVICS, EBNEI, ELISABETH GEYER-SCHULZ, ELISABETH SCHÖNHERR, ELIZZZA, ERNST GRABOVSZKI, EVA KAISER, EVA STEINHEIMER, FABIAN LAMSTER, FRED STAMPACH, G. AL-NEMRI, GABRIELE NASKRENT, GEORG GASTEIGER, GERALD H. REISNER, GERHARD MAYER, GINO CREMER, GUNNAR SOHN, HANNES SCHLEEH, HEIDI NEUBURGER-DUMANCIC, HELGA KASZAS, HERR RUDOLF LEX, ILDIKÓ SZABÓ, ILONA MUNIQUE, INES LINDINGER, INGO DERSCHMIDT, IRINA PÁLFFY, JENS SCHMID, JULIAN BREITENECKER, KAREN LUSSER, KATERINA CERNY, KATHARINA REISER, KATI KOLLER, KLAAS KRAMER, KLAUS POLZER, KLAUS STANGLMAYR, LAURA SEITNER, LISA FUCIK, LOCOLOKI, LUDMILLA GROSEVA, LUZIA KREUTZ, MAG. JULIA KUTAS, MAG. THOMAS PRIMUS, MANFRED STEINER, MARCEL DIEL, MARCUS HANTSCHEL, MARCUS HEBEIN, MARK KLAMMER, MARTIN MELCHER, MARTINA STALLYBRASS-KREIHSL, MB1, MENSCH MIT MENSTRUATIONSHINTERGRUND, MICHAELA SCHMITZ, MR. MUCKERL, MSC PETER BEKESI, NADJA BUCHER, NATASCHA BATIC, NATHALIE NEUMANN, NICOLE MAHAL, NICOLE SCHOLZ, PATRICIA HODA, PETER FUCHS, PETER KOHRGRUBER, PETER LINDENHOFER, RAPHAEL MALACEK, RENATE MAYER, RICHARD HOPF, RICHARD LANDGREBE, ROBERT FARTHOFER, ROBERT HIRSE, ROBERT SONNLEITNER, ROBLEN, ROKO1960, ROMANA HOFER, SABINE BECK, SABINE DREMSA, SABINE SPORER-SEIDELMANN, SEMI SEMOTAN, SEPP WIESBAUER, SPASSKRAPFEN1, STEFAN RAIDL, STEFAN_S, STEFAN22, SVEN WINTER, THERESA REISER, THOMAS MACHER, THOMAS PE, THOMAS PFEIFER, THOMAS PÖLZ, TIMEA PUSKASOVA, TINO KRESSNER, ULRIKE ROSINA, WILDURB, YVONNE DOLBERG, ZSOLT HEIMBERGER

ICH WAR VOLL DABEI!

GÉRALDINE AL-NEMRI

LISA FUCIK

RENATE MAYER

GERALD MUCKENHUEMER

ILONA MUNIQUE

HEIDI NEUBURGER-DUMANCIC

PATRICK KRIPPNER

THOMAS PE

THOMAS PÖLZ

GERALD H. REISNER

HANNES SCHLEEH

SVEN WINTER

DANKE AN

16.534 FANS AUF

FACEBOOK.COM/ZWIRBLER.ROMAN

TG (Mag. Gergely Teglasy) ist Kommunikationsinspirateur mit Leidenschaft. Er ist ein Dealer der besonderen Art. Sein Stoff sind Inspiration, Kreativität und Kommunikation. Er schreibt, unterrichtet, berät und gründet Unternehmen. Dabei erzählt er inspirierende Geschichten voller Leidenschaft – und das kann süchtig machen.

TG wurde am 1. April 1970 in Budapest geboren, lebte in Madrid, Düsseldorf und Kalifornien. Er studierte Theater-, Film- und Medienwissenschaft, publizierte in zahlreichen Zeitungen, übersetzte Thomas Bernhard, schrieb Theaterstücke und Drehbücher (In Heaven, Kinofilm). Daneben gründete er ein Theater, einen Verlag, eine Filmproduktion, eine Werbeagentur und ein Medienunternehmen.

Derzeit lebt und arbeitet er in Wien und Budapest als Autor, Kommunikationsexperte, Mediendesigner und doziert an der Universität Wien (Publizistik- und Kommunikationswissenschaft) sowie an mehreren Fachhochschulen.

Er ist Gewinner des Trainer Awards und des Pro Typographia Special Awards, TEDx-Speaker, Biker, Taucher, Segler und Nightaholic.

KONTAKT & INFOS: WWW.TG-INSPIRATION.COM

ZWIRBLER AUF WC-PAPIER
Der 1. Facebook-Roman der Welt auf 3 Rollen WC-Papier.
Als Sonderedition im Design Pack.
Für mehr Tiefgang beim Stuhlgang.
ISBN 978-3-945431-05-4

ZWIRBLER ALS E-BOOK
ISBN 978-3-945431-06-1

Beide erhältlich bei: www.kladdebuchverlag.de

BERLIN – GESCHICHTE IN GESCHICHTEN

Eine Flanerie von Ulrich Pätzold, die in 14 Erzählungen von den besonderen Seiten der deutschen Hauptstadt berichtet, mit dem staunenden Blick auf die Geschichte hinter den Geschichten. Der Flaneur erzählt aus Montagen der Zeit- und Ortsungleichheiten und fängt ihn ein: the spirit of the city, der Bewohner wie Touristen erfasst. Zwiegespräche mit einer Stadt, die Menschen prägt, wie Menschen sie prägen.

ISBN: 978-3-945431-00-9

Erhältlich bei: www.kladdebuchverlag.de

„Es reicht nicht mehr, einfach nur Bücher zu machen"
Deshalb bauen wir auf drei Prinzipien:

CROWDPUBLISHING

Wir treffen die Entscheidung über ein Manuskript nicht allein, sondern legen sie in die Hände der Leserschaft. Die Leserinnen und Leser können durch ihre Unterstützung aktiv die Literaturlandschaft mitgestalten und an unseren Büchern teilhaben.

FAIRPUBLISHING

Neben umweltorientierter Produktion und fairen Autorenhonoraren, fördern unsere Bücher den regionalen, unabhängigen und inhabergeführten Buchhandel, damit die Vielfalt der Literatur gesichert bleibt.

LIFYSTYLEPUBLISHING

Durch die Auswahl der besten Papiere bekannter Manufakturen, eine hervorragende Typografie und eine einheitliche, reduzierte Gestaltungen zelebrieren unsere Bücher den literarischen Lebensstil.

Gefällt mir